天津市哲学社会科学规划项目
（项目编号：TJWW12—054）

"天外"求索文库

【比较文学研究学术丛书】

丛书主编　张晓希

"吉檀迦利"翻译与接受研究

Studies on the Translations and Transmission of *Gitanjali*

曾琼 ◎ 著

中央编译出版社
Central Compilation & Translation Press

图书在版编目(CIP)数据

《吉檀迦利》翻译与接受研究／曾琼著.
—北京：中央编译出版社，2014.12
（比较文学研究学术丛书／张晓希主编）
ISBN 978 - 7 - 5117 - 2428 - 1

Ⅰ . ①吉…
Ⅱ . ①曾…
Ⅲ . ①《吉檀迦利》- 文学翻译 - 研究
Ⅳ . ①I12

中国版本图书馆 CIP 数据核字（2014）第 298673 号

《吉檀迦利》翻译与接受研究

出　版　人：刘明清
责任编辑：邓　彤
责任印制：尹　珺
出版发行：中央编译出版社
地　　　址：北京西城区车公庄大街乙 5 号鸿儒大厦 B 座（100044）
电　　　话：（010）52612345（总编室）　　　（010）52612339（编辑室）
　　　　　　（010）52612316（发行部）　　　（010）52612315（网络销售）
　　　　　　（010）52612346（馆配部）　　　（010）55626985（读者服务部）
传　　　真：（010）66515838
经　　　销：全国新华书店
印　　　刷：北京京华虎彩印刷有限公司
开　　　本：787 毫米×1092 毫米　1/16
字　　　数：245 千字
印　　　张：21
版　　　次：2014 年 12 月第 1 版第 1 次印刷
定　　　价：65.00 元

网　　　址：www.cctphome.com　　　邮　　　箱：cctp@cctphome.com
新浪微博：@中央编译出版社　　　微　　　信：中央编译出版社（ID:cctphome）

本社常年法律顾问：北京市吴栾赵阎律师事务所律师　　闫军　　梁勤
凡有印装质量问题,本社负责调换。电话：010 - 66509618

天外"求索"文库编委会

序

　　《吉檀迦利》这部泰戈尔的经典之作，从印度到英国，乃至走向整个世界；从孟加拉文到英文，乃至被翻译成世界的许多种文字；它成为20世纪世界文学交流史上的一部重要作品。曾琼所著《〈吉檀迦利〉翻译与接受研究》是一部运用文学翻译理论和比较文学理论研究《吉檀迦利》翻译和传播史的著作。这本书的初稿也是她在北京大学印度语言文学专业攻读博士学位期间完成的学位论文。

　　作者系统地整理了国内外对《吉檀迦利》的研究状况和研究成果，对《吉檀迦利》在我国已有的研究成果进行了认真的梳理并给予中肯的评价，对在英国乃至整个西方的影响作了详尽的分析和归纳；同时还将国外学界尤其是孟加拉学者的研究成果介绍给我国学界，丰富了我们对《吉檀迦利》和泰戈尔的认识。作者运用"吉檀迦利"孟加拉文本与《吉檀迦利》英文本进行二者的对比研究，这在我国的《吉檀迦利》研究和泰戈尔诗歌研究中尚属首次。《吉檀迦利》英文本是泰戈尔本人从他创作的不同诗篇中选择并翻译的，诗集的名称也源自他已有的诗集。虽然泰戈尔的《吉檀迦利》英文本并非他的孟加拉语文本的一对一的原作，但是《吉檀迦利》英文本的全部诗篇都有着与之对应的分布在泰戈尔的孟加拉文不同诗集里的原文。作者采取严谨细致的态度，刻苦学习孟加拉语，又赴印度泰戈尔国际大学学习一年，在老师的指导下精读孟加拉文的《吉檀迦利》等诗篇，使这一对比研究成为可能。作者通过基于第一手资料的对比研究区分了泰戈尔的孟加拉文诗歌和英文诗歌的不同特点；对《吉檀迦利》英文本中存在的难点和疑点做出了合理解释。作者对于《吉檀迦利》接受研究将研究范围扩展到了中国以外的亚洲其他国家，还涉及欧洲和美洲的一些主要国家与地区。

在曾琼的求学过程中，她给我留下了两点比较深的印象。一是学习勤奋，我举个例子。为了做好对《吉檀迦利》的研究，她投入了很大的精力钻研哲学，并且把学习哲学与学习外语结合起来。在国际大学主修孟加拉语言与文学期间，她额外选修了该校哲学系印度宗教与哲学系列课程，其结业论文考核评判为"优秀"，并获得了国际大学印度哲学一年制课程的证书。离开国际大学的时候，孟加拉语系和哲学系的教授都给她写了推荐信，在信中对她刻苦求学的态度和取得的成绩两位教授都给予了非常积极肯定的评价。她还与他人合作翻译了 F. M. 康福德的《从宗教到哲学：西方思想起源研究》（待出版，17 万余字），以及黑格尔的《精神现象学》（已出版，她译有 10 万字）。为什么要钻研哲学？从她对泰戈尔的研究成果看，虽不能简单地认为她是为了更深刻地理解泰戈尔的诗作，但由于有了更多的哲学知识，因而她在研究中表现了更强的思辨能力和较为缜密的逻辑性。

第二点是，曾琼对学术有着强烈的追求。博士毕业后，她又申请在其他的高校做了有关印度近现代文学方向的博士后研究，完成了"印度文学在新中国的翻译与研究（1949—2009）"研究课题。我国东方文学研究领域成绩斐然的王向远教授，是她这项研究的合作教授。在王向远教授指导下，这一课题得以高质量地完成。曾琼在总结她关于《吉檀迦利》的研究时说："文学之间的影响从来不是单向的，与东方的相遇早已经在西方的身上留下了烙痕，只不过在殖民主义时代西方没有意识到，也可以说刻意地忽略了这种痕迹。随着对平等的交流与理解的越来越强的呼唤，相信不但《吉檀迦利》可以获得更为深入的理解，印度文学与文化乃至整个东方文学与文化也将得到整个世界的更为公正、客观的认识。"

作为同是研究东方学某一方面的同事，我不能对这样的感悟不以为然，这一定是来源于丰富的研究实践和富于自觉意识的学术追求。

在我国外国文学研究领域，活跃着两支队伍。一支以学习外国语言文学开始为学术背景，另一支以学习中国语言文开始为学术背景。在我国的外语非通用语种语言文学的研究领域，这样的结构更加清晰，两支队伍一直配合默契。季羡林先生于1980年在中国外国文学学会第一届年会上就东方文学的学科意义、东方文学的教学和研究以及东方文学教学和研究的队伍建设等问题发表了意见。他非常明确地指出，高校的中文系和外文系教师这两支队伍应该发挥各自的专长，携手合作，共同推进我国的东方学研究。北京大学的印度语言文学专业在老一辈学者的指导下，多年来一直秉持季羡林先生倡导的这一理念，为两支队伍的合作，为培养从事东方学研究的后续人才不懈地努力。我也为我国东方学研究领域"长江后浪推前浪"的趋势感到欢欣鼓舞。

在《〈吉檀迦利〉翻译与接受研究》出版之际，我的脑海里情不自禁地涌出了这些回想。写出来与同事们分享，也与对这本书感兴趣的读者一道分享。

刘曙雄

2013 年 5 月 15 日

绪　论

《吉檀迦利》是印度文坛巨擘罗宾德拉纳特·泰戈尔（Rabindranath Tagore）的代表作之一，也是他所以获得诺贝尔文学奖的主要作品。这部在 1913 年的诺贝尔文学奖授奖辞中被认为是"具有完美的形式和个人独创的灵感"①的英文诗集，实际上是一部由泰戈尔自己捉笔从他的孟加拉语诗歌翻译而来的译诗集。作为一部英文译诗集，诗歌"无序的语法"吸引了西方的耳朵，其半韵的散文几乎在每一篇评论中都得到了称赞，②在泰戈尔的众多英译诗集中，《吉檀迦利》被公认为是译得最好的一部，"有人甚至将他的译文视为'第二原著'。"③英文版《吉檀迦利》可以归入世界文学经典之列。《吉檀迦利》早在 1915 年就被第一次译介给了中国读者，目前，这部诗集在中国有 10 种以上的汉语全译本。在众多译本中，《吉檀迦利》的冰心译本最为引人注目。自从问世以来，冰心译本被重版、再版多次，它不仅为普通读者所喜爱，也频繁地被文学研究者所援引和讨论。这其中所彰显的不但是《吉檀迦利》的魅力，同时也是作为汉语诗歌的冰心译本自身所具有的魅力。从这个角度来说，就像英文

---

① Presentation Speech by Harald Hjärne, Chairman of the Nobel Committee of the Swedish Academy, on December 10, 1913. http://nobelprize. org/nobel_prizes/literature/laureates/1913/press. html

② Cf. Nabaneeta Sen："The 'Foreign Reincarnation' of Rabindranath Tagore", *the Journal of Asian Studies*, Vol. 25, No. 2. (Feb. ,1966), p. 276.

③ 刘建：《论〈吉檀迦利〉》，载《南亚研究》1987 年第 3 期，第 61 页。

版《吉檀迦利》被认为是"第二原著"一样，《吉檀迦利》冰心译本也可以被认为是一个独立的文学文本，是汉语文学的经典。

对经典的研究是文学批评的一个重要组成部分，一部经典就是一个参照系，"它提供了一个引发可能的问题和可能的答案的发源地"①，重读经典，将有助于我们重新审视已有的研究，可以帮助我们发现经典之形成的过程。

在这里我们先要对本书所研究的文本对象做出明确界定。本书所关注的《吉檀迦利》，首先是泰戈尔自己所翻译的 103 首英文版《吉檀迦利》，正是这个版本的《吉檀迦利》在 20 世纪初的世界文坛引起了巨大轰动，若非特别说明，本书中所说的《吉檀迦利》均是指这个版本。其次，这部英文版《吉檀迦利》所涉及的孟加拉文诗歌，并不仅限于一部诗集，而是有 10 部诗集，泰戈尔借用了其中一部诗集的名称来为英文版诗集命名。为与英文版《吉檀迦利》区别开来，本书以《献歌集》来指孟加拉文的《吉檀迦利》。在英文版《吉檀迦利》所涉及的包括《献歌集》在内的泰戈尔的 10 部孟加拉文诗集中，选诗最多的 3 部诗集是《渡口集》、《献歌集》和《歌之花环》，在孟加拉语文学研究中，《献歌集》和《歌之花环》均被认为属于泰戈尔诗歌创作中的"吉檀迦利"时期，这一时期又紧密地上承《渡口集》的创作。综合以上因素，本书借用"吉檀迦利"时期这一名称，在讨论中将英文版《吉檀迦利》所涉及的孟加拉文诗歌统称为孟加拉文"吉檀迦利"文本。最后，在汉语译本方面，本书锁定的主要研究对象是冰心所翻译的《吉檀迦利》，这个译本是冰心根据英文版《吉檀迦利》翻译而来，全译本初版于 1955 年，冰心此后对该译本未做修改。在行文中，本书将其称为《吉檀迦利》冰心译本。在对《吉檀迦利》冰心译本的研究中，本书还分别援引了吴岩、汤永宽和

① 〔荷兰〕佛克马、〔荷兰〕蚁布思著：《文学研究与文化参与》，俞国强译，北京大学出版社，1999 年，第 39 页。

白开元所翻译的《吉檀迦利》全译本，对这个三个译本本书称为《吉檀迦利》吴岩译本、《吉檀迦利》汤永宽译本和《吉檀迦利》白开元译本，在论述中分别简称为吴译、汤译和白译，其中吴译为上海文艺出版社1986年版，汤译为花城出版社2007年版，白译为中国广播电视出版社2006年版。

在传统的观念里，外国文学与翻译文学这两个概念几乎是等同的，或者也可以说，翻译文学的概念是淡薄的，对一部翻译文学作品的研究往往被认为是对一部外国文学作品的研究，但实际上"翻译文学"并不等同于"外国文学"。首先两者的著作人主体不同。其次从文本角度看，译本是独立于原作的存在。第三从接受美学的角度看，译本与原作所面对的读者群也不同。"翻译文学"作为一个过程，是文学的翻译，作为最终的结果，应该是翻译的文学。① 而本书所要讨论的作为英译诗集的英文版《吉檀迦利》和作为汉译经典的《吉檀迦利》冰心译本，正是经过了"文学的翻译"之后，成为了具有独立文本价值的经典的翻译文学。中国学者谢天振认为，作为一种相对独立的整体的翻译文学，实际上很值得研究：翻译文学与源语国文学是什么关系？翻译文学与译语国文学又是什么关系？它在国别文学史上究竟应该占有什么样的地位？这些问题都预示了广阔的研究领域。②

詹姆斯·S. 霍姆斯（J. S. Holmes）在现代翻译研究的纲领性论文《翻译研究的名和实》中提出，纯翻译研究有两个分支，分别是描写翻译研究和理论翻译研究。其中描写翻译研究包括三种主要研究活动：其一，以译文为中心的描写现存翻译作品的研究，其目的在于翻译史。其二，以功能为中心的研究，这是对语境的研究，探讨在社会文化情景下的翻

---

① 参见王向远著：《王向远著作集·第7卷，比较文学学科论》，宁夏人民出版社，2007年，第187—188页。

② 参见陈惇、孙景尧、谢天振主编：《比较文学》（第2版），高等教育出版社，2007年，第112页。

译的功能，比如在某个时期、某个地方翻译了哪些文本，发生了什么影响等。其三，以过程为中心的研究，关注翻译自身的过程或行为，考察在翻译时发生在译者"脑海"里的"小黑匣子"中的复杂过程。① 翻译史的书写不在本书讨论范围之内，但功能研究与过程研究正是本书所关注的。

就翻译过程来看，英文版《吉檀迦利》的原文是一系列孟加拉语韵律诗，泰戈尔从这些诗歌中挑选并将它们翻译、编撰成了一部英文散文诗诗集。《吉檀迦利》冰心译本则是由冰心从英文翻译而成。通过泰戈尔与冰心这两位译者的创造性劳动，这两个译本都获得了极大成功，而本书则试图解析这种创造性劳动究竟是如何发生的。

目前我国学界对《吉檀迦利》的孟加拉文原作与英文译诗之间的对比研究尚处于空白阶段。对于诗人翻译自己的诗歌，现代著名诗人 W. H. 奥登（Wystan Hugh Auden）曾说过："如果一个天才的双语诗人认为他可以用两种语言写出同一种抒情诗，那还可以令人信服；但是如果他把用一种语言写成的诗逐字翻译成另一种语言，那么读者就很难在两首诗之间找到任何相同之处。"② 由此可见译诗并不会因为是由原作者完成而就与原诗保持高度的一致性，相反，它们之间的差异可能是巨大的，因此，对孟加拉文"吉檀迦利"文本和英文译诗之间的对比研究就更是《吉檀迦利》研究和泰戈尔研究所必需的。在已有研究成果的基础上，本书厘清了孟加拉文"吉檀迦利"文本和英文版《吉檀迦利》之间的关系，并通过对孟加拉语原诗和英文译诗的一一对比，对泰戈尔在翻译过程中对孟加拉语原诗所进行的改写和再创作进行了详细的阐述和分析，试图描绘出这些诗歌在孟加拉语和英文之间的转变轨迹。在此前提下，本书

---

① 詹姆斯·S. 霍姆斯：《翻译研究的名和实》，陈永国主编：《翻译与后现代性》，中国人民大学出版社，2005 年，第 403—405 页。

② W. H. 奥登：《C. P. 卡瓦菲斯》，黄灿然编译：《见证与愉悦》，百花文艺出版社，1999 年，第 23 页。

对英文版《吉檀迦利》和《吉檀迦利》冰心译本进行了细致的对比研究，并借鉴孟加拉语和英文诗篇对作为我国外国文学经典、同时也是翻译文学经典的《吉檀迦利》冰心译本进行了全新的审视，并试图对冰心译本中存在的一些难点和疑点提出合理解释。

对翻译的功能研究实际上已经涉及了接受美学和文学社会学的内容。作为一种文学现象，在 20 世纪世界文学史上，《吉檀迦利》既赢得过西方热切的赞誉，也遭到过尖刻的批评与刻意的冷漠，甚至曾一度销声匿迹，但随后它又重新逐渐进入西方评论界的视野。在我国文学史上，它同样也曾经历过文学接受过程中的起伏跌宕。在这样的接受史背后，蕴含着深刻的文化原因。

接受美学认为，就文学的个体阅读和接受而言，它与阅读主体的文学审美经验期待视界相关，这种期待视界是一个实际上的"过滤器"，它在功能上，"起着选择、求同和定向的作用，为阅读和接受规定基本的走向。"[①] 这种期待视界不但涉及阅读主体在文学方面的知识与修养，还包括他的世界观、人生观、一般的文化视野以及艺术素养。因此，对于同一阅读个体而言，由于期待视界的变化，在不同时期也有可能对同一部文学作品予以不同反应。而就文学的群体性接受而言，它是一种社会文化现象，既与同时代的文化整体存在着相互制约的共时关系，又与作为历史积淀的文化传统存在着历时关系，文学的群体性接受既是时代的总视界与接受的具体视界的相互交融，又是传统的历史视界与接受的现在视界的相互交融。[②]《吉檀迦利》在 20 世纪为不同读者、在不同国家和地区接受的情况，均在这两种接受层次的范围之内。

英文版《吉檀迦利》的成功是 20 世纪东西方文学交流史上的一件大事，它使得西方文学和文化被迫正视另一种异质的文学和文化。近代西

---

① 　朱立元著：《接受美学导论》，安徽教育出版社，2004 年，第 207 页。
② 　参见朱立元著：《接受美学导论》，安徽教育出版社，2004 年，第 246 页。

方学者和大众对印度文化的关注由来已久，但这种关注的态度往往离不开阿马蒂亚·森（Amartya Sen）所论述的三个范畴：猎奇者的好奇心，与帝国权力的行使攸关的视角和文化保护者的态度。① 因此在这个过程中西方往往是将印度作为一个被动的对象，以俯就的姿态在它那里寻求自己所感兴趣的东西，并对印度做出扭曲的解释。在 18 世纪末和 19 世纪初期，印度文学的英文译者主要有两类，一类是来自英国的行政官员，另一类是基督教的传教士。② 前一类的代表人物有曾任印度最高法院法官的威廉·琼斯（William Jones），琼斯通过他所翻译的《摩奴法论》、《沙恭达罗》和多种颂诗以及他自己的各种论述和阐释，勾勒了懒懒散散、逆来顺受、狡诈而又缺乏自治能力的印度人形象，其译著暗指是英国人的到来为印度人建立了秩序，英国文明"净化"了印度文明。后一类的代表人物有威廉·沃德（William Ward），在他的三卷本译著《印度教教徒的历史、文学和神话综览（*A View of the History, Literature, and Mythology of the Hindoos: Including a Minute Description of their Manners and Customs, and Translations from Their Principal Works*）》的序言中，他宣称："但是让印度获得她所需要的更高的文明吧，她是可开化的；让欧洲文学注入她所有的语言中，……道德文化和科学将从印度的中心扩展到亚洲各地……"。③ 在这段话中，对于印度，沃德使用了"她（she）"这个代词，这正暗示了他对于印度的态度：认为前者是一个相对于英国文明处于弱势的他者。可见，无论是在琼斯还是沃德那里，无论是在官员还是传教士们的译作中，印度文明都是低级的，都是需要被开化的。而《吉檀迦利》的出现则打破了这种不均衡的关系，它对居高临下的西方文化进行了一次成功

---

① 参见〔印度〕阿马蒂亚·森著：《惯于争鸣的印度人：印度人的历史、文化与身份论集》，刘建译，上海三联书店，2007 年，第 109—110 页。

② Cf. Tejaswini Niranjana: *Siting translation: history, post-structuralism, and the colonial context*, University of California Press, 1992, p. 19.

③ Cf. Tejaswini Niranjana: *Siting translation: history, post-structuralism, and the colonial context*, University of California Press, 1992, p. 21.

而强有力的冲击，使得西方不得不调整自己的角度。为了给《吉檀迦利》的成功寻找一个合适的理由，《诺贝尔奖委员会给泰戈尔的授奖辞》甚至不得不宣称"……这部诗集已经名副其实地归入了英语文学（English literature)①，因为作者本人虽然在教育上和实践上是本民族印度语言诗人，但他已经给这些诗歌穿上了新装……"。②

　　《吉檀迦利》在20世纪前期的风行并不仅限于英美地区，既然如此，那么学界对其接受情况的研究也就不能只关注英、美两国，而即便只研究《吉檀迦利》在西方的传播与接受，英、美也无法代表整个西方。此外，对《吉檀迦利》的接受也并不仅限于西方，它所引起的轰动同样迅速席卷了亚洲和拉美地区，虽然学界对《吉檀迦利》在中国的接受情况已进行了不少研究，但对于它在中国之外的亚洲和拉美地区的接受情况却少有涉及。针对《吉檀迦利》在20世纪初在全世界范围内引发的热潮和它在不同地区、不同语种文学中所引起的连锁反应，本书进行了较为细致、深入的研究。在以地域为基本划分单位的基础上，本书对《吉檀迦利》在不同语种文学中的译介情况进行了介绍，并由此对它在不同地域、不同语种文学间的传播和接受情况进行了剖析，试图为学界尽量呈现出真实而复杂的《吉檀迦利》接受图谱。在这个过程中，本书既观照了各地区各语种文学接受情况的相似之处，又区分了同为印度文学组成部分的南亚不同语种文学之间的不同，同为亚洲国家的中国与日本的不同，同为欧洲国家的俄罗斯、英国、西班牙的差异，同时还兼及了拉美地区对《吉檀迦利》做出的反应。这种接受的差异性，充分反映了各民族、各语种文学的多样性和丰富性，折射出文学的接受尤其是群体性的

---

　　①　在诺贝尔文学奖1913年的《诺贝尔委员会给泰戈尔的授奖辞》中，此处的原文为"English literature"，在陈映真主编的《诺贝尔文学奖全集》（台北：1985）和林凡所翻译的《诺贝尔委员会给泰戈尔的授奖辞》（《饥饿的石头 [附录]，桂林：1983》）中均译为"英国文学"，但笔者以为此处译为"英语文学"更为恰当。

　　②　Presentation Speech by Harald Hjärne, Chairman of the Nobel Committee of the Swedish Academy, on December 10, 1913. http://nobelprize. org/nobel_prizes/literature/laureates/1913/press. html

文学接受并不仅仅是单纯的文学行为，并再次提醒我们在研究的过程中必须正视和严肃对待不同地域和语种的文学，不能简单地以某一概念概而论之。

在利用泰戈尔的母语孟加拉语对其进行研究这一方面，目前我国还处于起步阶段，这应当说是我国泰戈尔研究的一个遗憾。本书希望通过对《吉檀迦利》的孟、英对比的翻译研究，为我国的泰戈尔研究开辟一个新的领域，并将更多孟加拉语学者的研究成果引入国内学界。借鉴他们的视角来研究《吉檀迦利》与泰戈尔，将促使我国目前已有的泰戈尔研究向纵深发展。季羡林先生曾指出无论从历史长短还是翻译作品的数量以及翻译所产生的影响来看，中国都是世界之"最"，他还在《再谈翻译》一文中提出，翻译应注重质量而不是数量，缺乏质量的翻译不值得追求。① 面对目前我国不断涌现、翻译质量良莠不齐的《吉檀迦利》译本，加强对翻译文学的研究和批评势在必行，这对于整个东方文学学科的建设来说也是大有裨益的。这也是本书对《吉檀迦利》冰心译本进行研究的目的所在。

泰戈尔是一个多才多艺的人，他既是诗人，又是小说家、作曲家，还是哲学家、教育家，在 20 世纪前 30 年他曾在亚洲和欧洲举行过多次与宗教、哲学、政治密切相关的讲座，出版过多部此类题材的作品。因此在世界文化交流史上他的形象也具有多重性，至少，我们可以看到作为一个诗人和文学家的泰戈尔，作为一个人的泰戈尔和作为一个传奇的泰戈尔这样三种形象。本书以《吉檀迦利》为切入点，希望通过分析这部诗集在不同地域和语种文学间的传播和接受，来考察作为诗人和文学家的泰戈尔在世界文学史上的地位，还诗人泰戈尔以诗人的身份，为泰戈尔在文学史上的接受研究廓清一个范畴。

----

① 参见季羡林著，季羡林研究所编：《季羡林谈翻译》，当代中国出版社，2007 年，第 17 页。

本书主要从翻译和接受两个方面对《吉檀迦利》进行了细致、深入的分析和研究。全书除绪论外，分为五章。第一章研究综论，对目前已有的国外和国内研究成果进行了系统的梳理并予以评论。第二章、第三章分别是孟加拉文"吉檀迦利"文本和英文版《吉檀迦利》、英文版《吉檀迦利》和《吉檀迦利》冰心译本的对比研究。第四章、第五章所研究的是《吉檀迦利》在世界不同国家、地区的接受情况，涉及地区有亚洲、欧洲、美洲。在研究方法上，本书首先倚重于文本细读，在对诗歌进行细致对比勘读的基础上，借助现代翻译研究理论、后殖民理论和传记研究理论展开对《吉檀迦利》诗歌的翻译研究。在传播和接受研究方面，本书对诗集的译介、传播与影响进行了剖析，在分析过程中借鉴了接受美学与文学社会学的相关理论，探讨了传播与接受的深层文学与文化原因。

目　录

第一章　《吉檀迦利》研究综论

《吉檀迦利》问世至今，关于它的研究成果在国际和中国国内学界均十分丰富。本章在此将这些研究成果分为中国国外和国内两部分分别予以论述。

第一节　国外研究述评

随着 1913 年诺贝尔文学奖的颁发，一夜之间，罗宾德拉纳特·泰戈尔这个名字和《吉檀迦利》这部诗集在西方不胫而走，在 1913 年英国的畅销书榜单上只有一部诗集，那就是《吉檀迦利》[①]。在最初的震惊过后，西方评论界出现了一次关于《吉檀迦利》和泰戈尔的讨论热潮。在这场讨论中，对诗集和诗人极力赞美者有之，讽刺挖苦者有之，充满怀疑者有之，客观冷静者——虽然寥寥可数——亦有之。而奇怪的是，尽管当年泰戈尔和他的英文版《吉檀迦利》在西方世界掀起了如此一场大波，但在 1913 年 12 月最新版的《名人录》上没有他的名字，在 1916 年出版的《剑桥英语文学史》"英印文学"一章中，也根本没有提到泰戈尔[②]。而在 20 世纪 70 年代，有评论文章这样说道："从 1912 年《吉檀迦利》

---

① Dr. A. Aronson：*Rabindranath through Western Eyes*，Allahabad Law Journal Press，1943，p. 1.

② Dr. A. Aronson：*Rabindranath through Western Eyes*，Allahabad Law Journal Press，1943，p. 3.

即将付梓到此后的 20 年之间，泰戈尔像颗彗星一般划过西方的天空，又消失了。现在，这颗彗星又出现了，尽管随着时间的流逝他变得有一点暗淡。"① 英文版《吉檀迦利》和作为其作者的泰戈尔，在西方世界的眼里究竟是什么样的？为了能在较为坚实的基础上讨论这个问题，本章将首先对《吉檀迦利》在西方的译介情况做一个大体的概括，在此基础上再对其研究状况进行总结。

一、《吉檀迦利》在国外的译介情况

1912 年，103 首英文版的《吉檀迦利》首先由在英国的印度协会（India Society）出版，因为属于协会自费出版，这次只印了 750 册。随后，威廉·罗森斯坦（William Rothenstein）写信给麦克米伦公司，促请他们出版这部诗集。1913 年 3 月，由麦克米伦公司出版的《吉檀迦利》获得了巨大的成功，在 20 年内这部诗集重印了 20 次。在英语世界之外，从 1913 年开始，到 20 世纪 30 年代为止，《吉檀迦利》先后被翻译成了瑞典语、丹麦语、德语、法语、荷兰语、意大利语、俄语、捷克语、西班牙语、南斯拉夫语、爱沙尼亚语、拉脱维亚语和希伯来语。②在印度国内，到 20 世纪 30 年代时，《吉檀迦利》也已经被翻译成了乌尔都语、马拉提语、泰米尔语、旁遮普语、泰卢固语、古吉拉特语和卡纳达语。③ 此后，据不完全统计，1951 年，麦克米伦公司重印《泰戈尔诗歌戏剧集》，《吉檀迦利》被收入其中。在 1994—1996 年由 S. K. 达斯（Sisir Kumar Das）主编出版的三卷本《泰戈尔英语作品》中《吉檀迦利》自然也不

---

① Edward C. Dimock, Jr.: "Review: 'Tagore: A Life': 'Imperfect Encounter: Letters of William Rothenstein and Rabindranath Tagore 1911 – 1941'", *the Journal of Asian Studies*, Vol. 35, No. 2. (Feb., 1976), pp. 349 – 350.

② Cf. Dr. A. Aronson: *Rabindranath through Western Eyes: Appendix B*, Allahabad Law Journal Press, 1943, pp. 139 – 141.

③ Prof. Vinayak Krishna Gokak: *The Concept of Indian Literature*, Published by Munshiram Manoharlal Publishers Pvt. Ltd., 1979, p. 168.

可或缺。在对孟加拉语原文的翻译方面，1921 年出现了三首孟加拉文"吉檀迦利"诗歌的德语翻译，① 1983 年在孟加拉国出版了从孟加拉语翻译的 157 首《献歌集》英文版，② 2000 年出现了从孟加拉语翻译的荷兰语版《献歌集》。③ 从以上资料可以看出，从 1912 年到 20 世纪 30 年代，是《吉檀迦利》的翻译和出版在西方最为风行的时期。其后至今，《吉檀迦利》的翻译和出版呈现一种平稳的态势，既没有完全消失，也不复当年的盛极一时。

二、《吉檀迦利》在国外的研究状况

与《吉檀迦利》的翻译和出版情况相似，《吉檀迦利》在国外的研究状况也经历了从嘈杂纷乱的毁誉纷呈到严肃认真的过程。随着研究的深入发展，在新的文化语境中，《吉檀迦利》的研究也呈现出多元化的局面。综合这两方面的因素，这里将国外对《吉檀迦利》的研究状况分为两个时期来进行论述，在此基础上总结和分析每个时期的特点。

第一个时期，1912 年到 20 世纪 40 年代。随着 1913 年诺贝尔文学奖的颁发，《吉檀迦利》和泰戈尔引发了西方文学界 20 世纪上半叶的一次大论争。诺贝尔文学奖颁发给了一个来自亚洲的非白种人，这个消息对于绝大部分西方文学界人士和读者来说不亚于是平地惊雷。围绕着这一让人"震惊"的文坛大事，西方文学界出现了消极和积极两种截然不同的反应。持消极态度的评论性文章在当时英国、美国的各大报纸上随处可见，它们或置疑诺贝尔文学奖当年的评判标准，认为这次的授奖与当时的欧洲政治局面有着千丝万缕的关系，或暗指泰戈尔来自殖民地国家，

---

① Dr. A. Aronson: *Rabindranath through Western Eyes*, Allahabad Law Journal Press, 1943, p. 139.

② Rabindranath Tagore Translated by Brother James: *Gitanjali*, Published by The University Press Limited, 1983.

③ Liesbeth Meyer: *Tagore in the Netherlands*, Published in Parabaas, July 15, 2004. 资料来源网站：www.parabaas.com

讽刺他的名字佶屈聱牙。"其中很少有文章是从一种纯粹文学的角度来评论泰戈尔；很明显地这是由于很多作者甚至对于他的英文译作都不熟悉。他们中的很多人只是重复叶芝（W. B. Yeats）所写的《吉檀迦利》序言的某些部分，而对作品没有作出任何进一步的评价。"① 可见，持这一态度的评论者们大都不是从文学本身出发进行评论，他们的评论很少是针对《吉檀迦利》而发，这与20世纪20年代，泰戈尔第一次访华时在中国文学界出现的状况颇有几分相似之处。

持积极态度者对《吉檀迦利》和泰戈尔本人都表现出极大的热情。他们认为二者代表了东西方文化交流和融合的开始，一时之间赞誉之词也是不绝于耳。其中对于《吉檀迦利》的评论和肯定主要分为以下三个方面：

（一）认为《吉檀迦利》是一部神秘主义作品，表现了人类的理想状态，并主要从这个角度来理解诗集，还有学者进而认为其中蕴含了印度传统哲学思想，是诗与宗教、哲学的完美结合。最为突出地代表了这一观点的文章就是叶芝为《吉檀迦利》所写的序。叶芝在序中将泰戈尔描绘成了一个具有僧侣般神秘、安详气质的东方哲人，认为这部诗集"丰富"而"朴素"，"展现了一个我一生梦寐以求的世界"② 曾帮助泰戈尔翻译出版了迦比尔诗集的美国学者伊芙琳夫人（Evelyn Underhill）也正是从神秘主义的角度满怀热情地理解泰戈尔和《吉檀迦利》。而S. 拉达克里希南（S. Radhakrishnan）则认为《吉檀迦利》"描绘了生命中的混乱和分裂，指出神秘主义应该在美与爱的世界中得到表达，人类职责就是要通过爱与奉献，发挥人的潜能，在地上实现如同在天国般的融合。"③还有文

① Dr. A. Aronson: *Rabindranath through Western Eyes*, Allahabad Law Journal Press, 1943, pp. 3 - 4.

② W. B. Yeats: "Introduction", by Sir Rabindranath Tagore, *Gitanjali and Fruit Gathering* (*New Illustrated Edition*), The Macmillan Company, 1918, xiii.

③ S. Radhakrishnan: "Religion and Life", *International Journal of Ethics*, Vol. 27, No. 1. (Oct., 1916), pp. 91 - 106.

章指出《吉檀迦利》中表达的思想，是要使精神摆脱外在的、人为的束缚，实现与自然和宇宙的合一；教导人们不能脱离日常生活，要在日常工作中享有神性，个体人格的圆满实现有助于与神合一。[1]

（二）将《吉檀迦利》与西方文学传统进行比较，认为诗集重现了西方文学发源时期的平衡与和谐，同时突出诗集所带有的异域色彩。这方面的代表是埃兹拉·庞德（Ezra Pound）。庞德在他为《吉檀迦利》所写的评论中说，他从这部诗集独特的宁静背后"发现了我们的新希腊"，并将《吉檀迦利》中所蕴含的精神与《新约》所表现的幸福欢乐相提并论。小说家梅·辛克莱（May Sinclair）将《吉檀迦利》与《大卫诗篇》相比，将泰戈尔与弥尔顿、华兹华斯、雪莱、布莱克相比，与圣奥古斯丁等基督教诗人相比，认为他是宁静的惠特曼。[2] 由于认为其中所蕴含的东方思想是如此不同，以至有些学者指出对于西方读者来说，想要真正理解《吉檀迦利》是不可能的。

（三）对作为诗歌的《吉檀迦利》本身所具有的韵律、节奏上的特点的关注。首先提到《吉檀迦利》韵律方面特点的是同样作为诗人的庞德。他在评论中指出《吉檀迦利》具有很强的音乐性，建议读者必须平静地阅读、但也应该大声朗读诗作，这样诗歌本身那"微妙的韵律马上就会显现出来"。曾写作了《泰戈尔：传记研究》一书的作者欧内斯特·里斯（Ernest Rhys）指出人们必须记住的一点就是"献歌"（"吉檀迦利"，Songs – Offering）中的"歌"并不是我们平常所认为的"诗歌"的"歌"，而确实是一种用来歌唱的"歌"，他认为《吉檀迦利》的整个精神就是音乐性的，即便是英文版的散文也具有一种不可抗拒的韵律。[3]

---

[1] W. S. Urquhart: "The Philosophical Inheritance of Rabindranath Tagore", *International Journal of Ethics*, Vol. 26, No. 3. (Apr., 1916), pp. 398 – 413.

[2] Cf. Mary. M. Lago: *Rabindranath Tagore*, Twayne Publishers, A Division of G. K. Hall &CO., 1976, pp. 69 – 70.

[3] Cf. Mary. M. Lago: *Rabindranath Tagore*, Twayne Publishers, A Division of G. K. Hall &CO., 1976, p. 73.

我们可以看到，总的来说，在第一个时期内，大部分关于《吉檀迦利》的评论都是赞美之词，评论家和读者都倾向于将《吉檀迦利》与泰戈尔等同起来，又将《吉檀迦利》、泰戈尔与他们想象中的东方和理想等同起来，这使得《吉檀迦利》和泰戈尔都进入了被过度赞誉的情境之中。

第二个时期，20 世纪 50 年代至今。在最主要的西文过刊数据库 JOSTOR 资源库中可以找到从 20 世纪 50 年代至今的有关《吉檀迦利》的评论和论文 100 余篇，通过主要的在线英文图书馆数据库 Galenet 资源库检索，可以找到 70 年代以来较有影响的学位论文和书共 18 部，通过主要的在线英文学位论文数据库 UMI 资源检索，可以发现 2004 年哥伦比亚大学还有一篇有关泰戈尔的博士论文问世，其中有一章重点讨论了《吉檀迦利》。通过检索目前最大的在线孟加拉语语言、文学和文化资源库 parabaas，可以发现关于泰戈尔和《吉檀迦利》的信息一直是该数据库最重要的资源之一，2003 年以来有 10 多部重要的英文和孟加拉文论文、著作被收入该资料库。可见，在经过 20 多年的沉寂之后，泰戈尔和《吉檀迦利》确实像颗彗星一样，又回到了人们的视线之中。与第一个时期相比，在传统的研究范围内，这个时期的研究更加冷静和深入，此外，还出现了一些新的研究方法和研究课题。概括起来说，第二个时期的研究主要有以下几个方面的内容：

（一）继续已有的对《吉檀迦利》中神秘主义、宗教意识和哲理性的关注。这方面的观点主要有两类，第一类继续以往的论断，肯定其中的神秘主义和宗教意识，如认为泰戈尔在《吉檀迦利》中描写了将人类与宇宙万物联系起来的神秘直觉，[1] 甚至从基督教的角度来理解《吉檀迦利》，认为"诗集中的神不是印度哲学中那个非个人的、冷静的神，而是，不管它是否明显是基督，它都是一个基督式的神。从泰戈尔那里可

---

[1]　Thomas B. Coburn: "Climbing the Mountain of God", *Journal of the American Academy of Religion*, Vol. 63, No. 1. (Spring, 1995), pp. 127 – 140.

以看到印度的基督教是什么样子的"。① 第二类是对以往神秘主义、宗教说等论断的反拨。如玛丽·M. 雷戈（Mary M. Lago）认为"泰戈尔诗歌最基本的特色既不是浪漫主义也不是神秘主义，而是现实主义和人道主义"。②

（二）对文学史上的"泰戈尔现象"和"《吉檀迦利》现象"进行分析，思考其中所蕴含的文化和文学因素。这一方面也主要包括两类，一类是对以叶芝、庞德为代表的对《吉檀迦利》大力赞赏之人的态度的深入剖析，挖掘其中潜在的文化心理原因，并对他们的评价做出客观的判断。如针对叶芝，有学者认为叶芝对于神智学的熟悉和他与某些印度人的接触早已为他接受《吉檀迦利》打下了基础，而在他所写的著名的序中，叶芝虚构了一个泰戈尔，将他自己对于爱尔兰文学的希望和理想投射在了《吉檀迦利》和泰戈尔之上，从而引发了很长一段时间之内整个西方文学界对泰戈尔的误读和误解，这种溢美之词将会妨碍世界文学之间的交流。③ 另一类是针对《吉檀迦利》文本本身进行的分析，力图从文学思想和文学发展规律自身的特点出发，找出 20 多年来《吉檀迦利》在西方文学界沉寂的原因。西方评论家爱德华·C. 狄马克（Edward C. Dimock）在一篇论评文章中就指出出现这种现象的原因部分在于，泰戈尔在过去被过誉了；部分在于翻译作品是经过选择的，而泰戈尔的才情中最有力的例子在此过程中被遗失了；还有一部分在于泰戈尔的作品表现的不是人的灵魂的黑暗，而是让人舒服的子宫内的黑暗，即，他的"对人的爱"太容易，他的自然诗歌太曼妙，这些在一个人们已经习惯于生活

---

①　Edward C. Dimock, Jr. : "Rabindranath Tagore-The Greatest of the Bauls of Bengal", *The Journal of Asian Studies*, Vol. 19, No. 1. (Nov., 1959), pp. 33–51.

②　Mary M. Lago: "Review: Rabindra Nath Tagore: His Mind and Art", *Pacific Affairs*, Vol. 46, No. 4. (Winter, 1973—1974), pp. 595–596.

③　Harold M. Hurwitz: "Yeats and Tagore", *Comparative Literature*, Vol. 16, No. 1. (Winter, 1964), pp. 55–64.

在大屠杀边缘的世界里都是不合时宜的。[①]

（三）对《吉檀迦利》在文学史上的地位进行思考，并进而讨论泰戈尔在文学史上的地位。据目前掌握的资料来看，在这个问题上，显然存在比较大的分歧。一种意见认为，《吉檀迦利》和泰戈尔在印英文学史上占有重要地位，K. R. 室利尼巴沙·伊格尔（K. R. Srinivasa Iyengar）所著的《英印文学》（*Indian Writing in English*, 1962）和 M. K. 纳伊克（M. K. Naik）所著的《印度英语文学史》（*A history of Indian English Literature*, 1982）都在泰戈尔身上倾注了相当大的篇幅。但由法库尔·阿尔姆（Fakrul Alam）编辑的文学史则认为，在印度真正用英语创作的诗歌直到 20 世纪 50 年代才出现，现代读者完全可以忽略泰戈尔自己翻译的英文版《吉檀迦利》。而关于《吉檀迦利》和泰戈尔对当代文学的影响，西方学者和印度本国学者的侧重点也各有不同，但并不矛盾。如爱德华·C. 狄马克认为，泰戈尔是一个优秀的孟加拉语诗人，但他不属于欧洲的文学传统。而有印度学者则指出，诺贝尔文学奖和叶芝的序使得泰戈尔对印度当代诗歌产生了巨大的影响，就像"生命海洋中的灯塔"一样。[②]

（四）对《吉檀迦利》文本的分析。这一点涉及两个方面，其一是对作为英文版《吉檀迦利》的分析，探讨其在主题、形式、韵律上的特点。如有评论认为其中第 60 首在主题结构上具有完美的对称，第三段是全诗的中心。在句子和段落上的主题对称模式之外，诗歌还采用了音长对称模式。而诗歌形式上的对称又与其内在表现内容的不稳定形成对比。[③] 其二是对英文版和孟加拉文"吉檀迦利"文本的关注，已有研究主要是侧重于诗歌内在的韵律和音乐性，以及诗歌翻译中的困难，讨论泰

[①] Edward C. Dimock, Jr.: "Review: One Hundred and One Poems by Rabindranath Tagore", *the Journal of Asian Studies*, Vol. 28, No. 1. (Nov., 1968), pp. 189–190.

[②] Prof. Vinayak Krishna Gokak: *The Concept of Indian Literature*, Published by Munshiram Manoharlal Publishers Pvt. Ltd., 1979, p. 167.

[③] Ryan D. Poquette: Critical Essay on "60", *Poetry for Students*, Vol. 18, Gale, 2003.

戈尔本人对翻译这些诗的态度等。

（五）当代语境下对《吉檀迦利》的新解读。如运用后殖民理论解构叶芝、庞德等人的态度，对泰戈尔将《吉檀迦利》翻译成英文这一行为进行文化解读。玛丽·M. 雷戈认为叶芝热情洋溢的序文实际上帮助了殖民主义者，而林·加里·梅达（Linn Cary Mehta）则在自己的博士论文中提出泰戈尔的翻译行为具有去殖民化作用[①]。

第二节　国内研究述评

自 20 世纪 80 年代以来，泰戈尔研究在我国东方文学研究乃至外国文学研究领域一直占有重要地位，学界有不少研究他的诗歌、小说、散文、戏剧、文艺思想的成果。在诗歌方面，《吉檀迦利》一直是泰戈尔诗歌研究的焦点之一，研究成果也比较丰富。由于目前国内大多数研究者仍是借助汉语译本对《吉檀迦利》进行研究，为了对国内的研究状况做出一个比较全面的综述，本书先对《吉檀迦利》在汉语中的翻译情况进行梳理。

一、《吉檀迦利》在汉语中的译介情况

根据现存资料，在国内最早出现的《吉檀迦利》的汉语选译作品是 1915 年 10 月发表在《青年杂志》1 卷 2 期上的《赞歌》四首，译者陈独秀。此后到新中国成立以前，《吉檀迦利》的翻译情况如下：1918 年 9 月，《海滨》，刘半农译，《新青年》5 卷 3 期；1920 年 8 月，《太戈尔的偈檀伽利诗集》，郑振铎译，《人道》1 期；1921 年 1 月，《"那时候"与为什么》，王独清译，《少年中国》2 卷 7 期；1921 年 6 月，《译太戈尔

<hr>

① Cf. Linn Cary Mehta: *Poetry and Decolonization*: *Tagore*, *Yeats*, *Senghor*, *Cesaire*, *and Neruda*, 1914 – 1950, Columbia University, 2004. 网络资料来源 www. UMI. com

诗》，郑振铎译，《小说月报》12 卷 6 期；1922 年 2 月，《偈檀迦利》，陈南士译，《诗》1 卷 2 期；1923 年 9 月，《吉檀迦利》，郑振铎译，《小说月报》14 卷 9 期；1923 年，《偈檀迦利》，赵景深译，《绿波旬报》5 期；1925 年，《偈檀迦利》，李金发译，北平北新书局《微雨》；1945 年，《太戈尔献诗集》，张炳星译，重庆，译者自刊；1948 年，《吉檀耶利》，施蛰存译，永安正言出版社，共计 11 种。由于最后两种译本没有找到，因此关于它们是否为 103 首英文版的全译本目前尚不可考，上文所列其余 9 种均为作品选译。

1949 年至今，所出现的《吉檀迦利》汉语译本几乎都是 103 首英文版的全译本，主要的译本有：初版于 1955 年的《吉檀迦利》，谢冰心译，人民文学出版社，这是目前流传最为广泛、得到了读者和研究者共同承认的、最具权威性的版本，在半个多世纪里被不断重版、重印。此外，具有较大影响的另一个版本是吴岩翻译的《吉檀迦利》，1986 年由上海文艺出版社出版。近年来出现的另一个质量较高的译本是白开元所翻译的《吉檀迦利：泰戈尔抒情诗赏析》（英汉对照本），由中国广播电视出版社 2006 年出版。由于国内文化出版业的日益发展，《吉檀迦利》也存在许多其他的汉语版本，如《吉檀迦利》，黄卫京译，内蒙古少年儿童出版社、内蒙古文化出版社，2001 年；《泰戈尔诗歌选》（内收《吉檀迦利》《渡口》英汉对照本），王勇译，哈尔滨人民出版社，2003 年；《吉檀迦利（献歌）》深幻、王立翻译，北京当代世界出版社，2004 年；《吉檀迦利：献给神明的颂诗》，林志豪译，这个译本 2004 年由哈尔滨出版社出版，2006 年又由天津教育出版社出版；《吉檀迦利》，杨晓芬、孙达译，黑龙江人民出版社，2005 年；《泰戈尔散文诗选》，汤永宽译，花城出版社，2007 年。众多版本的出现，固然与《吉檀迦利》作为文学经典的地位相关，但也与目前文化产业的商业化操作有莫大的关系，因而从整体上来看，《吉檀迦利》汉语译本的翻译质量并不平衡，有些译本甚至存在粗制滥造的问题。由于这种商业化的操作，加之各种盗版、盗印，使得对于《吉檀迦利》的汉译本进行完全地统计较为困难。

二、《吉檀迦利》在我国的研究状况

尽管《吉檀迦利》是泰戈尔最早被译介到我国的作品，但在 20 世纪 20 年代我国的第一次"泰戈尔热"中它并没有获得足够的重视。在那段时间内，就作品翻译来说，在汉语翻译方面，《新月集》共有译作 17 种，比《吉檀迦利》多 6 种；《园丁集》的翻译有 23 种，比《吉檀迦利》多 12 种。就发表的论述文章来说，据目前资料来看，1913—1949 年间，尽管有涉及《吉檀迦利》的研究评论文章出现，其中王统照的《泰戈尔的思想与其诗歌的表象》是代表性作品，但专门针对《吉檀迦利》的论述文章却寥寥可数。由此可见，尽管《吉檀迦利》是泰戈尔获得诺贝尔文学奖的主要作品，尽管它有 11 种（选）译本，但它当时在中国并没有得到彼时它在西方世界所获得的那种礼遇。导致这种情况出现的原因，实际上与泰戈尔第一次来华时引起的争论密切相关。泰戈尔的第一次来华在中国近现代文学史上掀起了一场轩然大波。当时我国思想文化界大体上形成了三种不同的态度，即欢迎、反对、利用。[①] 欢迎者固然是崇敬诗人的思想、人格和艺术，反对者和利用者却"项庄舞剑，意在沛公"。鲁迅先生在《骂杀与捧杀》一文中曾一针见血地指出，泰戈尔成为了中国近现代史上一场文化和政治混战的受害者。在这样的文化背景中，《吉檀迦利》乃至泰戈尔文学的真正内涵被忽略、被曲解似乎是在所难免、也情有可原。

新中国成立之后，随着《吉檀迦利》全译本的出现和泰戈尔 100 周年诞辰的到来，国内的《吉檀迦利》研究本来可以得到深入发展。但由于众所周知的原因，这一研究停滞了。国内对《吉檀迦利》的学术研究

---

① 张光璘：《中国现代文学史上的一次"泰戈尔热"》，张光璘编：《中国名家论泰戈尔》，中国华侨出版社，1993 年，第 194 页。

实际上肇始于上个世纪 70 年代末，一直延续至今。

在专门研究《吉檀迦利》的成果中，发表于上个世纪 80 年代的两篇论文十分重要。一篇是金克木先生的《泰戈尔的〈什么是艺术〉和〈吉檀迦利〉试解》（1981 年），另一篇是刘建的《论〈吉檀迦利〉》（1987 年）。金克木先生在文章中主要针对我国大部分读者觉得《吉檀迦利》难以理解这一问题进行了解说。他首先指出《吉檀迦利》诗集仿佛是"有起、有结、有主题旋律又有变奏的完整的乐章"，[①] 这种对同一主题的不断重复正是印度传统文化的特点之一，但对我们来说这种重复却显得单调。而诗集所涉及的内容既有爱，又有神，又"充满物质人间的形象"，诗歌用语又不是日常的自然语言，因此让人觉得神秘。但更重要的原因则在于诗集所抒发的感情"同我们所熟悉的大有距离"，《吉檀迦利》是"泰戈尔的艺术观的实践"，其中所蕴含的"神人合一"的宗教情感的陌生是造成我国大部分读者理解障碍的根本原因。这篇文章从中印文化差异的角度出发切中肯綮地解释了《吉檀迦利》在我国之难以获得理解的原因，所讨论的实际上是阅读中存在的"前结构"的问题，也就是阅读主体所具有的审美经验的期待视界的问题，对我们现在认识和分析《吉檀迦利》在我国的接受情况仍具有极大的借鉴意义。刘建的《论〈吉檀迦利〉》是一篇数万字的长文，作者在文中的论述范围涉及《吉檀迦利》的创作背景、英文诗集与孟加拉语诗集的关系、诗集在西方和在我国的译介情况、诗集的思想内容、诗歌的艺术特点、诗集的整体结构等多个方面，这也是目前为止我国学界对《吉檀迦利》论述最为全面的一篇论文。文章指出《吉檀迦利》作为泰戈尔中期宗教诗歌创作的结晶，与他前期的诗歌有着"如同泾渭"的区别，并提出对泰戈尔的宗教哲学思想的理解，是"打开他宗教诗歌宝库的钥匙"，对于诗集的思想内涵，作者

---

① 金克木：《泰戈尔的〈什么是艺术〉和〈吉檀迦利〉试解》，《中国名家论泰戈尔》，第 183 页。

提出"泰戈尔通过《吉檀迦利》这部献给神的颂歌表述了他的宗教哲学思想，寄托了他对崇高精神境界的执著追求和对理想社会的热烈向往，展示了他对人民和祖国的一片深情。诗人无限景慕的神实质上是以博爱为核心的人道主义的思想的象征"①。文章对于《吉檀迦利》的艺术特点所做的紧贴文本的细致分析，是学界目前对《吉檀迦利》的艺术性的研究方面所不多见的、也是需要加强的方面。

在这两篇文章之外，虽然没有专著问世，但在国内目前已有的东方文学史中，都有对《吉檀迦利》的论述，其中至少4部将《吉檀迦利》作为泰戈尔的代表作专列章节进行介绍和分析。在已有的2种印度现代文学史专著中（其中《印度现当代文学》，倪培耕著，新华文化事业〔新〕有限公司，1997年，是在新加坡出版，但考虑到它是国内学者的专著，仍将其列入国内研究成果之内），《20世纪印度文学史》（石海峻著，青岛出版社，1998年）对《吉檀迦利》进行了专门论述。在2003年出版的《泰戈尔文学作品研究》（唐仁虎等著，北京：昆仑出版社）中，虽没有专门章节，也有对《吉檀迦利》的论述。在国内已出版的主要泰戈尔传记文学作品中（包括专著和译著），结合泰戈尔的生平经历，都对《吉檀迦利》有或多或少的介绍和论述。此外，对《吉檀迦利》进行研究的论文也在不断出现。应当承认，近30年来我国对《吉檀迦利》的研究有了较大发展。这些研究成果可以分为以下几个方面：

（一）在思想内容方面。国内研究在较长一段时间内主要关注于对《吉檀迦利》思想内容的解读，可以归纳为如下几个主要方面：第一，关注诗集中的神秘主义。作为一部具有浓厚宗教气息的诗集，《吉檀迦利》中的神秘主义成为我国读者理解该诗集时遇到的一场无法躲避的雾，真实而又难以捉摸。因此，神秘主义成为了众多学者的研究目标。关于诗集中的神秘主义究竟是什么，郭沫若所提出的"泛神论"说在许多论文

---

① 刘建：《论〈吉檀迦利〉》，载《南亚研究》，1987年第3期，第67页。

中被广泛采用和引用，但也有文章明确反对这种说法，指出泰戈尔的思想不是泛神论①；此外也有多篇论文结合泰戈尔自身的宗教哲学观和文艺观对诗集中的神秘主义进行论述，采用了"诗人的宗教说"观点。第二，关注诗集中"神"的含义。对于《吉檀迦利》中"神"的解释论述颇多，其中比较有代表性的观点是认为这个"神"实际上是人格的神，此外也有文章或认为《吉檀迦利》中的神是与印度教传统文化中的"梵"一脉相承，或认为神并不是真正的神，它代表的是自由精神，或提出"神"的内涵之一就是美与理想。第三，关注诗集中的人道主义精神。对于这种人道主义精神，有的学者认为是一种"泛爱"思想，有的学者注重的是其具有现实意义的一面，认为是一种爱国主义思想，是对劳动人民的同情。第四，关注诗集中所体现的泰戈尔的宗教理想。对于这一方面的论述，国内的学者们大都注重诗集与印度传统文化的关系，认为其中所蕴含的是"梵我合一"的理想，是神人之爱。除了这4个主要方面之外，还有论文讨论了诗集中所体现出来的执著的求索精神，也有学者致力于结合《吉檀迦利》中的宗教性与哲理性因素，认为《吉檀迦利》既不是宗教颂神诗，也不是哲理诗，而是一部"神秘性的近代新神话"②。

（二）在思想内容之外，学界对于《吉檀迦利》的艺术性也予以了一定关注。其中主要的论述集中在对诗集结构的分析上，虽然在具体的诗篇的划分上有细微的差别，但目前学界对诗集结构的讨论所依据的大体上都是"写作缘起：颂神——追求神时的思念——与神会面的欢乐——再次分离的痛苦——再次相会，对死亡的超越"这样一条内在逻辑线，这类分析认为整部诗集首尾相衔，一唱三叹，形成了一种内在的韵律之美，有力地烘托着人渴望与神结合的主题。也有文章将这种结构喻为是一部交响乐或庞大的乐章。

---

① 张朝柯：《诗人的宗教不是宗教——试谈〈吉檀迦利〉中的宗教、神和泛神论》，姜景奎选编：《印度文学研究集刊》，上海译文出版社，2003 年，第 60—77 页。

② 魏善浩：《〈吉檀迦利〉：印度返朴归真的新神话》，载《南亚研究》，1994 年第 4 期。

（三）随着外国文学研究的发展，对《吉檀迦利》的研究也逐渐出现了更多的新领域，主要包括：第一，比较研究。比较研究既有侧重实际文学渊源关系考察的影响研究，致力于发现《吉檀迦利》对我国现代诗歌、现代诗人的影响，也有侧重于不同文化之间文学异同比较的平行研究，前者如注重考察泰戈尔与冰心、泰戈尔与郭沫若在创作上的关系，后者如对泰戈尔与沈从文进行比较分析。比较研究还包括了接受研究。接受研究主要关注《吉檀迦利》的接受状况，并力图发现隐藏在不同接受现象之下的深层文化原因，其中《泰戈尔：在西方现代文化中的误读——以〈吉檀迦利〉为个案研究》（刘燕，《外国文学研究》，2003 年2 期）一文较有代表意义，文章讨论了《吉檀迦利》在西方现代文化中所受到的积极性误读与消极性误读，提出这种文化误读的原因在于西方对"异国情调"与"东方他者"的理解，以及当时殖民主义文化语境的认可。第二，翻译研究。目前学界对《吉檀迦利》进行翻译研究的成果较少，已有成果主要针对的都是英汉《吉檀迦利》的对照，试图从译者与作者、译本与原作之间的关系审视文化心理的异同、不同语言作品的特点。

总的来说，自进入新时期以来，我国的《吉檀迦利》研究也逐步取得了发展，产生了不少研究成果。但我们也不无遗憾地发现，其中也存在着许多不足。首先，从研究所涉及的范围来看，大部分研究都囿于对诗集思想内容的研究，缺乏对诗歌艺术性的关注，尤其是对诗歌的意象、语言、风格等方面的研究还远远不够。对于《吉檀迦利》这样一部文学作品来说，对诗歌细读的缺乏是研究中的一个明显缺憾。而在对诗歌思想内容的研究方面，也存在着对原文较为严重的误读这一问题，如有的文章断章取义，认为《吉檀迦利》中的神就是劳动人民。我们说在文学欣赏中误读是不可避免的，但我们也反对对文学作品的随意曲解。其次，在研究资料的收集上，我们发现很多研究成果对原始资料的收集十分不够，对于国外研究成果的借鉴也相当有限，我国目前对国外《吉檀迦利》

以及泰戈尔研究成果的译介基本上停滞不前，鲜有新的作品问世。"他山之石，可以攻玉"，相信对国外优秀研究成果的借鉴将不但有益于我国的《吉檀迦利》研究，同时也将大大推进泰戈尔研究乃至印度研究的深化。再次，学界的《吉檀迦利》研究甚至泰戈尔研究在某种程度上缺乏严谨的治学态度。近年来我国的《吉檀迦利》研究成果数量虽然不少，但真正具有学术价值的成果并不多见。有的研究者只不过将《吉檀迦利》作为在学术上应急的对象，用以谋求科研成果的数量。如有的文章在对冰心所翻译的《吉檀迦利》进行翻译研究时，武断地指称冰心所翻译的《吉檀迦利》第62首与英文原诗相比缺失了最后一节，而事实上这完全是由于研究者所使用的版本不同所造成的错误印象。对于严肃的学术研究来说，严谨的治学态度是首要的条件，我们期望在将来的研究中，有更多真正具有专业精神的成果问世。最后，在我国的《吉檀迦利》研究中，对诗歌孟加拉语原文的关注还远远不够。在已有的成果中，仅有极少数在研究中涉及了孟加拉语原文。泰戈尔的母语是孟加拉语，对其诗歌的研究若缺乏对其孟加拉语原文的关注，则必定是不完整的。对于学界的《吉檀迦利》乃至泰戈尔研究来说，拓宽和加深对孟加拉语原文的关注意义重大。

第二章 孟加拉文"吉檀迦利"文本与英文版《吉檀迦利》的对比研究

在翻译研究中，文学翻译尤其是诗歌翻译被认为是一种艺术，一种创造，雅各布森（Roman Jakobson）认为，无论是在语内还是语际，诗歌都是不可译的，只能是创造性的移植。诗，甚至被认为是在翻译中遗失的东西。《吉檀迦利》的孟加拉语原文与英文之间的差异是巨大的，"在将孟加拉语翻译成一种欧洲语言时要想保留原文的风貌是非常困难的，但这个问题在散文中还不如在诗歌中那么大。新颖复杂的韵律、音乐感、对词语有意识的精妙使用，这些构成诗歌魅力的主要部分，在翻译中损失得最多。在泰戈尔的诗歌中，所有这些方面在翻译中都被忽略了。译作在音质上与原作截然不同；它们可谓是一项新的创造。"[1] 事实上，泰戈尔在翻译过程中所进行的，不仅仅是"创造性的移植"，更准确地说是一种创作性的劳动。经过泰戈尔自己的译笔，孟加拉文"吉檀迦利"文本究竟是如何转换成英文版《吉檀迦利》的，正是本章首先要讨论的问题。

---

[1] Nabaneeta Sen: "The 'Foreign Reincarnation' of Rabindranath Tagore", *the Journal of Asian Studies*, Vol. 25, No. 2. (Feb., 1966), p. 276.

第一节 英文版《吉檀迦利》的诞生

在分析孟加拉语原诗与英文版《吉檀迦利》的差异之前，我们首先有必要从原作与译作的角度，厘清两者之间的源流关系。《吉檀迦利》是我国学界研究泰戈尔时所倚重的重要文本之一，大多数中国读者对《吉檀迦利》也并不陌生，还有许多读者十分喜爱这本薄薄的诗集。与之相比，157首孟加拉语版的《吉檀迦利》显然并不知名。在《泰戈尔全集》（河北教育出版社，2000年）中这部诗集被译为《献歌集》，以与英文版的《吉檀迦利》区别开来。在孟加拉语中，giit（গীত）是"歌"，onjoli（অঞ্জলি）是"献"，"吉檀迦利"一词就是"献歌"之意，这一点已经为大多数读者所知，而103首的英文版《吉檀迦利》中，就有53首选自这本孟加拉语版的《吉檀迦利》。这两部诗集之间的关系到底是怎样的？明晰这一点，对于《吉檀迦利》研究来说，具有正本清源的意义。

追溯英文版《吉檀迦利》的诞生，我们来到了1912年。该年3、4月间，由于身体不适，泰戈尔被迫推迟了欧洲之行的计划，转而来到帕德玛河畔的谢利德庄园调养将息，"正是在这里，他第一次开始将《献歌集》中的一些歌翻译成英语。"[1] 泰戈尔的翻译或者起意于偶然，但其发生和坚持却又是一种必然。在1913年5月从伦敦写给侄女英迪拉·黛维的信中，泰戈尔这样写道："全副身心、又有悠闲的时间，我惬意地安居在恰特拉月[2]的怀抱中，享受着它的阳光、和风、芬芳和旋律。在这样的情况下我无法闲呆。你知道，当风儿叩击我的身体，这触摸将在音乐中产生回应，这是我的一个老习惯。然而我没有力气坐下来创作任何新的东西。因此我拿来《献歌集》的诗篇，并一首一首地翻译。……相信我，

---

① Krishna Kripalani：*Rabindranath Tagore：A Biography*，Oxford University，1962. p. 214.

② চৈত্র孟加拉历月份，相当于公历3月—4月。——笔者注

我着手这件事时并没有想做个一味逞能的狂徒。我只是感到,那些在逝去的日子里曾让我内心欢喜的感触,迫切地需要通过另一种语言来重新体验。"① 正是在这种内在的创作冲动的激励下,身体康复之后的泰戈尔并没有停止这一看似发生于偶然的翻译工作,而是一直坚持了下来,并最终在去往伦敦的航程中完成了英文版《吉檀迦利》的全部翻译。通过上面的引述,我们发现,尽管是从孟加拉语到英语的翻译,但对泰戈尔来说,是有一种他曾经历过的感触、情味在促使他这么做,这种感触、情味使敏感的泰戈尔不得不将内心所感诉诸笔端。另一方面,正如他自己所说,他并非不想创作新的作品,只不过由于受到健康状况的限制力有不逮,这才转而进行翻译。正是这种初衷,使得他在翻译中并没有刻意地隐藏自己的创作冲动,反而时时将翻译与创作结合在一起。事实上,在这期间泰戈尔也并非完全没有创作新作。"说他在这段康复期没有写作任何新作是不对的。实际上,他写了一些歌曲,后来以《歌之花环》为名出版,其中的 17 首②被收录于英文版的《吉檀迦利》译作中。"③ 正是这种再创作性的翻译,使得英文版《吉檀迦利》呈现出与孟加拉文文本十分不同的风貌。也正因为如此,这种不同是值得我们注意和考察的。

如果说早期是由于孟加拉文"吉檀迦利"文本没有中文译本,导致了这种认知的缺失,那么在 24 卷本的《泰戈尔全集》出版之后,我们不但有充分的理由,也有了足够的可能来认识孟加拉文文本。事实上,这种研究不但是可能的,而且是必须的。作为为泰戈尔赢得诺贝尔文学奖的主要作品,从 1915 年 10 月,陈独秀在《青年杂志》第 1 卷第 2 期刊发

① Krishna Kripalani: *Rabindranath Tagore: A Biography*, Oxford University, 1962, p. 215.

② 此处疑有误,根据笔者对照英文与孟加拉文的逐篇统计,《歌之花环》中共有 16 首诗歌收入英文版《吉檀迦利》,分别是第 6、7、8、14、15、16、17、18、20、21、22、23、24、26、29、30 首。——笔者注

③ Krishna Kripalani: *Rabindranath Tagore: A Biography*, Oxford University, 1962, p. 216.

他翻译的 4 首《吉檀迦利》以来（陈独秀译为《赞歌》），《吉檀迦利》就一直是国人认识泰戈尔、研究泰戈尔所倚重的主要文本之一。然而在历经了 90 多年之后，我们却不无遗憾地发现，《吉檀迦利》研究已经陷入了一个瓶颈之中，亟须进一步深入。例如，我们都知道英文版的《吉檀迦利》是来自于作者对自己孟加拉语诗歌的翻译，一些研究者在论述中也会提到这种翻译的改变是巨大的，然而这种认识大部分或来自于对泰戈尔传记的引用、或来自于对国外研究成果的借鉴，因此对于翻译上的改变究竟体现在哪些方面，这些改变又对译诗产生了怎样的影响等问题，研究者们的解释往往还缺乏深入分析，有待进一步加强。近年来，随着殖民主义、后殖民主义文学批评的盛行，当我国的研究者就"泰戈尔在翻译中自觉或不自觉地适应了西方文化对东方文化的诉求"这一点达成了共识时，却没有结合诗集的孟加拉语原文和英语译文来对这个论点进行细致的对比分析和说明，这不能不说是一种缺憾，同时也使得这一论点有虚空高蹈之嫌。

事实上，只有对英语译本的关注是远远不够的，这不但使我国的泰戈尔研究容易流于泛泛，甚至会在一般的读者心目中留下错误的印象。笔者就曾在与许多普通读者交流中听到这样的说法，认为泰戈尔的母语就是英语，要领略泰戈尔的诗歌之美，读他的英语作品即可。一向注重孟加拉语的音律之美、对孟加拉语诗歌韵律发展做出了卓越贡献的泰戈尔若是泉下有知，听到这样的话，不知他将作何感想？而大多数读者，包括很多研究者在内，认为泰戈尔的诗歌具有一种恬淡、宁静的美，认为泰戈尔是一位肃穆离世的哲人，也多是只注重英文诗歌译本的缘故。形成这一现象的主要原因之一，就是我们对孟加拉语文学认识的不足，以及由于条件限制所造成的对孟加拉语原典阅读的缺乏。

虽然《吉檀迦利》中的大部分诗歌选自孟加拉语的《献歌集》，但仍有将近一半诗篇来自于其他 9 部不同的孟加拉语作品集。因此笔者将以英文版《吉檀迦利》和以《献歌集》为主的孟加拉文"吉檀迦利"文本为对象进行比较分析，希望通过这种努力使读者对孟加拉语诗歌、对孟加拉语原文和英文版的不同，有更具体的了解。也希望为读者呈现一个更加全面的《吉檀迦利》，以使我们能更深入、更全面地理解泰戈尔的诗歌、理解泰戈尔。

在分析和讨论孟加拉文文本与英语《吉檀迦利》的异同之前，我们有必要对孟加拉文"吉檀迦利"文本的概念进行一个明确的界定。上文已经提到，在泰戈尔的孟加拉语诗集中有一部与《吉檀迦利》同名的著作，实际上英文版的《吉檀迦利》是借用了这部孟加拉语诗集的名称，同时其中的大部分诗歌也选自这部诗集——在 103 首中有 53 首来自于这部同名诗集，占了二分之一强。因此，对这部孟加拉语诗集《献歌集》的重点关注和分析是具有很大的代表性和典型性的，也是必须要做的。但我们所说的孟加拉语原文并不仅仅只限于这一部诗集。因为，第一，从选诗情况来看，《吉檀迦利》中的诗歌除上述 53 首之外，还有 50 首，也就是近二分之一来自于其他的孟加拉语诗集；第二，作为一部自选诗集，泰戈尔在《吉檀迦利》中所选诗歌的创作年代跨越了十多年，十多年间泰戈尔的创作一直都在延续，也一直在变化发展。如果我们没有看到这一点，也就无法深入考察泰戈尔在翻译这些诗歌时，对它们进行修改、增删，乃至重写的深层心理和文化原因。因此，在这里讨论的孟加拉文文本，将以《献歌集》为主，同时兼顾其他相关的孟加拉文作品集。

在厘清了这一点之后，我们将先明确英文版《吉檀迦利》中的 103 首诗究竟来自哪些孟加拉文作品。关于这个问题，学界一直众说纷纭，莫衷一是。比较有代表性的看法主要有：作为译者的冰心自己的看法，她曾写道，这些诗歌是泰戈尔在 50 岁时，从他的三本孟加拉语诗集《奈维德雅》（奉献）、《克雅》（渡口）、《吉檀迦利》（献歌），以及从 1908

年起散见于印度各报章杂志的诗歌，自己选译成英文的；① 国内泰戈尔研究者近期的研究成果："英文《吉檀迦利》不是单纯译自诗人的同名原著。这部诗集的 103 首诗歌中，只有 57 首是从有着 147 首诗歌的后者选译而来的，其余大部分诗歌译自另外几部宗教抒情诗集。诗人从《歌的花环》选译了 17 首，从《献歌集》选译了 3 首，此外，从《收获集》、《梦幻集》这两部前期诗集和《悼亡集》、《献辞集》及剧本《死城》（1911）各逐译了 1 首"，② "英文本《吉檀迦利》诗集收诗 103 篇，主要来自《祭品集》、《怀念集》、《儿童集》、《献祭集》、《渡口集》和《献歌集》及部分新作（1914 年收入《歌之花环》），其中所收《献歌集》的诗最多，计 51 首。"③ 关于这一问题最新的信息则来自于白开元翻译的《吉檀迦利：泰戈尔抒情诗赏析》，在这本书中，浸淫孟加拉语多年的译者第一次为中国读者全面提供了英文版《吉檀迦利》选诗的来源，指明了包括众所周知的《献歌集》、《歌之花环》，和鲜为人知的《幻想集》、《坚固堡垒》在内的共 10 部孟加拉语作品。由此可见，随着研究的深入，我们对这一问题的认识也在不断完善。从最初只了解 3 部作品，且对具体的选诗数量不甚明了，到后来的 8 部，对选诗情况有一定掌握，但具体数字有误差，再到现在的 10 部，并在英文版每首诗后注明相应的孟加拉语诗歌名称，只是在个别诗歌的对应上存在一些出入，英文版《吉檀迦利》的选诗来源基本上已经清晰地展现在我们面前。从这一点来说，《吉檀迦利》白开元译本具有十分重要的意义，因为它在我国学界内第一次完整地展示了英文版《吉檀迦利》与孟加拉语原文的对应关系。具体来看，103 首英文版《吉檀迦利》中诗歌的孟加拉语作品来源共有 10 部，

---

① 参见〔印〕泰戈尔著：《泰戈尔诗选·冰心译序》，谢冰心、石真译，人民文学出版社，1958 年。

② 刘建：《论〈吉檀迦利〉》，载《南亚研究》，1987 年第 3 期，第 61 页。文章作者在此文中所用作品的译名与现在通用的译名稍有差异，笔者注。

③ 唐仁虎等著：《泰戈尔文学作品研究》，昆仑出版社，2003 年，第 127 页。

按出版时间顺序排列依次是（每部作品中选用诗歌的具体数字附后）：《收获集》（1896）1首、《幻想集》（1900）1首、《祭品集》（1901）16首、《怀念集》（1903）1首、《献祭集》（1903）1首、《儿童集》（1903—1904）3首、《渡口集》（1905）11首、《献歌集》（1910）53首、《坚固堡垒》（剧本，1912）歌词1首和《歌之花环》（1914）16首，时间跨度将近20年，涉及作品十分广泛。有趣的是，如果把十部诗集后附注的10个数字相加，我们会发现所得结果是104而非103，这是因为泰戈尔在翻译的过程中对原来的孟加拉语诗歌进行了很大的改动，或删或增或整合，英文版第95首更是由《祭品集》中的第89、90两首糅合而成，因此才会出现选诗数量比英文诗集多出一首的情况。

第二节　论英文版《吉檀迦利》对孟加拉文文本的删减、增加与整合

对所要讨论的文本对象有了一个较为清晰、具体的认识之后，我们可以对其进行进一步的考察和分析。正如笔者在上文中提到过的那样，如果将孟加拉语原文和英文版诗歌进行对比，我们会发现，泰戈尔在翻译的过程中，对孟加拉语原作进行了大幅度的修改，其中既有毫不吝惜的删繁就简，也有娓娓道来、化简为多的散文化描述，更有一些甚至可以说是改头换面，仅存几分神韵，种种情况不一而足，综合起来看，这些翻译过程中出现的改写主要可以分为以下三类：删减、增加和整合。

首先来看删减，这是对文本进行精简、压缩。当我们说《吉檀迦利》中大部分是一些短小的抒情诗的时候，大多数人或许并没有意识到自己谈论的是经过了泰戈尔删减的作品。而也许另一个问题同样会让人颇为费解，那就是如果我们去读孟加拉语的原文诗歌，我们会发现很多原文

诗歌本来就已经较为短小，甚至很多诗歌本身就只有两个诗节，那为什么泰戈尔还会毫不怜惜地对它们进行多诗行的删减呢？这些删减究竟是否削减了诗歌所包含的意蕴呢？为了更好地回答这些疑惑，我们可以将泰戈尔在翻译过程中所采取的删减大致分为两种情况来讨论。一种情况是删除在同一诗篇中多次循环往复出现的诗句。这种删减往往并不涉及内容的削减，而主要侧重于诗歌形式的变化。泰戈尔十分重视诗歌的韵律，在他看来"诗的语言颇需斟酌，受制于严格的规则——韵律"①。而诗句循环往复的重复与复沓是泰戈尔最青睐的形成全诗韵律的方法之一。② 事实上，《献歌集》作为一部"歌集"是名副其实的，其中几乎所有的诗篇都可以配上曲调进行吟唱。更确切地说，在孟加拉地区乃至全印度，吟唱才是《献歌集》最普遍、最常见、也为印度人民喜爱的流传方式。在节假日、在聚会、在日常生活当中，普通的孟加拉人都会吟唱这些诗歌。这种吟唱与《献歌集》中诗篇的诞生，没有先后之分。在自己的创作当中，泰戈尔早已将二者融汇在一起，在1916年出版的《回忆录》中他曾这样描述自己创作这类歌集时的经验："当我写歌的时候，常有这种感觉。我对自己哼着写出以下的句子"，"如果不先有那调子的话，我不知道以下的诗会写成什么样子"。③ 而在《献歌集》以及同时期创作的其他孟加拉语作品集中所采用的这种一个诗句在诗首、诗中、诗尾或在诗中、诗尾反复出现的形式，具有一唱三叹的效果，在诗歌内部形成一个个起伏，极大地增强了诗歌的韵律感，使之读来朗朗上口。如《献歌集》第87首，原文音律如下：（借用罗马体转写，长元音均用相应元音的双写表示，后附孟加拉文原文）

---

① 〔印〕泰戈尔著：《散文诗和自由体诗》，倪培耕译：《论文学》，刘安武、倪培耕、白开元主编：《泰戈尔全集》（第22卷），河北教育出版社，2000年，第315页。

② Cf. Buddhadeva Bose, *Tagore: Portrait of A Poet* (Enlarged Edition), Papyrus, 1994, p. 42.

③ 〔印〕泰戈尔著：《回忆录附我的童年》，谢冰心等译，人民文学出版社，1988年，第119、120页。

chhina kore lao he more,
    aara bilmba naye |
dhulaaye paache jhore pari
    ei jage mor bhaye |
e phul tomaar maalaar maajhe
thaani paabe ki jani naa je,
tabu tomaar aaghaatti taar
    bhagge jena raye |
chhina karo, chhina karo,
    aara bilmba naye |

kakhan je din phuriyee jaabe
    aasbe aandhaar kore,
kakhan tomaar puujaar belaa
    kaatbe agocare |
jetuku er rang dhareche,
gandhe sudhaaye buk bhareche,
tomaar sebaaye lao setuku
    thaakte susamaye |
chhina karo, chhina karo,
    aara bilmba naye |

ছিন্ন ক'রে লও হে মোরে,
    আর বিলম্ব নয় |
ধুলায় পাছে ঝ'রে পড়ি
    এই জাগে মোর ভয় |
এ ফুল তোমার মালার মাঝে
ঠাঁই পাবে কি জানি না যে,
তবু তোমার আঘাতটি তার
    ভাগ্যে যেন রয় |
ছিন্ন করো, ছিন্ন করো,
    আর বিলম্ব নয় |

কখন যে দিন ফুরিয়ে যাবে,
    আসবে আঁধার ক'রে,
কখন তোমার পূজার বেলা
    কাটবে অগোচরে।

যেটুকু এর রঙ ধরেছে,
গন্ধে সুধায় বুক ভরেছে,
তোমার সেবায় লও সেটুকু
　　থাকতে সুসময় ।
ছিন্ন করো ছিন্ন করো
　　আর বিলম্ব নয় । ①

　　原诗共有两个诗节，七个诗句，其中第一、第三和第七句分别在诗首、诗中和诗尾形成重复，将全诗完美地分成了均衡的两部分，使诗歌不但在形式上、而且在通篇的韵律上，形成了一种具有平衡的起伏之美。吟诵这样的诗篇，即使不懂孟加拉语，也可以在听觉上获得一种美的享受，仿佛可以看到一幅美人舒袖起舞图，娉婷处婀娜多姿，回身时舒展深情。全诗可试译如下：

　　将我摘下拿走吧，
　　　莫再迟疑。
　　以免我凋落于尘
　　　是我所忧虑。
　　我不知这花能否
　　　占你花环一朵，
　　但你的一次采撷
　　是它命中福祉。
　　摘下吧，摘下吧
　　莫再迟疑。

　　何时这日子结束
　　　黑暗临近，

　　① 罗宾德拉纳特·泰戈尔著：《献歌集》，国际大学出版社，加尔各答，孟历 1317 年版，孟历 1365 年重印本，第 113 页。

何时膜拜你的良辰

　　悄悄流尽。

这花儿颜色娇艳，

充满甜蜜和芳香，

拿这花朵去你的祭典

　　让它留在那吉时。

摘下吧，摘下吧

　　莫再迟疑。

与这首诗相对应的是英文版《吉檀迦利》中的第 6 首：

Pluck this little flower and take it, delay not! I fear lest it droop and drop into the dust.

I may not find a place in thy garland, but honour it with a touch of pain from thy hand and pluck it. I fear lest the day end before I am aware, and the time of offering go by.

Though its colour be not deep and its smell be faint, use this flower in thy service and pluck it while there is time. [1]

在上面所引的英文文本中我们可以看到，孟加拉语文本中形成诗篇起伏婉转韵律的重复句已经被删去，英文译本仅在开篇保留了与第一句相应的译文。但同时，这几个复沓诗句的删减，并没有影响该诗的诗义，"采摘"和"莫再迟延"这两条信息得到了忠实的保留。细心的读者会发现，在这首诗中，也出现了使诗歌含义产生了改变的改写，这属于我们稍后将要讨论的翻译中的第三种情况。

---

[1] by Sir Rabindranath Tagore, *Gitanjali and Fruit Gathering* (*New Illustrated Edition*), The Macmillan Company, 1918. 如无特别说明，本书所引英文版《吉檀迦利》诗篇均选自该版本，以下不再一一注明。

在从孟加拉语原文翻译成英文的过程中，仅以《献歌集》为例略举一二：孟加拉语诗集的第 3 首对应于英文版的第 63 首，孟加拉语的第 16 首对应于英文版的第 18 首，孟加拉语的第 101 首对应于英文版的第 65 首，它们在翻译的过程中均被删去了复沓的诗句。事实上，在《献歌集》中删减掉复沓诗句，而后被译成英文的诗篇远不止这些。可以这样说，在翻译自己的孟加拉语诗歌时，泰戈尔所做的这种删减是不胜枚举的。

第二种情况的删减是对原有诗句、诗节的删减。由于删去的均是具有实义的诗句，这些删减都在一定程度上削减了原诗所包含的信息量，使得译诗蕴义不同于原诗。如《献歌集》第 36 首，原诗共有 4 个诗节，每个诗节为一个长句，对应于《吉檀迦利》的第 70 首。但从英文译诗的结构上来看，译诗只有 3 个诗节，比原文少一个诗节。为了更清楚地考察原文的 4 个诗节与译文的 3 个诗节之间的关系，文章在此将译文附上，以与英文版进行对比：

你不能与这韵律融合吗？
　抛开一切，云游
　　欢喜地挣脱所有。

张开耳朵倾听吧
苍穹之下 四面八方
死亡之琴在奏什么曲调
　在太阳、星辰、月亮之上
点燃一切的火焰奔跑着
　在燃烧的欢喜之中。

疯狂的歌声旋律里
奔往哪儿谁知道，
狂喜中奔走不回顾

> 不受任何羁绊
>
> 翻滚 奔涌
>
> 在流动的欢喜之中。
>
> 在脚步欢快的湍流间
>
> 是尽情舞蹈的六季，
>
> 洪水咆哮着冲刷大地
>
> 在色彩、歌声、芬芳里
>
> 抛却 舍弃
>
> 在死亡的欢喜之中。①

英文版如下：

Is it beyond thee to be glad with the gladness of this rhythm? to be tossed and lost and broken in the whirl of this fearful joy?

All things rush on, they stop not, they look not behind, no power can hold them back, they rush on.

Keeping steps with that restless, rapid music, seasons come dancing and pass away-colours, tunes, and perfumes pour in endless cascades in the abounding joy that scatters and gives up and dies every moment.

比较以上两个文本，我们发现，尽管原作与译本之间的差异较大，原作中的第一、三、四诗节与译本第一、二、三诗节之间的对应关系仍清晰可见，但原作中的第二诗节却在译文中了无踪迹，被完全删除了。如果从整个诗篇来看，这一节的删除并没有改变诗歌的含义，英文版与原作所表达的基本涵义是一致的，两者都是关于死亡的赞歌，展现了一

---

① 罗宾德拉纳特·泰戈尔著：《献歌集》，国际大学出版社，加尔各答，孟历1317年版，孟历1365年重印本，第56—57页。

种在死亡的毁灭之中蕴含的巨大的美与狂喜。不同的是在表现这一点时，原作胜在层层铺垫、步步渲染，从第二诗节的奔跑、到第三诗节的翻滚、奔涌，到第四诗节的咆哮、冲刷，这种喜悦得到了一步步的烘托和表达，体现了一种动态的上升，蕴藏着一种对逐渐增强的力量的表达。此外，第二诗节中的"倾听"上承第一诗节的"韵律"，"奔跑"下启第三诗节中的"奔往哪儿"，其中的"死亡之琴"又与第四诗节的"死亡"形成一种呼应，使得最后一节中"死亡"的出现不至于显得太过突兀，这都使得全文具有一种整体之美。可以说，第二诗节的删除，使译文在很大程度上失去了这种浑然一体的呼应之美。这很像节日里盛装的孟加拉姑娘们，她们穿戴的饰品琳琅满目、繁复交错，繁则繁矣，却互相映衬、美不胜收。而这也正是孟加拉语诗歌乃至孟加拉文化的一大特点。若是取走其中的一件，可则可矣，却总会略显失色、稍逊风骚。当然，这种繁复之美并非在每个民族、每个时代都能得到欣赏，或许正是出于这种考虑，泰戈尔在翻译包括这首诗歌在内的大部分孟加拉语原文时，都或多或少对原诗进行了删减。如《吉檀迦利》第 102 首，对应的是《献祭集》第 6 首，原诗有 4 个诗节，但被翻译成英文后，第三、第四个诗节被完全删除了。比删除诗节更常见的是删减诗句，即，将原文表达同一含义的两个或三个诗句删减为只剩下一句。如《吉檀迦利》第 27 首，对应于《献歌集》第 17 首，原诗第二诗节包括 6 个诗行，在翻译中，有两个诗行、一个短语被省略。《吉檀迦利》第 26 首，与《献歌集》第 61 首对应，但原诗中第二诗节的第一句也被完全删去。又如《吉檀迦利》第 23 首，英文版中出现的是简单的"my friend"，而与它对应的原文《献歌集》中的第 20 首，则是"呵 我生命中亲密的朋友"（পরানসখা বন্ধু হে আমার），这种情况的删减可谓比比皆是。

接下来我们讨论从孟加拉语原作到英文译本的翻译过程中出现的增加。尽管复沓句是泰戈尔最常用的韵律手法之一，尽管繁复之美是孟加拉语诗歌固有的美，但泰戈尔对孟加拉语原作的翻译并非仅有删减而已。

我们先来看看以下诗节。

> 我不满意那曲调
>
>   也未把歌词写好,
>
> 只是灵魂中充满
>
>   歌的渴望。
>
> 今天花儿仍未开放
>
>   只有一阵风掠过。①

这是《献歌集》第 39 首第二诗节,与之对应的是《吉檀迦利》第 13 首中的以下两句:

The time has not come true, the words have not been rightly set; only there is the agony of wishing in my heart.

The blossom has not opened; only the wind is sighing by.

比较这两段节选,我们看到英文版中的"the time has not come true"是在翻译过程中新增的诗句,"时间还没有到来",这可以看作是对"我"今天还没有歌唱的另一个原因。同时,它也表达了"今天还不是恰当的时候"这一信息。另外,它也与英文版后面的"the meeting is not yet"形成呼应。而"sighing by"则在原文"掠过"这一信息的基础上再增添了"叹息"之意,使诗句更为生动、形象。

又如《献歌集》第 2 首第一节的前 4 个诗行:

> 我想冒险实现欲望,
>
> 你以拒绝拯救了我。
>
> 这严厉的慈悲充满

---

① 罗宾德拉纳特·泰戈尔著:《献歌集》,国际大学出版社,加尔各答,孟历 1317 年版,孟历 1365 年重印本,第 60 页。

　　我的生命。①

　　对应的《吉檀迦利》第 14 首的诗句为：

　　　　My desires are many and my cry is pitiful, but ever didst thou save me
　　by hard refusals; and this strong mercy has been wrought into my life
　　through and through.

　　英文版的"my cry is pitiful"之意在原文中并未出现，在原文中，只出现了"我"欲求很多，而"你"以拒绝将"我"拯救这一层意思，"我"与"你"的关系显得比较模糊。而这一诗句的添加，使得"我"的形象更加具体，"我"与"你"尊卑之分也更加明显。而我的"可怜"与"令人同情"，又使得"你"的拒绝显得更加坚决和严厉。可以说，这一诗句不但为原文增添了新的信息，也使得英译文在叙述上更具有逻辑性。此外，译本中的"wrought into my life through and through"也是对原文"充满我的生命"的一种衍化，比原文更详细、更具体。

　　分析以上两则节选，我们发现，翻译过程中出现的增加，也存在着两种情况，一种是在原作基础上的推衍、细化，一种是译作独有的平添的新诗句。在从严格的韵律诗到散文诗的转化过程中，这两种情况均是无法避免的。

　　接下来要讨论的是在删减与增加基础上出现的整合。整合并非对某一诗句或诗节的简单的删、增，而是将两个乃至两个以上的诗句或诗节融合起来，进行新的表达。这些原诗句、诗节在经过整合之后往往"你中有我，我中有你"，新的诗句与原文比起来"神似而形非"。如《献歌集》第 114 首：

──────────

　　① 罗宾德拉纳特·泰戈尔著：《献歌集》，国际大学出版社，加尔各答，孟历 1317 年版，孟历 1365 年重印本，第 17 页。

日暮死神将至

　　在你门前的那天

你有何珍宝向他敬献。

　　我的整个生命

　　我将献于他面前，

我不会让他空手而返——

　　死神到我门前那天。

　　多少秋夜与春晚

　　多少黄昏多少清晨

生命之杯中有多少经年蜜汁——

　　多少果实多少花朵

　　我的心儿已充满

在欢喜忧愁的明暗交织里。

　　那些我收集的珍宝

　　长久以来的所有收藏

在最后的日子用托盘向他敬献——

　　死亡到我门前的那天。①

　　在读完这首诗之后，我们并不能立即确定与它对应的究竟是英文版《吉檀迦利》中的哪一首。且让我们来看看：

On the day when death will knock at thy door what wilt thou offer to him?

---

① 罗宾德拉纳特·泰戈尔著：《献歌集》，国际大学出版社，加尔各答，孟历 1317 年版，孟历 1365 年重印本，第 144 页。

Oh, I will set before my guest the full vessel of my life—I will never let him go with empty hands.

All the sweet vintage of all my autumn days and summer nights, all the earnings and gleanings of my busy life will I place before him at the close of my days when death will knock at my door.

这是《吉檀迦利》第 90 首。在这首译诗中，第一句和第二句分别译自原诗第一节的第一句和第二句。而译诗中最长的第三句，则是将原诗的第二诗节和第三诗节整合而成。这一个英文长句，包含了原诗中两个诗节的部分内容，与两个诗节所蕴含的意义大体一致，但也仅仅是含义的大体一致。因为只要稍加比较便可发现，译文一方面省略了原诗中许多意象，如黄昏、清晨、生命的蜜汁等，另一方面它又对原诗原有的表达进行了修改，如增添了"忙碌的"来修饰生命，又用死亡来"叩我的门"替代了原文中的"到我门前"，使得译文更形象化。这种在一首诗内，对诗句与诗节进行整合的现象十分普遍，如《吉檀迦利》第 19 首，全文 3 个段落，每个段落长度大致相同，结构匀称。但实际上这种均衡的结构是泰戈尔对原诗进行整合之后的结果，它对应的是《献歌集》第 71 首，泰戈尔将原诗第 2 个诗节分别译作了英文本中的第 2 段和第 3 段，并对第一个诗节进行了整合。原文第一节为：

> 嘿 缄默的你，如果不说话
>   便不要说吧。
> 我将含忍，用你的沉默
>   充盈我的心。
>   我将这样默默地
>   像群星璀璨时
>   静静的黑夜那般

　　　　耐心　垂首。①

英译文为：

　　If thou speakest not I will fill my heart with thy silence and endure it. I will keep still and wait like the night with starry vigil and its head bent low with patience.

　　通过这种整合，原文那饱含着感慨和深情的意境已然淡化，译文对诗的节奏与情感化作了散文化的叙述。原文中的"嘿（ogo，অগো）"一词在孟加拉语中主要用于夫妻间的爱称，同时也可以用来称呼神。这一词在原诗中体现了"你"与"我"之间虽有尊卑，却不失亲昵关系，这种关系在译文中更是消失不见了。

　　泰戈尔对孟加拉语原诗做的最大的整合当属对《祭品集》第89、90首的翻译，他采用了整个第89首，又选取了第90首的结尾部分，将两者融合而成《吉檀迦利》中的第95首，然而他的这种整合又是如此之巧妙，在译诗中完全不着痕迹。如果不与原诗进行比照，谁又能看出《吉檀迦利》第95首的最后一个诗节，以及倒数第2个诗节的最后一句是来自另一首诗？

　　整合除了对诗句、诗节、诗篇的调整与糅合，还包括对诗中隐喻的阐释，使诗中隐含的寓意变得明朗、清晰。如《献歌集》第88首第二节为：

　　就像黑夜掩藏
　　　　对光的求祈——
　　在重重幻影中

_____

　　① 罗宾德拉纳特·泰戈尔著：《献歌集》，国际大学出版社，加尔各答，孟历1317年版，孟历1365年重印本，第97页。

我需要的是你。

当风暴袭击宁静

它生命正需要安宁，

这正如我冲撞你

但我需要的是你。①

与之相应的是《吉檀迦利》第38首的最后两段：

As the night keeps hidden in its gloom the petition for light, even thus in the depth of my unconsciousness rings the cry—'I want thee, only thee'.

As the storm still seeks its end in peace when it strikes against peace with all its might, even thus my rebellion strikes against thy love and still its cry are—I want thee, only thee.

英文本以"在我潜意识深处"代替了原文"重重的幻影"，又以"我的反抗冲击着你的爱"对原文的"我冲撞你"做了注解，使译文的表达比原文更为直白，更具有散文的文体特征。

第三节　翻译中的重写：对英文版《吉檀迦利》再创作的研究

如果说在上一节中我们讨论的删减、增加和整合，主要是由于在文体转化过程中的必然，是从韵律诗到散文诗不可避免的现象，其对原诗的影响主要体现在语言形式方面，而思想内涵基本忠实于原诗。那么本节所要讨论的重写，则是泰戈尔主动选择的结果。这些重写有的对诗作的内容、有的对诗作的思想产生了较大影响，有些诗歌经过重写后甚至

———————

① 罗宾德拉纳特·泰戈尔著：《献歌集》，国际大学出版社，加尔各答，孟历1317年版，孟历1365年重印本，第114页。

表达出与原诗迥然相反的意思。同时也正是这种重写，最大程度地体现了泰戈尔在英文版《吉檀迦利》中对孟加拉文文本进行的创作性翻译。

重写首先体现在对诗歌原有文化意象进行置换这一点上。泰戈尔生长在一个具有浓郁的印度传统文化气息的家庭，对印度传统文化中的各种意象耳熟能详，在他的孟加拉语创作中，他对这些文化意象的运用可谓是随手拈来，同时这也是他的诗歌流传久远、至今仍深受孟加拉人民和广大印度读者喜爱的重要原因之一。而对外国文学早有涉猎的他显然也很清楚印度文化与西方文化之间的差异，因此在将自己的孟加拉语作品翻译成英文时，对于一些他认为难以确切地翻译、或难以被西方读者理解的意象，泰戈尔进行了有意识的重写和置换。如本书在上文中曾提到的"嘿（ওগো）"一词，这看似简单的一个称呼，却包含了丰富的文化内涵。在孟加拉语中，这个词具有爱人之间、人与神之间的双重指涉。它既与印度教传统中人与神之间如同恋人般的情感有关，又与盛行于孟加拉地区的毗湿奴崇拜息息相关。因此，只有了解黑天与罗陀的故事、了解毗湿奴崇拜、了解印度教文化的特质之后，才有可能充分领会这一称呼的含义。因而从文化角度而言，这一称呼在从孟加拉语到英语的翻译过程中是译无可译，也就无怪乎在英译文中，泰戈尔对其选择了舍弃。不过对于诗歌的文化意象来说，舍弃并不是唯一的选择，置换也同样是可能的。

在英文版《吉檀迦利》第15、26、55、78、100首中，"harp"（竖琴）的意象曾多次出现，然而印度的传统乐器中并没有竖琴，即使在泰戈尔生活的年代，乃至在现代，热爱音乐与歌舞的印度人所常用的乐器中也很少有竖琴的身影。由此我们可以推断这一意象必然是翻译之后的产物。那么英文版中的"竖琴"的前身究竟是什么呢？在原文中，除第55首之外，与"harp"对应的都是"viina"（বীণা），即维纳琴。这是一种七弦琴，也是印度古老的传统乐器之一。然而对于西方读者来说，这种乐器却是陌生的。于是同样古老、却更为西方读者所熟悉的竖琴进入了泰戈尔的翻译视野。虽然竖琴的外观与维纳琴颇不相同，一般来说竖琴有 24 根弦，远远超过了维纳琴，但一来两者都属于弹拨类弦乐乐器，二来竖琴的音质低回舒缓，与诗歌的基调相符，因此可以说它是维纳琴最好的替身。而在第 55 首中，与 "harp" 相对应的却是 "baanshri（বাঁশরি）"，即竹笛，这也是在印度文学文化中常见的一个意象。在印度教的黑天故事中，生活在牧场的小黑天是一个牧童，经常以吹着竹笛的形象出现。在这首诗的孟加拉语原文中，出现的是在路上、在每一步里，悲伤的竹笛在鸣鸣，而 "我" 在呼唤 "你" 这一意象。那么为什么在译文中竹笛会变成了竖琴呢？让我们来看看译文，"At every footfall of yours, will not the harp of the road break out in sweet music of pain？（你的每一个足音，不会使道路的琴弦进出痛苦的柔音吗？①）" 显然，用琴弦来形容幽长曲折的道路比用竹笛来形容要更加合适、贴切。

　　类似的置换也出现在其他的诗篇中。如在《吉檀迦利》第 27 首中，用 "雷声在响" "狂风怒吼" 代替了原文中的 "风云在呼号"。原文写于孟历阿斯旺月（公历 6 月中至 7 月中），那时正是孟加拉的雨季。孟加拉的雨季最常出现的自然景象是浓云压顶、狂风横扫大地，天地昏暗，但对于大多数读者、也包括中文读者来说，这种风云汹涌的景象仍不如雷电交加那么生动可感。这种风云意象，可以说是孟加拉独有的自然风貌赋予孟加拉文化的特质。文化意象的置换还突出地表现在《吉檀迦利》第 56 首中。在这首诗的最后一句中出现的 "in the perfect union of two"（在我俩的完美的合一），显得较为抽象和哲理化，缺少一种与前文的 "情人" 相和的美感。而原文中用来表达 "你" "我" 合一这一涵义的词是 "jugolsommilne（যুগলসম্মিলনে）"，这是一个复合词，"jugol（যুগল）" 在孟加拉语中专指一对情人、一对爱侣，在孟加拉文化中也可以用来特指

---

　　① 译文引自〔印〕泰戈尔著：《吉檀迦利》，谢冰心译，刘安武、倪培耕、白开元主编：《泰戈尔全集》（第 4 卷），河北教育出版社，2000 年，第 295 页。若非特别说明，本书所引《吉檀迦利》冰心译本均引自该版本，以下不再一一注明。

拉达和克里希那，如"joglmuurti（युगलमूर्ति）"就是特指一幅表现拉达和克里希那由相爱而结合的图画。而"sammilna（मग्मिलन）"意为"完美的结合、融合"。由此可见，在原诗中，这一词表达了"我"与"你"之间那种在爱中实现圆满结合的喜悦和纯洁，这种结合首先是爱人之间的、是甜美的，同时又是人与神之间的，是神圣的。与前文中曾论及的"ogo（उगो）"一样，这种"结合"也是无法翻译的。面对这些无法翻译的意象，泰戈尔试图通过置换为它们在异质文化语境中寻找到一席之地。

重写的第二种情况是叙述视角的转变。也就是说，在从原文到译文的翻译过程中，泰戈尔有意识地改变了叙述中的人称。如《吉檀迦利》第9首：

O Fool, try to carry thyself upon thy own shoulders! O beggar, to come beg at thy own door!

Leave all thy burdens on his hands who can bear all, and never look behind in regret.

Thy desire at once puts out the light from the lamp it touches with its breath. It is unholy-take not thy gifts through its unclean hands. Accept only what is offered by sacred love.

全文以"O Fool"开篇，全部使用对第二人称的指称，在"我"的眼里，"你"现在的行为是错误的，似乎"我"在对"你"进行劝诫，给予忠告。"你"的负担又应该放在哪里呢？应该放在"他"的手里。处于叙说地位的"我"，有着一副理智的面孔，是一位贤哲的形象。而整个诗篇的口吻是教诲似的，诗的基调是肃穆的。

那么这首诗所对应的原诗又是什么样的呢？

再也　不自己
举起自己。

　　　　再也　不在自家
　　　　　　门前求乞。
　　　　这一　负担我弃你足下
　　　　　　我轻松外出——
　　　　　　不再将其放心上
　　　　　　　不再将它谈起。
　　　　　　我将不再自己
　　　　　　　举起自己。

　　　　　　我的欲望
　　　　　　　所及之物
　　　　　　它们的光芒
　　　　　　　瞬间消逝。
　　　　呵，因此这不洁的双手
　　　　　　拿来的一切我都不再想望，
　　　　　　那不能与你的爱共鸣之物，
　　　　　　　我也不再容忍。
　　　　　　我将不再自己
　　　　　　　举起自己。①

　　这是《献歌集》第 105 首。这首诗的叙述者是"我"，是一个人在自言自语，在抒情式地反思。"我"的认识是一种凡人的自我领悟，而让我得到领悟的就是"你"。"我"在"你"的面前诉说我的内心，"我们"之间有直接的沟通与交流，这种关系远比译文中的"你"与"他"的关系要亲密、融洽。正是这种叙述视角的改换，使得诗篇中的人物关系发

————————

　　① 罗宾德拉纳特·泰戈尔著：《献歌集》，国际大学出版社，加尔各答，孟历 1317 年版，孟历 1365 年重印本，第 131 页。

生了变化，也从而对全诗的基调产生了影响。了解了这种变化，也有助于我们理解，为什么《吉檀迦利》中的泰戈尔会容易让人认为是一位肃穆的长者，或者又被看成一位"教导者"。

　　除了这种对全诗的叙述视角的改变之外，在《吉檀迦利》中出现得最多的是对人称代词的改换。与英语不同的是，孟加拉语中的人称代词分为敬称、平称、昵称三类，敬称用于称呼尊敬的人，包括长辈、师长，也适用于对神的称呼；平称主要用于普通朋友或平辈之间；昵称则用于关系十分亲密者之间，也适用晚辈、小孩，有时也表达对对方的轻视。此外，孟加拉语中还有一些专用于情人之间、专用于对神，以及具有双重指涉的称呼语。这些词语或者难以确切地译成英语，或者在英语中没有对应语，无法翻译。在翻译过程中，这种转变主要体现在两个方面。第一个方面，就全篇来说，通读英文版的《吉檀迦利》，我们发现使用得最多的人称代词是"thou"以及与 thou 相应的 thy 等，不管泰戈尔是从他较为熟悉的英国文学，特别是莎士比亚那里获得了灵感——值得一提的是，泰戈尔在青少年时代就曾翻译过莎士比亚的作品，还是他借鉴 18、19 世纪盛行的英王詹姆斯钦定版《圣经》，这几个人称代词都无法与孟加拉语中你、他、您的平称、昵称、敬称形成分别的对应关系，因此也无法全面体现原文中丰富、多样的人物关系，从而使得整个英文本《吉檀迦利》中人物的关系趋于单一化。另一方面，就单独的诗篇来说，原文特有的一些具有双重色彩的表达被简单化，同一诗篇之内由于表达的不同而蕴含的微妙的信息无法得到传达。如《吉檀迦利》第 11 首中的"thou"，在孟加拉语原文中是"tui（তুই）"，而"he"在原文中是"tini（তিনি）"，"tui"在孟加拉语中是对第二人称的昵称，但也可以用于表示对对象的轻视，"tini"则是孟加拉语中对第三人称的敬称，表达尊敬之意。再结合全诗来看，在这组人物关系中，首先从人称代词的使用上，便体现了"你"的谦卑与"他"的尊贵。但这种含义，却无法在英文译文中得到体现。同样是"tui"、"tini"的使用，在《吉檀迦利》第 27 首中所对应的原文中又具有不同的涵义。在原文中，与第 27 首中的"thee"所对应的是"tore（তোরে）"，即"tui"的宾格，但结合全文来看，这个受到神的召唤而要去赴爱的约会的"你"，与神之间则不仅仅是卑与尊的关系，他们的关系同时也是亲昵、亲密的。而在原文中，在"tore"之外，还同时出现了"tomaar（তোমার）"，即孟加拉语平称的属格，由此更可见，在这首诗中，神与"你"的关系是多重的，既有尊卑，又有亲昵，同时还是平等的。又如，前文提到的《献歌集》第 36 首《吉檀迦利》第 70 首，根据诗歌动词词尾变形来看，孟加拉语原文中使用的"你"应该是"tui"（তুই），即第二人称的昵称或蔑称，表达了自我面对死亡时的亲近与渺小。在英译文中，这种由称谓带来的多重关系的表达无从体现。

重写的第三种情况则是泰戈尔在翻译中进行了完全的再创作，从而使英译文表达出与原作迥异、甚至有时是完全相反之意。如前文曾论及的《献歌集》第 87 首，《吉檀迦利》第 6 首，在原诗中是"这花朵儿颜色正娇，正充满了甜蜜芳香"，但在译诗中却是"though its colour be not deep and its smell be faint（虽然它颜色不深，香气很淡）"，译文与原诗显然截然相反。

再来看《吉檀迦利》第 32 首的最后一段：

> If I call not thee in my prayers, if I keep not thee in my heart, thy love for me still waits for my love.

与它相对应的孟加拉语原文是《献歌集》第 152 首：

> 我呼唤你或不呼唤，/那幸福都与我相伴，/你的幸福就这样/存在于我幸福的希望。[1]

---

[1] 罗宾德拉纳特·泰戈尔著：《献歌集》，国际大学出版社，加尔各答，孟历 1317 年版，孟历 1365 年重印本，第 187 页。

　　比较译文与原文，如果说它们没有丝毫关系，它们又似乎有着些许联系；但如果据此说英文是对原文的翻译，它们又的确有着巨大的差异。泰戈尔或许是借用了原文的某些意蕴，如"call（呼唤）"来自于原文的"daaki（ডাকি，呼喊、呼唤）"，"love"与"khushi（খুশি，幸福、欢乐）"也有一定联系，但从整体来看，这种翻译已经不再是整合，而是完全的重新创作。英译文本中使用的是假设语气，而在原文中是陈述语气。假设语气表达了一种委婉，而陈述语气无疑更加肯定。从表达内容来看，译文中突出了你的爱对我的爱的等待和需要，而在原文中则强调了你的幸福存在于我的幸福之中这样一个事实。无论从表达语气还是表达内容来看，原文的这个"我"显然都比译文中的"我"显得更自信、更独立。

　　又如《吉檀迦利》第 83 首的最后一句："But this my sorrow is absolutely mine own, and when I bring it to thee as my offering thou rewardest me with thy grace."而相对应的《献歌集》第 10 首的最末一句是（文中黑体为笔者标注）：

> dukh aamaar gharer jinis,
> khaanti ratan **tui** to **cinis**—
> **tor** prasaad diyee taare **kinis**
> e mor ohangkaar.

> দুঃখ আমার ঘরের জিনিস,
> খাঁটি রতন তুই তো চিনিস,
> তোর প্রসাদ দিয়ে তারে কিনিস,
> এ মোর অহংকার। ①

　　悲伤是我屋内的东西，

---

　　① 罗宾德拉纳特·泰戈尔著：《献歌集》，国际大学出版社，加尔各答，孟历 1317 年版，孟历 1365 年重印本，第 25 页。

> **你知道它是真正的珠链宝石——**
> **你赏识将它买下，**
> 这是我的骄傲。

　　对比两段诗选，我们发现，在英译文中泰戈尔直接使用了"offering"（祭品）一词，而原文中则使用的是"真正的珠链宝石"，从一个方面来说祭品要远比珠链宝石抽象，但从另一方面来说，祭品的出现又指明了具体的场景，以及"我"与"你"的关系。若结合全诗来看，无论在英译文中还是在原文中，本诗所倾诉的对象是母亲，而用来装饰女神的最恰当之物自然是"真正的珠链宝石"。同时，"真正的"一词，也暗示排除了其他事物。此外，英译文中所使用的"rewardest"（奖赏）一词，在原文中也找不到任何对应。而原文中"这是我的骄傲"一句同样也在英译文中难觅踪影。然而这一句却是重要的，因为它表现了"我"对于"你"的青睐反应，表达了"我"的感受，"我"的自豪。更不能忽视的一点是，这个在英译文中受"我"祭拜、给"我""恩慈"的"你"（thou），在原文中所对应的人称代词却是"tui"，也就是前文指出的孟加拉语中对第二人称的昵称。由此可见，在原文中"你"与"我"的关系并非如英译文中所表现的那般判若云泥，而这种更亲密的关系显然与原文中"你"的赏识、"我"的骄傲是一致的。

　　综合以上种种分析可见，经过泰戈尔这种实质上是创作性重写的翻译之后，英译文虽然部分地借用了原文的涵义，但整个诗篇却发生了实质性的改变。而无论是花儿的香气由"芬芳"变"淡"，还是陈述语气由肯定变成假设，还是"我"的"荣光"的消失，都使得原诗中"我"的形象在译文中变得更谦卑、更温婉，从而使得"你"的强大更为明显、有力。而这也正是泰戈尔的翻译重写所具有的一个普遍而重要的特点。在整部《吉檀迦利》中，这样的例证随处可得。只有在了解了泰戈尔在翻译过程中所做的这些改写和重写的基础上，我们方可进而分析泰戈尔的翻译，考察其翻译的得失。

　　删减、增加、整合与重写，实际上都是泰戈尔在翻译《吉檀迦利》过程中对孟加拉语原诗所进行的创作性改写，对于这一点泰戈尔有高度的自觉。1918年他在一封给英国友人的信中这样写道："最初，没有熟练掌握你们的语言这一缺陷阻止了我在翻译中尝试英语韵律诗。但是现在，通过了解英语散文的奇妙魅力，我已接受了我的这一不足。结构均衡的英语句子清晰、有力且具有暗示性的音律，这使得对我来说，将我的孟加拉语韵律诗锻造成英文散文的形式成为一件让人高兴的工作。在翻译中试图再造原文韵律诗所具有的抒情诗调的暗示，这种尝试我认为应该坦率地放弃，而代之以新的表达工具所固有的一些新的特质。英语散文中有一种魔力，它以一种不同的方式使我的孟加拉语韵律诗变成了另一种也是原创的事物。因此，尽管对于我的工作是否成功我远没有自信，但帮助我的诗作在英语中重生，这不仅使我满意更使我欢喜。"① 从这段表述可见，泰戈尔是有意识地选择了他的翻译方式，并认为经过翻译后的英文诗已经不仅仅是一种译作，更是一种具有原创性的诗歌，同时他也从这种创作性翻译中获得了创作的快乐。

　　泰戈尔所采用的这种创作性的翻译策略与他开始翻译《吉檀迦利》时的那种具有创作冲动的心境是一致的，对于他这类才情洋溢的天才型诗人来说，这种翻译策略或许也是必然的。然而不可否认的是，经过他的这种创作性翻译，孟加拉语原诗所具有的浓烈的民族特色在英文版《吉檀迦利》中被大大削弱和冲淡了，改头换面之后的《吉檀迦利》披上了英文抒情诗的新装，也更易于为英语读者所接受。对此泰戈尔后来曾坦言道："在我的翻译中，我小心地避开所有困难，这使得它们更流畅、恬淡……当我最初铸造这些硬币（指诗歌，笔者注）时，我是在游戏。

---

① Rabindranath Tagore, Selected and edited with an introduction by Uma Das Gupta; *My Life in My Words*, Published by the Penguin Group, 2006, p. 169.

现在我对它的恶果开始感到害怕，并愿为我的错误忏悔。"① 对于他在《吉檀迦利》中所做的这种改动，爱德华·汤姆森（Edward Thompson）曾表示过明确的反对，诺博尼多·森（Nabaneeta Sen）在《罗宾德拉纳特·泰戈尔的"外国再生"》中对比了《吉檀迦利》的英译文与孟加拉语原诗，认为英文译本伤害了原文，苏吉特·穆克吉（Sujit Mukherjee）则将《吉檀迦利》作为"虚假翻译"的例证，认为泰戈尔的翻译应当受到责备。的确，在某种程度上可以说泰戈尔是扭曲了自我而适应了西方的读者。但在当时的整体文化背景下看，这种扭曲与变形是事出有因的。

现代翻译理论认为，翻译所意味的不仅仅是语言的翻译，更是文化的翻译。而"文化的翻译"则不可避免地涉及翻译过程中出现的权力的博弈，这在势力不平等的东西方文化之间的翻译中尤其明显。"这点使我们想起了塔拉尔·阿萨德（Talal Asad）对于'文化翻译'概念的批评：'粗略来说，由于第三世界各个社会（当然也包括社会人类学家传统上研究的社会）的语言与西方的语言（在当今世界，特别是英语）相比是弱势的，所以，它们在翻译中比西方语言更有可能屈从于强迫性的转型。其原因在于首先西方各民族在它们与第三世界的政治经济联系中，更有能力操纵后者。其次，西方语言比第三世界语言有更好的条件生产和操纵有利可图的知识或值得占有的知识。'它提醒我们，将一种文化翻译为另一种语言，与个人的语言能力并不一定完全相关，介入其中的福柯所言及的体制性实践以及知识权力关系是我们必须正视的——它们将某些认识方式权威化和压抑其他认知方式。"② 著名印裔后殖民理论家斯皮瓦克（Gayatri C. Spivak）在谈到她在翻译 18 世纪的孟加拉诗歌时，也表示"我必须既抵制纯维多利亚诗意散文的严肃性，又抵制'普通英语'作为

① Edited by Peter France：*The Oxford Guide to Literature in English Translation*，Oxford University Press，2001，p. 460.

② 费小平著：《翻译的政治：翻译研究与文化研究》，中国社会科学出版社，2005 年，第 214—215 页。

标准而强制推行的简朴性。"① 可见弱势文化在翻译过程中不可避免地会受到强势文化的威胁甚至侵吞。这种威胁对于翻译《吉檀迦利》的泰戈尔来说同样存在,《吉檀迦利》在翻译过程中出现的"去印度化"就是当时处于强势的英语文化在文学翻译中发生作用的结果。这种强力对于那个时代甚至是当代的弱势文化来说,在一定程度上是无法避免的。

另一方面,我们也应当看到这部变形了的《吉檀迦利》在当时所产生的积极的文化解殖作用。尽管经过泰戈尔的创作性翻译之后,英文版《吉檀迦利》与孟加拉语原诗相去甚远,但它仍然保留了印度特色,这一点在诗集所体现的思想内容上尤其明显。1955 年诺贝尔文学奖得主 H. 拉克斯内斯(Halldor Laxness)就曾表示在《吉檀迦利》中他看到了作为"伟大的朋友、爱人、莲花、坐在河中荡漾的小船上吹着横笛的陌生人"②的上帝,看到了一个对欧洲来说是陌生的上帝的形象。在讨论印度近现代的文学翻译时,《牛津英语翻译文学导读(*The Oxford Guide to Literature in English Translation*, 2001)》认为 20 世纪初被大规模翻译成英语的印度近现代文学作品明确地反映了当时印度对英殖民统治的政治上的反对。泰戈尔的《吉檀迦利》无疑是这些英语翻译作品中最引人注目的一部。"在 19 世纪初,西方学者和民众就对印度文化产生了兴趣。但是,他们的大部分注意力都集中在古代印度的艺术、文学和哲学。他们几乎不期望在现代印度文化中发现任何有价值的东西。他们阅读我们的经典,研究我们的哲学、宗教和社会。然而当他们对我们生活中的主导力量作出评价时他们总是充满了优越感。"③《吉檀迦利》的出现在一定程度上改

---

① 加亚特里·查克拉沃蒂·斯皮瓦克:《翻译的政治》,陈永国主编:《翻译与后现代性》,中国人民大学出版社,2005 年,第 216 页。

② Halldor Laxness:"Gitanjali in Iceland",*Rabindranath Tagore:A Centenary Volume* 1861 – 1961, Sahitya Akademi,1992(Fourth printing),p.332.

③ Pranay Kumar Kundu:"The Sky Nest and A Study of Tagore's Gitanjali vis-à-vis World Literature", Editor Abhai Maurya:*India and World Literature*, Indian Council for Cultural Relations,1990, p.588.

变了这种状况，它为西方呈现了一种新的关于"爱"的理解和秩序，它迫使西方读者不得不注意并承认在印度现代文学与文化中具有一种强大的力量，而这种力量或许正是他们所需要的。尽管当时西方学界和读者在解读这部诗集时存在各种误读，但我们知道，在文学的传播与接受中，误读是不可避免的。尼采曾经把翻译比作一种征服，认为罗马诗人对希腊经典的翻译"不仅突出了历史的东西，而且为现在增添了典故"①，这其中既包含了历史与现在之间、也包含了本土文化与外来文化之间的相互征服。现代翻译理论也认为在翻译中存在着一种双向的征服，而这种征服又是以屈服为策略的。在《吉檀迦利》的翻译中，泰戈尔或许是有意识地内化了西方读者可能持有的对东方的期待，适应了当时西方整体社会的需求，但他的翻译同时也是一种成功地策反，在东西方现代文学与文化交流史上，他的穿着英语诗歌外衣的《吉檀迦利》，是对西方中心主义的一次强有力的冲击。而掩盖在英语文学外表下的不可变更的印度实质，也是《吉檀迦利》在风靡之后迅速被一部分西方学者和读者所舍弃的重要原因。

---

① 转引自陈永国：《代序：翻译的文化政治》，陈永国主编：《翻译与后现代性》，中国人民大学出版社，2005年，第12页。

第三章　英文版《吉檀迦利》与《吉檀迦利》 冰心译本的对比研究

《吉檀迦利》在我国一直是外国文学经典之一，我国学者对它的思想内容、艺术特色等方面予以了相当的关注和研究。但外国文学与翻译文学并不是两个等同的概念，对作为翻译文学经典的《吉檀迦利》的研究还远远不够。

据不完全统计，自 1949 年以来，我国的《吉檀迦利》汉语全译本已不下 10 种。在众多译本中，冰心的译本自 1955 年问世至今，一再重版，2007 年中国国际广播出版社又推出了该译本的中英文对照彩色插图版，同年，中国书籍出版社也发行了该译本的中英对照本，收入该出版社的"大家译丛"丛书，该译本在众多译本中所具有的独特地位和其经典性由此可见一斑。另一方面，尽管有众多译本，且其中也不乏优秀的译作，但在国内学界对《吉檀迦利》研究过程中，大部分论文在论述中所参考和援引的都是冰心所译的《吉檀迦利》。由此可见，无论是对于普通读者还是对于国内学界来说，两者所关注的实际上包含了两个重要的方面，一是作为外国文学经典的《吉檀迦利》及其作者泰戈尔，二是作为翻译文学的《吉檀迦利》及其译者冰心——一个隐含的作者。根据译介学的观点，冰心甚至是比原作者更重要的作者。

本书在这里的研究正是从翻译文学研究的角度出发，选取了冰心的译本作为研究对象，第一是为了考察这一译本成为翻译文学经典的内在特点。第二也是为了突出本书在这里所关注的，不仅仅是从英语到汉语的语种转化，更是一种不限于语言转换范围的翻译研究，它涵盖了更广泛的内容，也能更有针对性地展现冰心译本作为翻译文学经典的特点。为了更清晰地展现相关问题，本书将采用吴岩、汤永宽与白开元的译本来与冰心译本进行对比。之所以采用以上 3 种译本来作为参照，是由于前两种译本的译者本身都是值得信赖、且有丰富翻译经验的英文翻译家，都曾翻译过多部英语文学作品，而白开元则拥有丰富的孟加拉语文学作品翻译经验，是我国泰戈尔孟加拉语文学作品主要的译者之一，其丰富的孟加拉语原文背景知识无疑有助于他理解英文版《吉檀迦利》的某些难点，而他的这种理解在他所翻译的《吉檀迦利》之中也得到了充分的体现。此外，不可否认的是，在冰心的译本中也存在着一些疑点和不易于理解的诗句，为了对这些难点和疑点进行细致的考察并提出合理的解释，本书在讨论过程中将借助孟加拉文的相关诗篇进行论述。

第一节　剖析经典：探寻《吉檀迦利》冰心译本之美

在文学作品的翻译中，诗歌是最难以把握的体裁，因此甚至有"诗歌是不能翻译的"之说。但我们认为诗歌并非是不可译的，与冰心同时代、也同为泰戈尔散文诗译者之一的郑振铎曾这样说："诗也是能够翻译的。如果译者的艺术高，则不惟诗的本质能充分表现，就连诗的艺术的美——除了韵律以外——也是能够重新再现于译文中的。"① 以此来看冰心所译的《吉檀迦利》，则冰心译本无疑是成功的，因为它不但重新再现了英文版《吉檀迦利》的艺术美，还做到了尽量展现它的韵律美。下面，我们将从译诗的节奏感、遣词用句和美学风格三个方面来对冰心所译的

① 郑振铎：《译文学书的三个问题》，中国翻译工作者协会《翻译通讯》编辑部编：《翻译研究论文集（1894—1948）》，外语教学与研究出版社，1984 年，第 70 页。

《吉檀迦利》进行分析。

　　第一，冰心译本在译文中保留并强化了英文版的节奏感。英文版《吉檀迦利》所包含的103首诗作，其对应的孟加拉语原诗都是标准格律诗，泰戈尔在创作中或采用"波雅尔"体的每两行押韵、两行一换韵，或采用偶行押韵，或采用交错押韵，形成了诗篇的音韵美，同时，他还大量使用了复沓手法，如首行重复、末行重复、诗段的首末行重复来增强诗篇的韵律感，这些手法的综合使用，使得孟加拉语原诗充满了音韵之美。在将这些诗篇翻译成英文的过程中，泰戈尔选择了散文诗这一形式，放弃了原诗中的尾韵，但保留了一部分诗篇的复沓，以增强译文的节奏感和旋律感，来增加英译文的诗味，可以说，这些重复句是英译本形成诗歌内部韵律的重要手法之一。冰心在翻译过程中充分注意了这一点，对英译本中出现的重复都予以了忠实的保留，如《吉檀迦利》第23首中的"我的朋友"，第31首中的"'囚人，告诉我……'"，第34首中的"只要我一息尚存"，第60首中的"在无边的世界的海滨"等不一而足。值得注意的是，对于原文中出现的重复，冰心并不是机械地翻译，她对某些诗篇重复句的位置进行了调整，以更好地表现诗歌所具有的节奏感。如《吉檀迦利》第57首（下划线为笔者所加）：

　　　　Ah, the light dances, my darling, at the centre of my life; the light strikes, my darling, the chords of my love;……

　　　　……

　　　　The light is shattered into gold on every cloud, my darling, and it scatters gems in profusion.

　　　　Mirth spreads from leaf to leaf, my darling, and gladness without measure. ……

冰心译本：

　　　　呵，我的宝贝，光明在我生命的一角跳舞；我的宝贝，光明在勾拨我爱的心弦；……

　　……

　　<u>我的宝贝</u>，光明在每朵云彩上散映成金，它洒下无量的珠宝。

　　<u>我的宝贝</u>，快乐在树叶间伸展，欢喜无边。……

在英文版《吉檀迦利》中这首诗的"my darling"一词都是出现在句中而非句首，冰心将其译为"我的宝贝"并将其位置调整至句首，突显了它的重复性，增强了译诗的节奏感，同时，这种调整也使得在汉语译本中出现于该词之后的诗句更为紧凑和完整，更有利于呈现一个完整的意象。

重复之外，排比在英文版《吉檀迦利》中也经常出现，这一手法在冰心的译本中同样得到了充分的保留和体现。在英文版《吉檀迦利》中，排比的运用突出地体现在第4、34、35、36、39、62首中，这6首诗通篇均以排比句构成，形式整齐、富于节奏。冰心在译文中也同样以整齐的排比句翻译了这些诗篇。对于那些并非通篇都由排比句构成的诗篇，冰心在翻译中也同样予以了重视。如上文曾提到的第57篇，经过冰心在翻译中的调整后，汉译不但保留了原文的重复，还获得了排比的效果。

在不影响原文意义的情况下，对诗句的语序和句序进行调整，或对诗节进行拆分，以突显原文所蕴含的排比与重复，来增强译文的节奏感，这是冰心在《吉檀迦利》翻译中经常使用的一种手法。如英文版《吉檀迦利》第47首的最后一段：

Let him appear before my sight as the first of all lights and all forms. The first thrill of joy to my awakened soul let it come from his glance. And let my return to myself be immediate return to him.

冰心译文：

　　让他作为最初的光明和形象，来呈现在我的眼前。让他的眼光成为我觉醒的灵魂最初的欢跃。

让我自我的返回成为向他立地的皈依。

我们可以看到在英文中，该诗节是一个包含了 3 个整句的段落，3 个诗句中的"let"构成排比，但由于镶嵌在句中，所以排比效果并不十分明显。而在冰心的译文中，译者首先是调整了第 2 句的前后语序，使汉译中每一句都是以"让……"来起始，由此形成醒目的排比。其次，她将最后诗节的最后一句从整个段落中拆分出去，形成一个新的单独的段落，与原文构成并列，段落的并置进一步增强了译文的排比效果，使译文读上去更具节奏感。

第二，遣词用句精准独到。由于深知泰戈尔对词语使用的娴熟和英文版《吉檀迦利》本身言辞的优美，在翻译这本诗集的过程中，冰心对字、词的选用是颇费匠心的，关于这一点，她自己曾说："为了要尽情传达出作者这'歌鸟'般的飞跃鸣啭的心情，使译者在中国的诗歌词汇的丛林中，奔走了好长的道路！"[①] 冰心译本在用词方面的显著特点在于其用词的凝练、准确，以及译文在遣词用句中对骈俪手法的化用。如果将《吉檀迦利》冰心译本与吴岩译本、汤永宽译本和白开元译本进行比较，我们将发现，冰心的译本是这些译本中最简短的一种，这是因为冰心的译本是这几种译本中用语最为简洁凝练的一种。这种词句方面简洁凝练的效果主要缘于冰心总是尽可能地使用单独的字而非词组来进行翻译，如使用"金"而非"金色"来译"golden"，将"golden harp"译为"金琴"（第 15 首），将"golden chariot"译为"金辇"（第 50 首），将使用"白"而非"白色"来译"white"，将"awful white light"译为"可畏的白光"（第 68 首），又如将"hidden honey"译为"隐蜜"（第 96 首）。这种对字的使用不仅体现在对相应某个单词的翻译上，也体现在对词组

---

① 冰心：《我为什么翻译〈先知〉和〈吉檀迦利〉》，卓如编：《冰心全集》（第 7 卷），海峡文艺出版社，1994 年，第 591—592 页。

的翻译中。将几个不同译本中对同一词组所进行的翻译进行简单的对比将有助于我们更清晰地看到这一点（下划线为笔者所加）：

"…I ever listen in silent amazement." （《吉檀迦利》第 3 首）

冰心译："……我总在惊奇地静听。"

吴岩译："……我总是惊讶地静静谛听。"①

汤永宽译："……我总是怀着噤若寒蝉的惊异倾听着。"②

白开元译："……我总是惊喜地静听。"③

"Send thy angry storm, dark with death, …"（《吉檀迦利》第 40 首）

冰心译："请降下你的死黑的盛怒的风雨，……"

吴岩译："那就刮起黑得阴森森的、愤怒的风暴，……"

汤永宽译："请把你那死般黑暗的愤怒的暴风雨送来吧，……"

白开元译："送来发怒的暴风雨吧，带着乌云裹着的死亡，……"

"Only my voice took up the tunes, and my heart danced in their cadence." （《吉檀迦利》第 97 首）

冰心译："我只是随声附和，我的心应节跳舞。"

吴岩译："我只是随声唱和，而我的心也按着节奏跳舞。"

汤永宽译："我只是用我的嗓音合上你的曲调，我的心按着歌声的节拍而舞蹈。"

白开元译："我只是跟着哼唱，我的心也随着节奏翩翩起舞。"

分别对比以上每一组译文，便不难发现在将英文翻译成汉语的过程

---

① 〔印度〕泰戈尔著：《吉檀迦利》，吴岩译，上海译文出版社，1986 年，第 15 页。以下所引吴岩译文均引自该版本，不再一一注明。

② 〔印度〕泰戈尔著：《献歌集·泰戈尔散文诗选》，汤永宽译，花城出版社，2007 年，第 9 页。以下所引汤永宽译文均引自该版本，不再一一注明。

③ 〔印〕泰戈尔著：《吉檀迦利》，白开元译，中国广播电视出版社，2006 年，第 3 页。以下所引白开元译文均引自该版本，不再一一注明。

中，冰心尤其偏爱单音节的单纯词。在她的译文中几乎每一个字都表达一个单独的意义，以这些字组合成的词组，简练而含义丰富，如此一来，其译本篇幅较其他译本简短也就是必然的了。

冰心译文的凝练、简洁并未妨碍其用语的准确、传神。"静听"、"死黑"、"羞死"等词均是既凝练又准确，而用"一线"来形容新月的微光（第 61 首）则不但准确，而且更加传神。又如在第 68 首第 3 诗节，泰戈尔一连用了"light"、"fleeting"、"tender"、"tearful and dark" 5 个形容词，冰心一一对应将其译为"轻柔"、"飘扬"、"温软"、"含泪而黯淡"，不但形式整齐与原文对应，而且意义也十分贴切。冰心对翻译中所用字词的甄别，还显著地体现在对同一英文单词的不同翻译上。以在《吉檀迦利》中出现次数较多的"sweet"及其同根词为例，"sweet"在《吉檀迦利》中共出现 12 次，分别是第 2、20、44、46、55、61、62、87 和 90 首，其中在第 61 首中出现 2 次，第 62 首中出现 3 次，冰心分别将其译为（下划线为笔者所加）：甜柔的谐音、芳踪、清香、光降的微馨、柔音、甜柔（2 次）、糖果（2 次）和甜汁、温馨的接触、丰美的收获。"sweet-ness"和"sweeten"与"sweet"是同根词，含有这两个词的诗篇是，"sweetness"第 20、52、54 和 65 首，"sweeten"第 57、75 首，冰心分别将其译为（下划线为笔者所加）：温馨、娇羞、温馨、甜柔、甜沁心腑、熏香了空气。通过这些不同的汉译词汇，我们可以看到冰心在翻译中有意结合了词语所出现的诗句以及整个诗篇的意蕴来考量不同词汇的运用。她对词汇的准确使用还表现在对动词的遴选上。如《吉檀迦利》第 11 首 "Leave this chanting and singing and telling of beads!"，冰心译为"把礼赞和数珠撇在一边吧！"一个"撇"字，不但译出了"leave"所表示的动作，还译出了它所隐含的情绪态度。又如第 57 首 "the light strikes, my darling, the chords of my love"，冰心译为"我的宝贝，光明在勾拨我爱的心弦"，将"strike"译为"勾拨"，既赋予了光明以形象的可感性，又表达出一种温柔、轻颤的动感，其与"爱的心弦"的结合，很容易使人联想起具有中国传统意蕴的抚琴意象，二者的搭配可谓珠联璧合。

《吉檀迦利》冰心译本在遣词造句方面的另一突出特点是对骈俪手法的化用。骈俪在语言上讲究句式结构的平行对称与事类的对称，是汉语传统诗词歌赋中经常用到的一种的创作手法。冰心自幼熟读诗书，能文善对，对这一手法自然十分熟悉。但在《吉檀迦利》的翻译中，冰心并未生硬地强用、而是巧妙地化用了这一手法。我们可以从《吉檀迦利》冰心译本中抽取几句：

> 离你最近的地方，路途最远，最简单的音调，需要最艰苦的练习。（第 12 首）
> 云霾堆积，黑暗渐深。（第 18 首）
> 旧的言语刚在舌尖上死去，新的音乐又从心上迸来；旧辙方迷，新的田野又在面前奇妙地展开。（第 37 首）
> 波起复落，梦破又圆。（第 71 首）
> 最低的座位是极其珍奇的，最小的生物也是世间少有的。（第 92 首）

这些诗句有的上下句之间字数并不相等，有的词语在音韵方面"失粘"，并非标准的四六骈文，但诗句所包含的相应词之间却无疑是对应的：如最近—最远、最简单—最艰苦、旧—新、死去—迸来，最低—最小，极其珍奇—世间少有。值得一提的是第 37 首中"旧辙方迷，新的田野又在面前奇妙地展开"一句，这一句的上下句字数相差极大，但是在意蕴上却相对相成，译者又通过"旧"与"新"、"辙"与"田野"这几个词的相称，在语言上使上下句牵连起来，冰心对于骈俪的收放自如在此可见一斑。正是这种对骈俪的化用，赋予了冰心《吉檀迦利》译本以一种流动的韵律感，同时也使其具有了一种为中国读者所熟悉的诗的韵味。

诗歌是语言的艺术，语言不但是诗歌的媒介甚至在某种程度上它就是诗歌本身，语言的繁复性与世界的繁复性之间存在着一种内在的联系①，对于力图还原或者说呈现生活或生命某一不可明确言说之境的诗来说，精确、独到的语言可谓是其成败的关键。在诗歌创作中，诗人需要在众多词汇中找到"那一个"词，对于诗歌翻译者来说也莫不如此，诗人、小说家兼翻译家博尔赫斯就诗歌翻译便说过"翻译的优劣其实应该由文字的使用来衡量"②。可以说，在用词上惜墨如金与传神达意的并重，在表达上对词语韵律的重视，使得冰心所翻译的《吉檀迦利》自身呈现出优秀的汉语诗歌所应具有的魅力。

第三，美学风格独树一帜。冰心所译的《吉檀迦利》能在众多译本中独为翘楚，还得益于其典雅、清隽、明朗的美学风格。阿英（黄英）曾这样论述冰心的文字风格："她的诗似的散文的文字，从旧式的文字方面引申出来的中国式"③，"冰心的文字，是语体的，但她的语体文，是建筑在旧文字的础石上，不在口语上。对于旧文学没有素养的人，写不出'冰心体'的文章。"④这一论述针对的是冰心的诗文，但同样也适用于她的译作。

我们在上文曾论述的冰心在翻译中对单音节单纯词的倚重、对骈俪手法的化用，均与传统的汉语文学息息相关，而正是这种传统文学的血脉，赋予冰心的译文以典雅的特质。冰心译文的非口语化也充分体现在译文所用词语的书面化上。我们可以试比较以下《吉檀迦利》第10首的译文（下划线为笔者所加）：

---

① 参见胡兴：《诗：作为重新命名的语言》，载《诗探索》，1995年第3期，第41—48页。

② 〔阿根廷〕豪尔赫·博尔赫斯著：凯林－安德·米海列斯库编：《博尔赫斯谈诗论艺》，陈重仁译，上海译文出版社，2002年，第73页。

③ 黄英（阿英）：《谢冰心》（节录），范伯群编：《冰心研究资料》，北京出版社，1984年，第215页。

④ 阿英：《〈谢冰心小品〉序》，范伯群编：《冰心研究资料》，北京出版社，1984年，第401页。

Here is thy footstool and there rest thy feet where live the poorest, and
lowliest, and lost.

冰心译：这是你的脚凳，你在最贫最贱最失所的人群中歇足。

吴岩译：这是你的足凳，最贫贱、最潦倒的人们生活的地方，便是你的歇足之处。

汤永宽译：这是你的脚凳，你在最贫穷，最卑贱，最绝望的人居住的地方歇脚。

白开元译：这是你的脚凳，你在一贫如洗的最穷、最卑贱的人中间歇脚。

对比这四句汉译，我们发现，首先从形式上来看，冰心的译文是这四句中与原文形式最相近的，这种形式上的接近不得不说归功于冰心对单音节词的运用；其次，从译文来看，在笔者所标示出的这三个词中，在四种译文的翻译中差异最大的是"lost"一词。在词意上，冰心所用的"失所"意为无处安身、辗转颠沛，与原文中"lost"的意蕴相符。此外，"失所"一词应是化用自成语"流离失所"，而这一成语是出自《汉书·薛广德传》："窃见关东困极，人民流离"，因此，这种与古文的渊源使得"失所"比之"潦倒"、"绝望"、"卑贱"诸词显得更为古雅和书面化。这种对古典诗词或成语的取用在冰心所译的《吉檀迦利》中并非孤证。如第21首第2节，冰心译为"春天把花开过就告别了。如今落红遍地，我却等待又流连。"其中的"落红"一词就是在古典诗词中经常出现的用语，较之"落花"等词更为典雅。而"春天"与"落红"的结合，也容易让人联想到辛弃疾《摸鱼儿（小山亭，为赋)》中的名句："更能消，几番风雨？匆匆春又归去。惜春长怕花开早，何况落红无数。"又如第54首中冰心所译"树影横斜"一语，与林逋"疏影横斜水清浅"一句之间的渊源关系可谓一目了然。冰心在《吉檀迦利》翻译中用语的典雅与书面化不但来自这种对古诗词的借用，也来自她对词语的选用。如第29首第2节，冰心译本中"我以这道高墙自豪，我用沙土把它抹严，唯恐在这名字上还留着一丝罅隙"一句，其中"一丝罅隙"一词在英文中为"a least hole"，吴岩译为"一星半点的漏洞"，汤永宽译为"小小的洞"，白开元译为"缝隙"。与"漏洞"和"洞"相比，"罅隙"一词显得更书面化，而以"一丝"来修饰"罅隙"，这种搭配在汉语表达中也多见于书面语而非口语。

冰心的译文中虽然融合了许多古典汉语诗词的因素，也选用了许多书面化的雅词，但其文风并不矫揉、晦涩，而是显得清丽、隽永、明朗。这种清隽明朗首先体现在译文的整体基调上。冰心在《我也谈谈翻译》一文中曾论及泰戈尔的诗与纪伯伦诗歌的不同，认为虽然两者的诗都"充满了东方气息的超妙的哲理和流丽的文词"，但"泰戈尔的诗显得更天真，更欢畅，更富于神秘色彩"[1]，她对泰戈尔的这种理解无疑融入了她所翻译的《吉檀迦利》之中。冰心所译《吉檀迦利》行文舒展自如、句式长短有致、用词文白相杂、朗朗上口，其文词的流丽毋庸赘言。而这种长短句的活用，文言与白话的间杂，也使得译文明白晓畅，易于理解。流丽、明朗之余，冰心对译文内在基调的控制也是张弛有度的。以上文曾提到过的她对"sweet"及其同根词的翻译为例，"sweet"的基本含义为甜的、甜美的、可爱的、令人愉快的、芬芳的，也可用来形容人和蔼亲切。我们看到冰心在翻译中将其中几个译为了"清香"、"柔音"、"温馨"这些较之"sweet"原意更为恬淡的汉语词汇。若将这些词汇放回冰心所译的《吉檀迦利》整个诗集之中，我们便会发现它们与"甜柔"、"甜沁"等词汇交错相间，形成了一种潜在平衡，使得诗集的风格显得丽而不绮，美而不腻。而这种清隽的风格也与冰心所译《吉檀迦利》的明朗相辅相成。文风的清丽、隽永使得诗集中所蕴含的感情具有了一种澄澈的品质，其喜、怒、哀、乐都显得是由心直接生发，因此诗集的

---

[1] 冰心：《我也谈谈翻译》，卓如编：《冰心全集》（第7卷），海峡文艺出版社，1994年，第408页。

隽永就显得是隽而且明。

对诗歌韵律节奏的保留、对译文用词的推敲以及译文本身所具有的独特的美学风格，这三者的结合，使得冰心的译文整体上达到了与英文版《吉檀迦利》高度的一致，不但如此，甚至还出现了某些诗篇在孟加拉语、英语、汉语三种语言中都极为相似的情况，其中尤以第10、35、36和85首为代表。这四首诗首先在思想内容上相似，其次尽管原文是格律诗，但由于泰戈尔在英译文中采用了重复手法以保留一部分韵律，因此使得孟英汉三语种的这几首诗在韵律上也十分近似。在跨越了三种语言之后，这种原诗与译诗之间的相似，不能不归之于译者译艺的高超。此外，由于冰心在用词方面的独特、在美学风格上的追求，其译文呈现出一种明显的女性的温柔、细腻、深切之美。而正如我们曾论述过的那样，孟加拉语"吉檀迦利"文本的某些诗篇，其抒情主人公具有明显的女性性别，其感情也热切而甜美、深长而婉转。因而冰心译本的温柔、细腻与深切，竟越过了英文的《吉檀迦利》，直接与孟加拉语原诗产生了呼应，这真不能不让人赞叹文学之奇妙！

由于其经久不衰的文学魅力，《吉檀迦利》冰心译本本身可以被看作是一个独立的汉语文本，它具有不依附于英文原文、属于汉语原创诗歌的文学美，它已经不仅仅是文学的翻译，更是一部翻译文学的经典之作，因而它自身也成了汉语诗歌财富的一部分。

第二节 从与英文版《吉檀迦利》的对比审视冰心译本

《吉檀迦利》冰心译本的经典性无可置疑，但通观整个诗集，其中也存在一些疑点，或是某些词句的含义还需进一步明确。事实上，其中一些理解上的难点并不只是存在于冰心的译本中，甚至也存在于英文版《吉檀迦利》中。为了能使汉语读者更好地理解《吉檀迦利》，本书除了通过与英文版的对比来审视冰心译本之外，在必要时，还将引用相关的孟加拉语诗文来进行对照，以期能更明确地阐释相关问题。

《吉檀迦利》冰心译本中值得注意和探讨的主要有三个方面，一是对几个较为关键的字词的翻译，另一个是冰心译本与英文版有较大出入的地方，第三个是在理解上存在难点的地方。

第一个方面，对几个较为关键的字词的翻译。我们首先讨论的是"song（s）"一词。英文版《吉檀迦利》初版时，其附加的标题便是"Song-Offerings"，由此可见"song（s）"一词在诗集中的重要性。这个词在英文版《吉檀迦利》中共出现28次，冰心一般将其译为歌或歌曲，也译为唱、歌唱或发声（第19首），在第48首中译为鸟语。在这些诗篇中吴译、汤译、白译对"songs"的译法与冰心译本基本与无异。值得注意的是在第84、101、102和103首中冰心译本对"song（s）"一词的翻译。下面我们来分别看看英文版与冰心译本相关的诗句（下划线为笔者所加）：

> …and this it is that ever melts and flows in <u>songs</u> through my poet's heart. （Gitanjali：84）
>
> ……就是它永远通过诗人的心灵，融化流涌而成为<u>诗歌</u>。

> Ever in my life have I sought thee with my <u>songs</u>. …
>
> It was my <u>songs</u> that taught me all the lessons I ever learnt；… （Gitanjali：101）
>
> 我这一生永远以<u>诗歌</u>来寻求你。……
>
> 我所学过的功课，都是<u>诗歌</u>教给我的；……

> I put my tales of you into lasting <u>songs</u>. … （Gitanjali：102）
>
> 我把你的事迹编成不朽的<u>诗歌</u>。

> Let all my <u>songs</u> gather together their diverse strains into a single cur-

rent and flow to a sea of silence in one salutation to thee. 　（Gitanjali：103）

　　让我所有的<u>诗歌</u>，聚集起不同的调子，在我向你合十膜拜之中，成为一股洪流，倾注入静寂的大海。

　　我们可以看到，在这 5 处，冰心都将"song（s）"译作了诗歌。对照吴岩、汤永宽和白开元译本来看，其中吴译在这几处与冰心的译法相似，均译为"诗歌"，而汤译与白译则都是译为"歌"或"歌曲"。究竟是"诗歌"还是"歌曲"，如果对照孟加拉语原文来看会更加清晰。在孟加拉语原文中，在这几处，所使用的都是"gaan（গান）"一词，这个词在孟加拉语中意为歌或歌曲。也就是说，在这几处，"song（s）"指的就是用来唱的歌曲。冰心对"song（s）"一词的词义肯定是了解的，但在这几处她却将其均译作了"诗歌"。

　　事实上，在冰心译本中出现"诗歌"一词的还有两处，诗句英文与译文分别如下（下划线为笔者所加）：

　　It is this sorrow of separation that gazes in silence all nights from star to star and becomes <u>lyric</u> among rustling leaves in rainy darkness of July.（Gitanjali：84）

　　就是这离愁整夜地悄望星辰，在七月阴雨之中，萧萧的树籁变成<u>抒情的诗歌</u>。

　　The broken strings of *Vina* sing no more your <u>praise</u>.（Gitanjali：88）

　　七弦琴的断线不再弹唱赞美你的<u>诗歌</u>。

　　"lyric"一词，吴岩译为"抒情之诗"，汤永宽译为"抒情歌曲"，白开元译为"抒情诗"。"praise"上面三位译者则分别译为"赞美你的歌"，"崇赞你的歌"和"颂曲"。"lyric"原意是指抒情歌曲，后来演化为指抒情诗，对照原文来看，在孟加拉语中这里用的是"sur（সুর）"一词，意为曲调、旋律。再结合整个诗句来看，这里描写的是静寂的夜晚，雨水降落时树叶发出的声音，因而在这里的"lyric"一词应当是更倾向于它的原意，也就是抒情歌曲之意。而"praise"一词的翻译，其余三位译者都选择了与歌或曲相关的词汇，而没有选用"诗歌"，那么在孟加拉语原文中又是怎样呢？在孟加拉语原诗中，这里使用的是"bandanaa（বন্দনা）"一词，意为用来唱的赞歌或赞美诗。在结合整个诗句来看，这里与"praise"呼应的是"vina"（维纳琴）与"sing"（歌唱）这两个词，因而也就不难看出这里"praise"一词应当着重指颂曲或赞歌。

冰心译本中将这几个词翻译为"诗歌"并非偶然，在1955年版的《吉檀迦利》冰心译本译者前记中，冰心这样写道："这本'吉檀迦利'是印度大诗人罗宾德拉纳特·泰戈尔的诗集。'吉檀迦利'就是印度语'献诗'的意思。"[①] 在这篇前记中冰心始终将《吉檀迦利》称为献诗集，由此可见，对于"song"的理解，从一开始，冰心就已经将其定位于诗。虽然"诗歌"在汉语中既可以指诗也可以指歌，但在现代汉语中它已经逐步发展为一个偏正结构的名词，主要指的是诗而非歌。因而在这里，将着重于指歌或歌曲的词汇翻译成诗歌，显然缩小了原文的外延。在印度教毗湿奴教派的传统中，以歌来赞颂和追求神是其一贯的特色，因而这些词汇实际上具有印度文化特征，若缩小和限定"歌"的外延，或者将"诗歌"仅仅理解为"诗"，那么无疑就削减了诗篇所传递的文化信息。另一方面，泰戈尔自己对歌曲和音乐也十分重视，他还创作了许多十分出色的歌、曲。泰戈尔曾说过，也许有一天人们不再记得他的其他作品，但仍然会唱他所作的歌。

英文版《吉檀迦利》中另一个重要的词是"useless（ly）"。这个词在英文《吉檀迦利》中共出现6次。之所以说它重要，是因为它对于理解《吉檀迦利》的思想和诗集中其他的诗篇来说都是一条重要的线索，

---

① 泰戈尔著：《吉檀迦利·译者前记》，谢冰心译，人民文学出版社，1955年，第1页。

同时，它也与泰戈尔的文学观、艺术观紧密相关。这里，我们希望通过考察冰心译本中对这个词的翻译，来促进对这个词所蕴含的内在思想以及对《吉檀迦利》的进一步理解。

首先来看冰心译本中的翻译。"useless（ly）"一词分别出现在《吉檀迦利》第15、64、80和89首中，其中在第64首中出现3次，冰心译本一般将其译作"无用（地）"，只有第80首译为"无主地"。第80首中的英文诗句为："I am like a remnant of a cloud of autumn uselessly roaming in the sky, O my sun ever-glorious!"冰心译本为："我像一片秋天的残云，无主地在空中飘荡，呵，我的永远光耀的太阳！"虽然我们无从考证为什么冰心在这里将"uselessly"一词译为"无主地"，但"无主地"与"无用地"两词之间的差异是显然的。下面我们再对照其他译本相关诗篇中对于该词的翻译：

篇目 译本	第15首	第64首	第80首	第89首
冰心	无用	无用地	无主地	无用的
吴岩	无用的	无用地	徒然	无谓的、无足轻重的
汤永宽	无用的	毫无裨益地； 白白地；徒然地	徒然	无用的
白开元	无用的	茫然；无用地	无端地	无谓的

通过上表可以看到，各个译本对"useless（ly）"一词的翻译基本上都突出了其"无用的"、"白费地"、"徒然"之意。从词意上来说，这些翻译都是可行的。但究竟应该怎么理解"无用的"，结合孟加拉语原文以及其他相关资料来思考将是有益的。下面，我们先来看孟加拉文相应诗篇中与"usless（ly）"一词对应的词汇：

	第 15 首	第 64 首	第 80 首	第 89 首
英文	useless	uselessly	uselessly	useless
孟加拉语	অকাজের （无用的）	অকারণে （不必要的，多余的，无目的的）	অকারণে （不必要的，多余的，无目的的）	বিনা-কাজের （与工作无关的，无用的）

　　这里出现的四个孟加拉语词汇，实际上都是合成词。其中的"অ（o）"和"বিনা（binaa）"都是前缀，表示否定的含义。而"কাজ（kaaj）"的含义为工作，必要，用处等，"কারণ（kaaran）"的含义为原因、动机、目的等。通过这里英文和孟加拉语的对比，我们发现，在孟加拉语原文中所用词汇的含义是偏重于指由于与工作或目的无关而无用的，意指没有实用价值的、没有实际效用的。如果我们结合泰戈尔在其他作品中对这里涉及的词汇的运用来考虑，将会更好地理解这里出现的"无用的"的含义。

　　在《什么是艺术》一文中，在论述动物与人最重要的区别时，泰戈尔这样写道（下划线为笔者所加）：

　　"The most important distinction between the animal and man is this, that the animal is very nearly bound within the limits of its <u>necessities</u>, the greater part of its activities being <u>necessary</u> for its self-preservation and the preservation of race⋯. But man,⋯He earns a great deal more than he is absolutely compelled to spend. Therefore there is a vast <u>excess</u> of wealth in man's life, which gives him the freedom to be <u>useless</u> and <u>irresponsible</u> to a great measure.⋯"[1]

　　（动物与人最重要的区别就是，动物牢牢地受限于它的<u>生存必需品</u>，其活动的绝大部分对其自我生存和种族延续都是<u>必要的</u>。⋯⋯

---

① Rabindranath Tagore: "What Is Art?", edited by Sisir Kumar Das: *The English Writings of Rabindranath Tagore: Volume Two*, Sahitya Akademi, 2004 (Reprinted), p. 351.

但是人，……他赚取的远多于他定然被迫要花费的。因此在人的生活中有大量过剩的财富，这给他以自由，让他在很大程度上可以没有实用、免于实责。）

通过这段文字，我们发现，泰戈尔是在与生存必需品、必然的相对的意义上使用"无用的（useless）"一词，该词与"过剩的"一同出现，更进一步说明这里的"无用"指的是不注重实际的利益与效用。

而在《诗人的辩白》中，泰戈尔这样写道（下划线为笔者所加）：

"……但是，这样（的问题）现在出现了，像诗人这样在世界上十分无用的人也未能幸免于计算的必要。在我们国家的修辞论①中'味'一直被认为是无缘由的、无法描述的，因此那些从事'味'行当的生意人在这个国家不会缴纳必需和实用目的手里的税费。……"②

泰戈尔在这里用幽默讽刺的笔调写到了诗人的"无用"，所用的词汇正是"অকারণে（okaarane）"。紧接着，他便提到了在印度传统诗学中的"味"这一概念。印度古典诗学认为，艺术作品的意义就是味，而味与人的实际需要无关，印度古典诗学家新护认为它的唯一品质是可品尝性③。因此我们可以认为，在泰戈尔看来，诗人的"无用"与味的无用是一致的，二者都是对实用的目的无效。将这两段关于艺术和诗人的论述结合起来，便不免让人联想到"为艺术而艺术"、"艺术过剩说"和"美是无目的的合目的性"这样的诗学命题。以此再反观在《吉檀迦利》中出现的"useless"一词，我们便能更确切地理解它的含义。在第 15、64、80

---

① অলংকারশাস্ত্র（olaṅkaarśaastra），指印度传统诗学。——笔者注
② 罗宾德拉纳特·泰戈尔著：《诗人的辩白》，《罗宾德拉作品集》（第 12 卷），国际大学出版社，加尔各答，孟历 1410 年版，第 431 页。
③ 黄宝生著：《印度古典诗学》，北京大学出版社，1999 年，第 318 页。

和89首中与"无用的"相关出现的意象分别是歌唱、不知飘向何处的灯火、游戏和假日的享乐，在这些情境中的"无用"并非要取缔"我"或者"灯火"的价值，它们正是由于其"无用"，由于像是或者说本身就是游戏，而与创造活动密切相关。第64首中无目的漂流的灯火是一个具有代表性的意象，它可以是诗，可以是歌，可以是音乐，可以是一切艺术形式，因而它的价值和使命不在于点亮"我"房内的灯，不在于满足人的实际的需要，而在于去参与无缘由的、无实际效用的灯节，去参加与"他"一起的游戏。而持灯的女孩，则很容易让我们联想起缪斯。巧的是，印度教中的文艺之神也是女性。泰戈尔在论述自己的文学观时，曾多次提到在他看来创造就是生命的游戏，也是"他"最喜爱的游戏，同时，正是由于生命有不止于实用目的的追求，生命有富余，才有了游戏，才有了诗歌。值得一提的，"游戏"也是《吉檀迦利》中的关键词之一，同时也是泰戈尔诗歌最为常见的主题之一，在泰戈尔对文学、艺术的论述中也经常使用这一词汇。

第二个方面，冰心译本与英文原诗有较大出入的几个地方。在这里需要说明的一点是，冰心所译《吉檀迦利》自1955年初版之后，再版、重版众多，其中湖南人民出版社1982年的版本缺失了第62首的最后一节，但这完全是漏印的结果。

冰心译本与英文原诗出入较大之处，首先是在一些词或词组的翻译上。如第42首第一节，"世界上没有一个人知道我们这无目的无终止的遨游"一句中的"遨游"，在英文原诗中为"pilgrimage"，即朝拜、朝圣，冰心却将其译为"遨游"，而"遨游"显然无法表达"朝圣"的意义。第43首中"你不曾鄙夷地避开我童年时代在尘土中的游戏"一句中的"童年时代"，在英文原诗中为"childish"，"childish"虽然是指与童年有关的，但含义并不是童年时代，而是指孩子气的、孩子般的，也可引申为不成熟的。在这首诗中，它主要侧重于表达"我"的游戏对于"你"来说是稚嫩的、不成熟的，像孩子般的，而并非特指"我"在童年时代的游戏。又如第 51 首最后一节中（下划线为笔者所加）"在深夜中国王降临到我黑暗凄凉的房子里了"与"我们的国王在可怖之夜与暴风雨一同突然来到了"这两句，在英文原诗中分别为"In the depth of the night has come the king of our dark, dreary house"和"With the storm has come of a sudden our king of the fearful night"，其意思分别是：在深夜之中我们黑暗、阴郁之屋的国王已经来临，以及，我们可怕的夜之国王已经与暴风雨一起忽然来临了。可见，在英文原诗中前一句中是黑暗的屋子的国王而非国王降临到我的房里，后一句是可怕的夜之国王而非国王在夜里，事实上，英文原诗中的这种含义很容易让我们想到泰戈尔的另一部作品《暗室之王》。第 65 首最后一节，"你把自己在梦中交给了我"一句中的"在梦中"，在英文原诗中为"in love"，即"在爱中"，它与全诗基调和诗集的思想都是吻合的，不知冰心出于何种考虑将其译为了"在梦中"。

词汇和词组之外，冰心译本中也有一些句子与原文存在出入，包括对英文原诗中诗句的删减、增加、拆分合并等。如第 42 首第一节，"在清晓的密语中，我们约定了同去泛舟，"，英文原诗在这一句之后，还有一个插入语，"only thou and I"，即"只有你和我"，在本书提到的其他三个译本中均有这一句的翻译，但冰心的译本却省略了。

又如第 89 首最后一句，冰心译本为：

"我也不知道这忽然的召唤，会引到什么无用的结局。"

这一句的英文原文为："and I know not why is this sudden call to what useless inconsequence!"其余三个译本分别为：

吴岩译本：我不知道何以忽然召唤我走向这无谓的、无足轻重的结局！

汤永宽译本：而我不知道这种突然引向无用的无关紧要的琐事是为了什么！

白开元译本：我不知道为什么忽然召唤我走向无谓的、不合情理的结局。

通过比较可以看出，在冰心的译本中，省略了"why（为什么）"，同时"inconsequence（不合逻辑的、无关的）"一词也没有得到充分的体现，而这个词应当是与"useless（无用的）"相互关联，共同表示与工作不相关、与实际效用无关之意。此外，冰心也在翻译中对某些诗句和段落进行了拆分或合并。如将英文原诗中第 46 首的第一节拆分为汉译本中的第一、第二节，将第 47 首、第 77 首最后一节中的最后一句都拆分为汉译本中的单独一节。

第三个方面是在冰心译本中存在的在理解上有难点的地方，事实上，这种理解上的难点有时是来自于英文原诗的难以确切理解。来看《吉檀迦利》第 73 首的第一节，冰心译本为：

"在断念摒欲之中，我不需要拯救。在万千欢娱的约束里我感到了自由的拥抱。"

在这里，两个诗句结合起来容易使人不解。其中第一句，如果说其含义是"我"在断念摒欲中可以获得自由，不需要拯救，从而将"断念摒欲"与"万千欢娱"并列为获得自由的两种方法，那么它便与下文对感官世界的强调产生矛盾，同时也与全诗的思想不符。在英语原文中，这一句为：

"Deliverance is not for me in renunciation. I feel the embrace of freedom in a thousand bonds of delight."

在其余各译本中将其译为：

吴岩译本："对于我来说，得到拯救不在于自我克制。我在欢乐的千条束缚里感到了自由的拥抱。"

汤永宽译本："在自我克制中求得解脱并不是我所需要的。我在一千重欢愉的束缚中感觉到自由在拥抱我。"

白开元译本："我不追求远离红尘的解脱，在重重愉快的束缚中，我能感受到自由的拥抱。"

可以看到，这三个译本对第二句的翻译与冰心译本相似，但三者对第一句的翻译均与冰心译本不同，且三者相似，由此看来主要的分歧在第一句上。

在孟加拉语原作中，第一句为："বৈরাগ্যসাধনে মুক্তি, সে আমার নয় |（《祭品集》第30首）①"直译为："弃世苦行中的解脱，那不是我的"，其内在含义便是"我"所需要的、我所追求的并不是苦行。将其与英文诗句结合起来，与文中列举的各个汉译本相比照，我们发现其余三个译本比冰心译本更为符合原文的意旨，含义也更清晰，同时也与诗篇的整体思想更为一致。

再来看诗集第 35 首，这是一首被认为体现了泰戈尔的理想和价值观的诗，其英文原诗为：

> Where the mind is without fear and the head is held high；
>
> Where knowledge is free；
>
> Where the world has not been broken up into fragments by narrow domestic walls；
>
> Where words come out from the depth of truth；
>
> Where tireless striving stretches its arms towards perfection；
>
> Where the clear stream of reason has not lost its way into the dreary desert sand of dead habit；
>
> Where the mind is led forward by thee into ever-widening thought and action—

---

① 泰戈尔著：《祭品集》，《罗宾德拉作品集》（第 4 卷），国际大学出版社，加尔各答，孟历 1410 年版，第 281 页。

Into that heaven of freedom, my Father, let my country awake.

冰心的译诗为：

在那里，心是无畏的，头也抬得高昂；

在那里，知识是自由的；

在那里，世界还没有被狭小的家园的墙隔成片段；

在那里，话是从真理的深处说出；

在那里，不懈的努力向着"完美"伸臂；

在那里，理智的清泉没有沉没在积习的荒漠之中；

在那里，心灵是受你的指引，走向那不断放宽的思想与行

为——

进入那自由的天国，我的父啊，让我的国家觉醒起来吧。

可以看到，冰心将"narrow domestic walls"译为了"狭小的家园的墙"，将"clear stream of reason"译作了"理智的清泉"。就英语单词本身而言，"domestic"既有家园的含义，也有国家的含义，"reason"一词既可以理解为理智，也可以理解为理性。但就具体的语境来看，在这首诗中，冰心对这两个词的翻译是值得商榷的。

阿马蒂亚·森在引用这首诗时认为：

…which, he argued, can limit both the freedom to engage ideas from outside "narrow domestic walls" and the freedom also to support the causes of people in other countries. Rabindranath's passion for freedom underlies his firm opposition to unreasoned traditionalism, which makes one a prisoner of the past (lost, as he put it, in "the dreary desert sand of dead habit").①

……他认为，爱国主义既限制了从"国家狭隘的围墙"之外吸收理念的自由，又限制了支持其他国家人民的事业的自由。罗宾德罗纳特对自由的热情，构成其坚定不移地反对不合理的传统主义的基础。传统主义使人成为"过去"的囚徒（如他所说，迷失在"积习的荒漠"之中）②

虽然在翻译英文本《吉檀迦利》的时期，泰戈尔已经从激烈的民族政治运动中退隐，但他对民族的独立始终是坚持的，他对英帝国在印度的殖民统治也是反对的，他所追求的是东西方文学与文化之间的尊重、理解与平等的交流，这与他在 20 世纪 30 年代鲜明的反战态度和对极端民族主义的反对是一致的。由此可见，在这首诗中与"the world"（世界）相对的"domestic"一词所侧重表达应该是"国家"而非"家园"的含义。从 19 世纪后期开始，在印度资产阶级内部兴起了了文艺复兴运动，这场运动发源于孟加拉，最初的倡导者是罗摩·莫汉·罗易（Rammohan Roy）。罗易注重向西方学习，倡导用理性标准来检验宗教准则，以革除当时的宗教和社会弊端。泰戈尔正是在这场文艺复兴运动中成长，并可以说是它最杰出的代表之一。由此来看，在诗篇中与"the dreary desert sand of dead habit（积习的荒漠）"相对应的"the clear stream of reason"应当译成"理性的清泉"更为恰当，这样才能更准确地表达原文的思想内涵。

---

① Amartya Sen: *Tagore and His India*, http://nobelprize. org/nobel_prizes/literature/articles/sen/index. html

② 此处引用刘建译文。见〔印度〕阿马蒂亚·森著：《惯于争鸣的印度人：印度人的历史、文化与身份论集》，刘建译，上海三联书店，2007 年，第 77 页。

第三节　再论冰心与她的《吉檀迦利》

本书在前面两节已经论析了《吉檀迦利》冰心译本的文本特点，并通过不同译本以及不同语种诗篇的对比，对如何更确切地理解《吉檀迦利》进行了分析。接下来，我们将进一步讨论作为译者的冰心和她的《吉檀迦利》之间的关系，希望由此促进我们对作为翻译者的冰心和作为冰心译本的《吉檀迦利》的认识。

首先值得一提的是冰心与《吉檀迦利》在内在精神上的契合。在谈到翻译时，冰心曾多次提到她只喜欢翻译她喜爱的作品，"我从来不敢翻译欧美诗人的诗，我总感到我的译笔，写不出或达不到他们的心灵深处。但是，对于亚、非诗人的诗，我就爱看，而且敢译，只要那些诗是诗人自己用英文写的。"① 冰心翻译过的亚非作家的作品非常多，按她自己的说法，其中有些是"遵从'上头'的命令"或是"'上头'的任务"，"至于我自喜爱，而又极愿和读者共同享受，而翻译出来的书，只有两本，那就是《先知》和《吉檀迦利》!"② 由此可见冰心选择翻译《吉檀迦利》是缘于她对这部作品的深切的喜爱和认同，而这种喜爱与认同其实有着十分深刻的原因。

第一，翻译《吉檀迦利》时的冰心与泰戈尔人生历练的契合。在《文学家的造就》一文中，冰心认为一个人要成为文学家，必须具备以下条件：家庭中要有文学的氛围，出生在风景美好的地方，生于中产之家，多读古今中外文学作品，与自然接近，多研究哲学社会学，少于纷繁的

---

① 冰心:《我和外国文学》，李保初、李嘉言选编:《冰心选集:书话·评论·附录》(第6卷)，河北教育出版社，1992年，第92页。

② 冰心:《我为什么翻译〈先知〉和〈吉檀迦利〉》，卓如编:《冰心全集》(第7卷)，海峡文艺出版社，1994年，第591页。

社会交际，多做旅行。① 考察冰心和泰戈尔的身世，我们便会发现，两人同时符合冰心所列的这 8 个条件，这便为二人之间的契合打下了基础。

接下来再看冰心翻译《吉檀迦利》时的具体情况。一般认为，冰心翻译《吉檀迦利》是在 20 世纪 50 年代，但这么说忽略了一个细节，即 20 世纪 50 年代出版的是冰心翻译的《吉檀迦利》的全本，而事实上，早在 1946 年，冰心就已经翻译了《吉檀迦利》的前 30 首，分期刊登在当年《妇女文化》的第一卷第一、三、五期上。从 1946 年到 1955 年，期间冰心究竟有没有继续翻译《吉檀迦利》暂时无从考证，但可以肯定的是，这十年前后正是冰心人生中跌宕起伏的一个时期。早在 1946 年之前，从 20 世纪 30 年代末 40 年代初年代起，冰心的生活就已经开始变得动荡不安。期间她全家几经迁徙，从北京到昆明，从昆明到呈贡，又从呈贡到重庆，1946 年她为随吴文藻赴日本，她的家庭又不得不暂时解散，其间她写下《无家乐》，虽名为乐，但写的却是自己"隐隐寂寞的感觉"，和她心中"总觉得反常，不安逸!"不但如此，在这段时期内她还经历了丧父、丧弟、丧友之痛，同时生活上也日渐困窘，在到了重庆之后有段时期甚至不得不捉笔卖文以求得生活之资。这种种遭遇，又与她 1951 年回国之后，至 1955 年间的际遇形成鲜明对比。而让人惊讶的是，如果我们把冰心的这段时期内的生活轨迹与泰戈尔创作《吉檀迦利》时期的生活经历进行比照，我们会发现两者之间竟存在着惊人的相似。在泰戈尔将他自己孟加拉语作品翻译成英文《吉檀迦利》之时，泰戈尔刚进入"知天命"之年，在这之前，他经历了丧妻、丧父、丧女、丧友，也遭遇了来自外界的误解和攻击，同时还不得不为了他所创办的国际大学的运转而费心劳力。同为诺贝尔文学奖获得者的诗人布罗茨基（Joseph Brod-

---

① 参见冰心:《文学家的造就》，卓如编:《冰心全集》（第 1 卷），海峡文艺出版社，1994 年，第 147—148 页。

sky）曾说过："对诗人的理解和地理位置的变化无关。它和年龄有关。"①
说的正是这种与生活历练相关的理解。事实上，这种人生生死喜悲的经
历对冰心的影响她自己曾明确地提过，在她为纪念母亲而写的《南归》
一文中，在回忆知道母亲将不久于人世之后，她写道："领略人生，可是
一件容易的事？我曾说过种种无知，痴愚，狂妄的话语。……其是所谓
之'神秘''伟大'，都是未经者理想企望的言词……而人生之逼临，如
狂风骤雨。……"②这种内在生命体验之外，冰心又曾访问印度。关于这
次印度之行冰心曾在回国后写专文《印度之行》表达自己的感受，并在
其中专门提到了她所见到的印度人民的生活，和在印度尤其是在孟加拉
语地区感受到的人们对泰戈尔的喜爱。不难想象，这次的印度之行必然
使冰心有机会亲身体会到了《吉檀迦利》中出现的种种生活场景。

　　本书在论述英文版《吉檀迦利》的诞生时曾指出，泰戈尔翻译《吉
檀迦利》时是由于身体欠佳，因而将自己的创作热情倾注在了翻译中。
在 20 世纪 50 年代，冰心虽然没有健康问题，但当时中国文坛的整体创作
氛围却因为政治环境的变化而产生了微妙的变化，文学的春天也渐行渐
远，在这样的境况下，冰心出版了《吉檀迦利》的全译本，这时的翻译
也可以说是其创作热情的一种转化。因此可以说，冰心与泰戈尔在人生
历练上的相似为她理解《吉檀迦利》提供了前提和可能。没有这些经历，
写作《春水》和《繁星》的冰心也许是无法如此准确地理解和翻译《吉
檀迦利》的。

　　第二，冰心与泰戈尔思想上的契合。冰心与泰戈尔思想的契合主要
体现在二者的宗教思想方面。泰戈尔的宗教思想是博杂的，他宣扬"人
的宗教"、"诗人的宗教"，其宗教思想中不但有印度教传统思想的影响，

---

① 〔美〕约瑟夫·布罗茨基、所罗门·沃尔科夫著：《布罗茨基谈话录》，马海甸、刘文
飞、陈方编译，东方出版社，2008 年，第 45 页。

② 冰心著：《南归》，卓如编：《冰心全集》（第 2 卷），海峡文艺出版社，1994 年，第 437
页。

还有基督教的影响，也有来自佛教的因素，甚至他还曾提到他对老子的喜爱，并讨论过他对琐罗亚斯德教的看法。而冰心虽然被公认深受基督教文化影响，但现居加拿大的香港学者梁锡华曾撰文指出其信仰并非真正的基督教，"她无论在哪方面，流露出来那个一般人称为基督教的东西，是稀释过的，甚至是搀杂过的。它既是耶、是佛、是印，也是非耶、非佛、非印。"① "冰心的宗教信仰，颇能代表她那一代基督徒中某些人的信仰。他们出身中上的书香之家，在中国文化传统中长大。他们甩不开沉重的儒、释、道思想包袱，而又接受多方的新知影响，以至本身的宗教信仰，显为驳杂支离。"② 笔者认为这一论断是合理的，我们在《吉檀迦利》的翻译中，便可看出冰心不但熟悉基督教的词汇，也熟悉佛教词汇，甚至对印度教词汇也并不陌生。事实上，冰心在她的其他创作中的确经常会流露出佛教思想，如在《寄小读者（通讯二十三）》中，她就曾对自己的三弟提到人世的"缘"有"死生流转"。而且冰心早年曾受到泰戈尔的很大影响，可以说，泰戈尔的思想就是组成她"驳杂"宗教信仰的一分子。在 1944 年的《再寄小读者（通讯四）》中，关于生命，冰心写下了这样的话："宇宙是一个大生命，我们是宇宙大气中之一息。江流入海，叶落归根，我们是大生命中之一叶，大生命中之一滴。在宇宙的大生命中，我们是多么卑微，多么渺小，而一滴一叶，也有它自己的使命！"③ 这与泰戈尔关于"梵"与"小我"之关系的阐述是何其相似。冰心这种本身就含有泰戈尔思想基因、又混合了基督教和佛教因素的宗教思想，是她能理解并恰当地翻译《吉檀迦利》的一个重要内因。

---

① 梁锡华著：《冰心的宗教信仰》，选自《且道阴晴圆缺》，台北远景出版公司 1983 年版，网络资料来源：http://www. bingxin. org/databank/yj/a/bxdz. htm。引文中"搀杂"一词，原文如此。——笔者注

② 梁锡华著：《冰心的宗教信仰》，选自《且道阴晴圆缺》，台北远景出版公司 1983 年版，网络资料来源：http://www. bingxin. org/databank/yj/a/bxdz. htm

③ 冰心：《再寄小读者（通讯四）》，卓如编：《冰心全集》（第 3 卷），海峡文艺出版社，1994 年，第 347 页。

　　人生的历练和宗教思想的契合是冰心选择《吉檀迦利》的内在原因，它们保证了冰心对于《吉檀迦利》的理解，另一方面冰心的文学观与她对翻译的看法也与《吉檀迦利》冰心译本息息相关。

　　首先看冰心的文学观。关于艺术手法，冰心曾在《元代的戏曲》一文中提出"骈偶和重叠的句子，在诗中散文中确有其美的价值，这是研究文学的人不容不承认的。因为骈律和叠句，多是前后关连，两两辉映。读时又觉得铿锵入耳"①，从这一论述可以看出，冰心不但善于运用这两种手法，而且对于它们有着高度的审美自觉，由此可见她在《吉檀迦利》中对于骈俪和排比手法的运用绝非偶然，也不仅仅是由于自身对于这一创作手法的熟悉。在同一篇文章中，冰心还就元曲艺术特点做了以下论述："元曲善引用旧诗词，或融化无迹，或一直抄写。……并不显自己才拙……"② 并认为，元曲在语言方面以俗语白话入文，与书面语混杂使用，一洗"贵族文学的流弊"，充满了新鲜感和自由感。这些论断都很容易让我们将它们与之前曾分析过的《吉檀迦利》冰心译本的特点联系起来。在论及冰心的创作特色和她作品的美学风格时，经常被使用的词汇是雅淡、简练、清丽、隽丽、温柔、细腻、亲切等，而冰心也在《我的童年》等文章中多次提到她自幼喜静，不怕独处，喜欢沉思，且从小不喜欢鲜艳的颜色，这些在她的文学创作中都有所反映。冰心也曾就作家的风格说过"风格就是代表作家自己，换句话说，就是文如其人"③。结合这种创作观，我们也就不难理解为什么在翻译《吉檀迦利》的时候，冰心在处理像"sweet（甜蜜的）"这种反复出现的词语时，对其中的一部分选择了用相对来说较为冲淡的汉语词汇来进行翻译。因此，"文如其

---

　　① 冰心：《元代的戏曲》，卓如编：《冰心全集》（第 2 卷），海峡文艺出版社，1994 年，第 51 页。引文中"关连"一词，原文如此。——笔者注

　　② 冰心：《元代的戏曲》，卓如编：《冰心全集》（第 2 卷），海峡文艺出版社，1994 年，第 57 页。

　　③ 冰心：《写作的练习》，卓如编：《冰心全集》（第 3 卷），海峡文艺出版社，1994 年，第 312 页。

人"这句话同样也可以用来形容她与她所翻译的《吉檀迦利》之间的关系，或者更确切地说是"译如其人"。事实上，如果我们仔细观察冰心的创作轨迹，在1944年到1953年这十年间，冰心的创作几乎处于停滞状态，仅发表了三篇散文，一则短篇小说和一篇中篇小说，在这种情况下，可以说翻译实际上是其创作的一种补充和替代。

接下来，我们将简要地讨论冰心的翻译观与她的译作《吉檀迦利》之间的关系。在冰心所翻译的外国文学作品中，泰戈尔的作品是最多的，但这些作品全都是散文或小说，没有韵律诗。在冰心看来，翻译诗是一件很难的事情："我只敢翻译散文诗或小说，而不敢译诗。我总觉得诗是一种音乐性很强的文学形式。①"她还曾提到自己在美国留学时，听到老师朗诵她所喜爱的诗人的诗歌，抑扬顿挫，使她神往，但如果她将其翻译成汉语，那么原诗的音乐性必然就会失去。冰心曾造访印度，也曾到过孟加拉语区，并在那里亲耳听闻了泰戈尔的诗歌是怎样被"家弦户诵"，对于此，她曾写道"我深感遗憾的是我没有学过富于音乐性的孟加拉语"②，并认为自己翻译的《吉檀迦利》无从传递原文的音乐性。这种为自己的翻译工作所设定的"禁区"以及对泰戈尔孟加拉语诗歌的认识，一方面使得作为散文诗的《吉檀迦利》得以进入冰心的翻译视野，另一方面也决定了冰心在翻译《吉檀迦利》的过程中必然高度追求译文的音韵美。

冰心很早就开始关注翻译问题，1920年就发表过一篇《译书之我见》。在这篇文章中，冰心反对在译文中夹杂原文单词，反对"太过的参以己意，或引用中国成语"，认为那样会"使阅者对于书籍，没有了信任"，她还反对译笔太过于直接、罔顾中西文法不同。"归总说一句，就

---

① 冰心：《我也谈谈翻译》，卓如编：《冰心全集》（第7卷），海峡文艺出版社，1994年，第408页。

② 冰心：《〈吉檀迦利〉译者序》，卓如编：《冰心全集》（第7卷），海峡文艺出版社，1994年，第239页。

是译书或著书的宗旨，决不是为自己读阅，也决不是为已经懂得这书的人的读阅。耶稣说：'康健的人，用不着医生，有病的人，才用得着。'译者和作者如处处为阅者着想，就可以免去这些缺点了。"① 在发表于1922 年的小说《遗书》中，她又借精神上的朋友宛因之口表达了自己对翻译的见解，"我所最不满意的，就是近来有些译品——尤其是小说诗歌——生拗已极，……我敢断言民众之中——读过西文的还好一点——十人中未必有一二人能够了解；既不了解，自然就不喜欢读它。结果是文学自文学，民众自民众，永远不能携手。……因为太直译了，就太生拗；太意译了，又不能传出原文的神趣。"② 通过这两段论述，可以看出冰心对于翻译中的语言与文法、翻译中的归化以及翻译的尺度都有过自觉的思考，她既不赞同直译，也反对过分意译，同时也不赞同翻译中的过分归化，并认为译文应当通顺易读。她还指出译者应当从读者的角度出发考虑，译作应当做到易于为读者所理解，乐于为读者所阅读。而关于译作究竟应以何种标准来衡量，冰心并没有直接论及，但以下这段关于新文学的论述或许是对冰心理想译作的一个恰当注解："文体方面我主张'白话文言化'，'中文西文化'，这'化'字大有奥妙，不能道出的，只看作者如何运用罢了！我想如现在的作家能无形中融会古文和西文，拿来应用于新文学，必能为今日中国的文学界，放一异彩。"③ 由此来看，冰心所翻译的《吉檀迦利》文本之典雅、清丽而又流畅易读，完全是"译出有因"。

在《中国新诗的将来》一文中，冰心对中国的新诗做了这样的展望："我想新诗的将来，是上升不是下坠的，'好诗太少'，不足为病。三年历

① 冰心：《译书的我见》，卓如编：《冰心全集》（第 1 卷），海峡文艺出版社，1994 年，第 122—125 页。引文中"决不是"一词，原文如此。——笔者注

② 冰心：《遗书》，卓如编：《冰心全集》（第 1 卷），海峡文艺出版社，1994 年，第 431页。

③ 冰心：《遗书》，卓如编：《冰心全集》（第 1 卷），海峡文艺出版社，1994 年，第 431—432 页。

史的新诗，确已有了相当的贡献，将来更不能不趋向光明。"① 而冰心则不但用她自己的诗歌创作，也用她的诗文译作为她的这番话做出了她自己最好的回应。

《吉檀迦利》的冰心译本作为一个独立的文学文本，是汉语翻译文学的经典之一。在充分肯定其作为翻译文学经典的基础上，我们尝试在此对其作为"文学翻译"的过程做出合理的评价。

对于如何评价一部作品的翻译，严复曾提出的"信、达、雅"的标准，鲁迅则一度认为翻译"宁信而不顺"，可见对于在翻译过程中，译作对原作的"信"、也就是忠实受到了高度的关注。那么在文学翻译中，如何才是"信"呢？

传统的翻译理论所关注的翻译的重点在于语言的表现形式，它往往醉心于翻译语言的特殊现象，如诗的格律、诗韵、咬文嚼字、句子排比和特殊语法结构等等。② 冰心在翻译《吉檀迦利》的过程中对诗篇节奏、用词、遣句等语言现象的斟酌，正是希望能在语言层面上实现对英文原作的忠实。而现代翻译理论则认为绝对准确的语言交际是不可能的，文学的翻译是一种具有创造性的艺术行为，翻译研究所关注的重点并不在于语言的形式，尤其"在分析诗的翻译时便可看到既不可能找到语言直接对应物，也不可能找到韵律直接对应物，尽管作为言语组织形式的古典诗的基本标志是韵律"，③ 因此，在评价诗歌的翻译时，应当注重的是诗歌翻译的整体，"托尔曼指出，所谓'忠实'，是指忠实于原作的精神，忠实于原文中的感情、生命、力度和精神的蜕变"，④ 对此我国译界也有

---

① 冰心：《中国新诗的将来》，卓如编：《冰心全集》（第 2 卷），海峡文艺出版社，1994 年，第 8 页。

② 参见谭载喜编译：《奈达论翻译》，中国对外翻译出版公司出版，1984 年，第 1 页。

③ 〔苏联〕加切奇拉泽著：《文艺翻译与文学交流》，蔡毅、虞杰编译，中国对外翻译出版公司，1987 年，第 115 页。

④ 郭建中编著：《当代美国翻译理论》，湖北教育出版社，1999 年，第 224 页。

相同观点，"一个诗歌译者决不能单纯地、机械地去模仿原诗，而主要是忠实地再现原诗的思想内容、音韵和意境"。① 这里所关注和强调的是译作与原作在意义和美学上的一致性。就整体而言，通过译者翻译过程中的创造性劳动，《吉檀迦利》冰心译本是比较忠实地"模仿"了原文的思想和美学风格的。不过也正因为文学翻译尤其是译诗是一种带有译者创造性的行为，因而在译作中不可避免地会带有译者的痕迹，这种痕迹在文学的翻译中是难以消除的。就《吉檀迦利》冰心译本而言，经过译者的翻译之后，在整体的美学风格上，在译作中英文原作那种单纯、质朴、宁静，且由于使用与《圣经》相似的语言而显得肃穆的风格减弱了，译作与原作相比，显得更为典雅、流丽，如果细细分析其用语，还会发现译本具有一种在女性作家的作品中较为常见的柔美特质。

　　然而也许正因为冰心自己是一个文学家，并曾创作诗歌，同时也由于她对语言美、韵律美的高度自觉的追求，尽管她自己曾明确表示不赞成译文的过度归化，但她的《吉檀迦利》译本仍然在某种程度上具有这一倾向。如将第 21 首的 "with the burden of faded futile flowers（直译为：凋谢了的残花的负累）" 译为 "落红遍地"，将第 66 首的 "in the twilight of gleams and of glimpses（直译为：在闪光的微光中）" 译为 "在神光离合之中"，译文是非常优美的汉语诗句，但却与原文相去较远。

　　现代描写翻译研究也认为某个译本在某种语境下所产生的影响属于翻译研究的范围。著名现代翻译理论家奈达（Eugene A. Nida）提出，新的翻译理论要注重读者对译文的反应，应把这种反应和原作读者对原文所可能产生的反应进行对比，要判断某个译作是否译得正确，也必须以译文的服务对象为衡量标准。② 冰心的《吉檀迦利》译本在半个多世纪内一直为我国读者所喜爱，对于《吉檀迦利》在我国读者心目中所具有的

---

　　① 魏荒弩：《谈译诗——答同学问》，中国翻译工作者协会《翻译通讯》编辑部编：《翻译研究论文集（1949—1983）》，外语教学与研究出版社，1984 年，第 606 页。

　　② 参见谭载喜编译：《奈达论翻译》，中国对外翻译出版公司出版，1984 年，第 1 页。

文学地位来说，这个译本可谓功劳巨大。甚至我们很难说，一般读者心目中的《吉檀迦利》究竟是泰戈尔的《吉檀迦利》还是冰心的《吉檀迦利》。埃斯卡尔皮（Robert Escarpit）在其《文学社会学》中论及文学翻译时曾提出，翻译"为作品提供了同更为广泛的读者进行新的文学交流的可能性，从而赋予作品以新的实际，……它使作品日益充实，使作品不仅得以继续存在，而且有了第二次生命"①。泰戈尔的《吉檀迦利》正是通过冰心的译笔，在中国现当代读者中获得这样的第二次生命。

　　文学社会学同时认为，在一部文学作品中，作者所使用的语言、文学体裁和形式都是由社会集团决定的，"作家一般都不发明一种文学体裁，而是使文学体裁去适应社会集团的新的需要"②，《吉檀迦利》冰心译本的成功无疑是因为它所使用的语言和形式都符合当时文学发展以及社会整体阅读期待的需要。但我们也看到，文学的发展和社会的整体是在不断变化的，《吉檀迦利》的冰心译本问世已有50多年，新的整体文化环境和阅读需要期待着更新的译本，因此文章在此也拟对文中所涉及的其余3个译本予以简略的评价。除冰心译本之外，本书在论述中还多次援引了《吉檀迦利》吴岩译本、汤永宽译本与白开元译本，从诗歌用语来说，这3个译本所使用的语言都比冰心译本更接近当下的语言，其中吴译与白译的用词都较为简练，汤译用语则略显累赘。从诗歌的形式上来看，这3个译本中与原文最为接近的当属白译，吴译次之，汤译则显得最为散文化，与原作相差较远。在整体上，这3个译本都较为忠实地反映了英文原作的思想与美学风格。朱光潜在《谈翻译》一文中提出，"要译一本书，起码要把那本书懂得透彻。这不仅要透懂文学，还须透懂

①　〔法〕罗贝尔·埃斯卡尔皮著：《文学社会学》，符锦勇译，译文出版社，1988年，第136页。

②　〔法〕罗贝尔·埃斯卡尔皮著：《文学社会学》，符锦勇译，译文出版社，1988年，第126页。

文字背后的情理韵味。"① 现代翻译理论也认为，译者在面对所译文本时必须具备专业的甄别眼光，在这一点上，应当说白译的译者比其余两位译者都高出一筹，译者所具有的专业的印度文化知识帮助他在翻译中更为准确地理解了英文原作中的难点和疑点，这使得白译是这 3 个译本中最为清晰、明了的。此外，白译在每首诗后都附有简短的赏析，在每篇赏析中指明该诗与孟加拉语原诗的对应关系，其中大部分赏析简洁地介绍了与诗篇相关的印度文化背景知识，还有的赏析点明了在诗篇中反映出来的孟加拉独有的自然风情，如第 22、44 篇；有的交代了孟加拉语原诗的创作背景，如第 60、86、87 篇；有的则简要指出诗篇在从孟加拉语到英语的翻译过程中出现的变化，如第 53、76 篇。从这些方面来说，《吉檀迦利》白开元译本在目前我国已出现的《吉檀迦利》汉语译本中具有独特的价值。

---

① 朱光潜：《谈翻译》，中国翻译工作者协会《翻译通讯》编辑部编：《翻译研究论文集 (1894—1948)》，外语教学与研究出版社，1984 年，第 353 页。

第四章 《吉檀迦利》在亚洲的译介与接受

接受美学认为没有绝对独立的文本，文学作品的价值是由作家和读者共同创造的。文学的接受包括垂直接受和水平接受两种，垂直接受从历史延续的纵向角度考察读者接受作品的情况，水平接受是指同一时代的不同读者横向接受作品的情况。[①]《吉檀迦利》自问世以来，在不同的时代、不同的地区得到了不同的接受与阅读，因此，本书对它的接受研究将同时观照垂直与水平两个方面。由于《吉檀迦利》的接受涉及世界不同地区，因此本书将以地域作为最基本的区别标准，分开亚洲与欧洲、美洲，同时兼顾文化的异同来展开对诗集的接受研究。

泰戈尔是亚洲第一位获诺贝尔文学奖殊荣的作家。他的获奖对于当时正处于压迫之下、抗争之中，亟待复兴的亚洲来说，不啻一针强心剂，亚洲文学界与亚洲人民莫不为之欢欣鼓舞。《吉檀迦利》，这部为泰戈尔赢得该奖项的主要著作，也随之在亚洲得到了广泛的译介与传播，且影响深远。由于泰戈尔有着"第一位获诺贝尔文学奖的亚洲人"这一特殊的荣耀，《吉檀迦利》长久以来对整个亚洲而言不仅仅是一个文学文本，更是一个具有重大意义的文化符号，它在被译介和传播、接受的过程中，赢得过热切的赞美与模仿，承载过亚洲人民的期望，遭受过文化原因各

[①] 参见陈惇、孙景尧、谢天振主编：《比较文学》（第 2 版），高等教育出版社，2007 年，第 324 页。

异的误解，并逐步获得了细致、严肃、深入的学术研究。这部诗集折射出亚洲不同国家、地区文化在近一个世纪里的变化，也折射出东方文化对自身认识的发展与对西方文化态度的微妙转变。因此，对《吉檀迦利》在亚洲的译介与接受研究，不单要注重文本本身，还应当注重由它具有的文化含义所带来的影响。而这些影响，都是从《吉檀迦利》获得肯定与荣耀开始的，这部诗集的成功，就像推倒了第一张多米诺骨牌，引发了其后的一系列反应，这种由诗集而文学、由文学而文化，且不限于一时的连锁反应，在近现代亚洲文学史上并不多见，我们可以将其称为"《吉檀迦利》效应"。

第一节　《吉檀迦利》在南亚不同语种文学中的接受与影响

现在，在南亚次大陆地区主要有印度、巴基斯坦、孟加拉和斯里兰卡等国家。但在泰戈尔荣膺诺贝尔文学奖的时候，印、巴、孟还是属于同一个印度。在历史上，这些国家在语言、文学、文化上也有着紧密的亲缘关系，今天，它们各自的语言、文学、文化也仍然与传统密切相关。同时，也因为即便在今天的印度，各语种文学仍有着各自的发展轨迹与认同意识，因此，在讨论《吉檀迦利》在南亚次大陆地区的接受和影响时，文章将主要以不同的语种而非国别来作为区分讨论对象的标准。在讨论对象上，将以印度地区为主，兼及其他地区。在纪念泰戈尔诞辰 100 周年时，尼赫鲁在《泰戈尔与我们的时代》一文中写道："通过他的语言，通过他的歌，他极大地影响了孟加拉，通过他的作品的翻译他影响了其他（地区）。"[①] 泰戈尔对印度诗歌的影响，就像衣橱中的麝香，"诗人的影响熏染了你从衣橱中拿出来的每一件物品。而效果也许是激励或

---

　① Jawaharla Nehru: "Tagore and Our Times", edited by Sookamal Ghose; *the Centenary Book of Tagore*, Prakash Chandra Saha Grantham, 1961, p. 2.

同化、默认或反抗中的一种。影响甚至在对它的直接反抗中揭示出自身。"① 而"正是诺贝尔文学奖和叶芝为英文版《吉檀迦利》所作的序使得泰戈尔对印度现代诗歌产生了如此重大的影响。"②

一、在孟加拉语文学中

孟加拉语是泰戈尔的母语，《吉檀迦利》最初也是由孟加拉语写成，因此，对于孟加拉语读者来说，《吉檀迦利》存在英文版与孟加拉语版的区别这一点尤为明显。在讨论《吉檀迦利》在孟加拉语地区的接受与影响时，我们有必要始终注意英文版与孟加拉文版《吉檀迦利》（即《献歌集》）的区别。又由于孟加拉文"吉檀迦利"文本并不仅限于一部诗集，因此我们也不能将讨论对象仅限于《献歌集》，而应该看到与泰戈尔整个"吉檀迦利"时期相关的作品的影响。

首先，作为帮助泰戈尔获得诺贝尔文学奖的主要作品，英文版《吉檀迦利》不但在孟加拉语文学史上始终占有一席之地，对于泰戈尔以及泰戈尔的诗歌确立在孟加拉语文学史上的地位它也大有助力。在笔者所接触到的孟加拉语文学史、诗歌史或近现代孟加拉语文学批评论集中，几乎每一种都会为英文版《吉檀迦利》付诸一段专门的文字，其中或讨论孟加拉语原诗与英文版的异同，或分析英文版的某些特点，或探讨英文版《吉檀迦利》的得失。也有的文学史，在论述泰戈尔的诗歌生涯时，独辟一段时期为"吉檀迦利"时期予以阐述，其中论述对象一般包括以孟加拉语版《献歌集》、《歌之花环》、《歌集》为主的几部孟加拉语诗集，但具体涉及的诗集略有不同，如《孟加拉语文学全史（বাংলা সাহিত্যের সম্পূর্ণ ইতিবৃত্ত）》、《孟加拉语文学通史（বাংলা সাহিত্যের সমগ্র ইতিহাস）》等均是如此。而孟加拉语

---

① Prof. Vinayak Krishna Gokak, *The Concept of Indian Literature*, Munshiram Manoharlal Publishers PVT. LTD. , Delhi, 1979. p. 165.

② Prof. Vinayak Krishna Gokak, *The Concept of Indian Literature*, Munshiram Manoharlal Publishers PVT. LTD. , Delhi, 1979. p. 167.

版的《献歌集》作为泰戈尔众多孟加拉语诗集中的一部，并不像英文版的《吉檀迦利》那样具有显赫的地位，它与泰戈尔同时期的其他作品一起构成泰戈尔创作生涯中的"吉檀迦利"时期，往往与这一时期的其他诗歌结合在一起受到关注与讨论。关于它，孟加拉现当代著名文学家、批评家菩特代沃·巴苏（Buddhadeva Bose, বুদ্ধদেব বসু）曾说："在孟加拉语中，《献歌集》并不占有特殊的地位。对我们来说，它并不代表他（泰戈尔）最好的或最重要的作品。它是一部重要的书，也许是我们会一直阅读的、他的重要的书中的一本，五十部（诗集）中的一部。"① 事实上，在获得诺贝尔文学奖之前，泰戈尔在孟加拉语文坛一直饱受争议，而英文版《吉檀迦利》与诺贝尔文学奖，则迅速平息了种种针对泰戈尔诗歌的批判和指责，泰戈尔在孟加拉语诗坛的地位由此得到了一致公认。

由于他在诗歌韵律、风格、体裁以及美学思想方面的创新，泰戈尔最初曾在孟加拉语文坛受到保守派的质疑与指责。对此，泰戈尔自己曾说，"几乎从少年时代起，我就听惯了自己的同胞的抗议声，说什么我过于新潮啦……"②，随着其诗歌创作的发展，他所遭到的反对也渐长，他的诗歌只获得了部分批评家和读者的认可，"事实上，我从未被我自己的人民全盘接受过，而那也未尝不是件幸事。"③ 在 1913 年之前，以迦利普罗善诺·迦伯比夏罗德（Kaliprasara Kavyvisarad, কালীপ্রসন্ন কাব্যবিশারদ）、苏雷希琼德罗·索玛吉博蒂（Sureshchandra Somajpati, সুরেশচন্দ্র সমাজপতি）和迪坚德罗拉尔·拉伊（Dvijendralal Ray, দ্বিজেন্দ্রলাল রায়）为主的一批诗人与批评家曾对泰戈尔进行了十分激烈甚至用语粗鄙的批判。这一场批判主要集中在两方面，一方面，他们指责在文学艺术上，泰戈尔的诗歌

① Buddhadeva Bose: *An Acre of Green Grass: A Review of Modern Bengali Literature*, Papyrus, 1997 (Reprint), p. 21.

② 〔印〕泰戈尔著：《在中国的演讲集》，李南译，刘安武、倪培耕、白开元主编：《泰戈尔全集》（第 20 卷），河北教育出版社，2000 年，第 5 页。

③ 〔印〕泰戈尔著：《在中国的演讲集》，李南译，刘安武、倪培耕、白开元主编：《泰戈尔全集》（第 20 卷），河北教育出版社，2000 年，第 15 页。

从《金色的船》到《献歌集》、《歌集》和《歌之花环》都缺乏明晰性，思想含混不清，表达苍白无力；另一方面，泰戈尔在《刚与柔》等作品中表现出来的对肉体激情的赞美和对不道德行为的同情也成了他们批判的对象。① 与此同时，19世纪末20世纪初在孟加拉出现的印度教民族主义也对孟加拉语文坛产生了影响。这一时期兴起的印度教民族主义，带有盲目的爱国主义倾向，过于强调保护和加强保守的印度教社会，并反对梵社运动。这种略带浪漫主义色彩的民族主义影响了当时孟加拉地区的许多作家，而作为与梵社运动有着千丝万缕联系的泰戈尔，也难免无法为他们所欣赏和赞同。当时属于这一阵营的、在孟加拉地区较有影响的杂志《孟加拉人（বঙ্গবাসী）》和《良言（হিতবাদী）》经常在攻击梵社运动之时也不忘批评泰戈尔，而这种评论，常常并不仅仅止于文学批评，还涉及对个人的攻击。② 但是，随着1913年诺贝尔文学奖的颁发，这些针对泰戈尔的批判和指责迅速销声匿迹。之后拉塔格默尔·穆克巴塔耶教授（Radhakamal Mukhopadhyay，রাধাকমল মুখোপাধ্যায়）、诺雷希琼德罗·森古普多博士（Nareshchandra Sengupta，নরেশচন্দ্র সেনগুপ্ত）以及萨拉特·钱德拉·查特吉③（Saratchandra Chattopadhyay，শরৎচন্দ্র চট্টোপাধ্যায়）等青年作家曾发起对泰戈尔文学的讨论，但这些讨论都是围绕文学观点的分歧而进行，与人身攻击无关。这一时期，以《婆罗蒂（ভারতী）》和《绿叶（সবুজপত্র）》为主的、支持和欣赏泰戈尔文学的杂志逐渐受到孟加拉文坛和读者的关注，《婆罗蒂》成为泰戈尔的追随者和崇拜者的中心，而《绿叶》则是青年作家和传统主义者共同的阵营。此后，一直到20世纪30年代，泰戈尔在孟加拉语文学史上的影响日益扩大，不但影响了与他同

---

① Cf. Asit Kumar Bandyopadhyay: *History of Modern Bengali Literature* (*Nineteenth and Twentieth Centuries*), Modern Book Agency Private Limited, 1986, pp. 290 –291.

② 参见奥悉德古马尔·邦多巴塔耶著：《孟加拉语文学全史》，加尔各答现代书商有限公司，2006年，第459页。

③ শরৎচন্দ্র চট্টোপাধ্যায়，萨拉特琼德罗·乔多巴塔耶，为免混淆，此处按在国内文学史上较为通用的译名，译为萨拉特·钱德拉·查特吉。——笔者注

时代的大量诗人，也影响了孟加拉语诗歌日后的发展方向。

下面，我们将对《吉檀迦利》对孟加拉语诗歌的影响做进一步的探讨。

这种影响首先表现在《吉檀迦利》帮助当时正处于探索中的以及之后涌现的更多孟加拉语诗人确立了信心。孟加拉地区在 19 世纪出现了著名的文艺复兴运动，这一场运动不但涉及了孟加拉的政治、经济、思想，同时也影响了文学。孟加拉语文学从 19 世纪开始逐渐从古典阶段向现代阶段转变。罗摩·莫汉·罗易（Rammohan Roy，রামমোহন রায়）的散文是孟加拉语散文文学的开端，般吉姆·钱德拉·查特吉①（Bankim Chandra Chattopadhyay，বঙ্কিম চন্দ্র চট্টোপাধ্যায়）创作了孟加拉语近现代文学史上最初的长篇小说。诗歌方面，默图苏登·德特（Michael Madhusudan Datta，মাইকেল মধুসূদন দত্ত）是在泰戈尔之前的一位重要诗人，他借鉴英文诗歌中的无韵诗，用自己的无韵诗创作为孟加拉语诗歌打破了联句（endstop couplet）这一镣铐，帮助孟加拉语诗歌在摆脱古典梵语诗歌的束缚方面迈出了成功的第一步。抒情诗人比哈里拉尔·乔克罗伯尔迪（Biharilal Chakrabarti，বিহারীলাল চক্রবর্তী）是孟加拉语近现代抒情诗之父，他是近现代孟加拉语诗歌史上第一位有意识地创作抒情诗的诗人，以他为代表的一小群近现代抒情诗人不再局限于中世纪抒情诗的宗教限制，而是以自己高超的想象力将自然、世俗之爱和爱国精神都纳入了创作的范围，并在诗歌中表现了诗人自身的个体感受。但总的来说，这时的近现代孟加拉语诗歌还十分稚嫩，诗歌语言尚未成熟，词汇有限，韵律方面仍受梵语诗歌的束缚，诗歌表达的题材和主旨也仍然十分有限，由默图苏登所树立的庄重的诗风风靡一时，表达个人感受的现代抒情诗歌尚未被广泛接受。19 世纪末 20 世纪初，新一代的孟加拉语诗人们还处于艰难探索之

---

① বঙ্কিম চন্দ্র চট্টোপাধ্যায়，般吉姆·琼德罗·乔多巴塔耶，为免混淆，此处按在国内文学史上较为通用的译名，译为般吉姆·钱德拉·查特吉。——笔者注

中。此时，《吉檀迦利》的成功对于试图突破传统诗歌束缚的现代孟加拉语诗人来说，无疑是最好的鼓励与榜样。正如本书之前所论及的，泰戈尔在获得诺贝尔文学奖之前曾因他在诗歌方面的创新而在孟加拉语诗坛颇受争议。"泰戈尔拒绝默图苏登的庄重风格，以欧洲的浪漫主义和印度教毗湿奴派为基础，取得了自己的成就。……他更倚重生活语言，而非讲究舞台效果的文学史诗语言，在主题方面注重自己的感受和心灵而非神话英雄的探险。他使韵律和诗节大显魅力，并使催人入睡的重复段落或诗句展现魔力。孟加拉语诗歌中以元音结尾的混合单词和无数词汇无疑丰富了它的韵律，这对今天的我们来说毫不奇怪，但正是泰戈尔发现并证明了这一点。"[①] 菩特代沃对泰戈尔在诗歌创新方面的概括正可以适用于这里。泰戈尔对诗歌所进行的开创，不但为诗人们在诗歌表达方面提供了丰富的、可供借鉴的资源和经验，同时，更重要的是，他的成功，使得同样渴望表达自我、抒发自身感受的其他近现代诗人不再畏惧保守派的攻击与指责，从而敢于在诗歌创作的各方面积极尝试和创新，发出自己的声音。"从罗宾德拉纳特开始，他们（指孟加拉语诗人）不再有任何胆怯，诗人们摆脱了这种危险"。[②] 此后，孟加拉语现代诗歌开始进入了真正的成长和发展时期，出现了一大批取得较高艺术成就的诗人，同时，诗歌在发展中也逐渐呈现出多元化趋势。

其次，本书曾提到泰戈尔在孟加拉语诗歌创作中进行了变革与创新，这在他的孟加拉语"吉檀迦利"时期的诗歌乃至更早的创作中已有体现，只不过在早期这些变革与创新受到了保守派的苛责。随着英文版《吉檀迦利》的风行，他对孟加拉语诗歌的创新也借助后者的地位与影响对其他孟加拉语诗人产生了重大的影响。

第一，对同时代诗人的影响。泰戈尔的诗歌创作对同时代诗人影响

---

① Buddhadeva Bose, *Tagore: Portrait of A Poet*, Papyrus, Calcutta, 1994 (Enlarged Edition), p. 34.

② 菩特代沃·巴苏著：《文学批评》，代伊出版社，加尔各答，2002年，第113页。

巨大，受影响的诗人有的成为了泰戈尔的追随者甚至模仿者，有的则试图摆脱他的影响，竭力创作出具有自身独特性的诗歌。

这种影响首先体现在诗歌创作的主题上。对神与宗教的思考、对爱的渴求与理想、对美的追求、对自然的描写以及对不平等、非正义的反对，是在泰戈尔"吉檀迦利"的诗歌中经常出现的主题，它们同样为泰戈尔的追随者与模仿者所热衷。这一类诗人有许多从泰戈尔的诗歌中获取灵感进行创作，但是由于"缺乏思想和感情的深度，所以，尽管他们模仿泰戈尔的技巧，却只能写出一些略可一读的诗歌"[1]。其中，萨亭德罗纳特·多铎（Styendranath Dutta，সত্যেন্দ্রনাথ দত্ত）、格卢纳尼塔恩·邦多巴塔耶（Karunanidhan Bandyopadhyay，করুণানিধান বন্দ্যোপাধ্যায়）、乔丁德罗莫罕·巴克齐（Jatindramohan Bagchi，যতীন্দ্রমোহন বাগচী）、古姆德罗琼·默利克（Kumudranjan Mallick，কুমুদরঞ্জন মল্লিক）和迦利达斯·拉耶（Kalidas Ray，কালিদাস রায়）五位诗人值得我们注意。这五位诗人均深受泰戈尔的影响，但并未陷入对泰戈尔一味地模仿之中，而是表现出一定的创造性，其作品也得到了孟加拉读者的喜爱。萨亭德罗纳特的诗中总是充满了对爱与美的热爱、对自然的浪漫描绘和对祖国的热爱。在《金色花[2]（Champa，চম্পা）》中诗人将自己喻为一朵开于暮春的金色花，沐浴着金色的太阳，在《饥荒中（Durbhikse，দুর্ভিক্ষ）》一诗里，诗人表达了对处于饥荒中奄奄一息的人民的深切同情。后四位诗人可以说在泰戈尔的影响下成长，在他们的诗中可以看到他们对生活纯洁的爱与热情，对美的追求与向往，而泰戈尔对印度历史的理解、对毗湿奴派诗歌的借鉴、对宗教情感带有神秘主义色彩的表达在他们的诗中也得到了不同的传承。格卢纳尼塔恩的代表作之一《春天，与爱人的约会（Basanto-abhisar，বসন্ত-অভিসার）》表现了对自然的浪漫情怀。乔丁德罗莫罕则将史诗的表

---

① 黄宝生、周至宽、倪培根译：《印度现代文学》，外国文学出版社，1981 年，第 27 页。

② 金色花，木兰花的一种，也有音译为瞻波花，在泰戈尔的《新月集》中有《金色花》一诗。——笔者注

达与神秘主义因素结合起来，他的诗歌多数展现出历史感以及与印度传统精神的联系，其名作《月圆之夜，拉克希米（Kojagar-laksmi，কোজাগর-লক্ষ্মী）》与《难敌（Duryodhana，দুর্যোধন）》都是这方面的代表。古姆德罗琼与迦利达斯则长于对毗湿奴信仰的表现，在他们的诗歌中最常出现的是孟加拉乡村生活和毗湿奴教派热烈的爱，如古姆德罗琼的《女神赞（Matristotra，মাতৃস্তোত্র）》、迦利达斯的《布林达邦的黑暗（Brindaban Andhakar，বৃন্দাবন অন্ধকার）》。事实上，甚至那些批评泰戈尔的诗人，在诗歌创作的主题上有时也与泰戈尔有着惊人的相似之处。如迪坚德罗拉尔·拉伊在 1882 年到 1912 年出版的 4 部诗集，就都是以爱、自然和爱国主义为主题。

其次，泰戈尔对孟加拉语诗歌的风格、意象、韵律、语言也产生了重大的影响，这些影响即使是那些竭力要摆脱泰戈尔影响的诗人也无法避免。在泰戈尔"吉檀迦利"时期作品中的抒情诗歌里，诗人将自身在生活中所感受的苦闷、痛苦，和对宗教的深刻体悟与思考融合在诗句中予以表达，这种将个体的情感与对无限的思考结合起来的表达方式，给当时的诗人以极大的触动和鼓舞。"尽管不能挣脱传统的气质，但在罗宾德拉纳特的影响下，他们感到了对自由的向往。尽管他们不能成为罗宾德拉纳特真正的继承者，他们模仿着他，尤其是在风格和意象上。"① 萨亭德罗纳特·多泽是在与泰戈尔同时代诗人中最有成就的一位，他不拘泥于传统题材，将科学事物转化后入诗，其诗韵律多样、节奏感强，所表现出来的原创性与独特性难能可贵，甚至在他的鼎盛时期连泰戈尔也相形逊色。但即使这样，他在诗歌意象上也仍然师法泰戈尔，"他使用的正是罗宾德拉纳特的饰物——季节的喧闹、乡村的图景、热爱祖国，花、鸟、月、云、露，这每一个词或事物的背后，都可以在罗宾德拉纳特那

---

① Asit Kumar Bandyopadhyay, *History of Modern Bengali Literature* (*Nineteenth and Twentieth Centuries*), Modern Book Agency Private Limited, Calcutta, 1986, p. 293.

里找到巨大的影响和对他的信任与爱。"① 那些对泰戈尔的爱的观念、美的渴求、接受生活以及国际化的视野等观点并不赞同的诗人，也无法不欣赏泰戈尔诗歌的韵律、意象和风格，并或多或少在这些方面受他的影响，② 其中包括被称为"叛逆诗人"的卡齐·纳兹鲁尔·伊斯拉姆（Qazi Nazrul Islam，কাজী নজরুল ইসলাম）。现代孟加拉语诗歌发端之时，在韵律方面深受源自古典诗歌的"波雅尔"体的束缚，这种诗体每两行押韵，每行包括 14 个字母或音节，十分严格和刻板。泰戈尔则以自己在诗歌韵律方面的探索和创新为现代孟加拉语诗歌带来了韵律丰富多样的可能性。尽管在"吉檀迦利"时期，泰戈尔并没有完全放弃"波雅尔"体，但是在如何确定诗行的音长方面他已经探索出了一套新的方法，这种以音节、音量为单位来确定音长的方法摆脱了机械的字母限制，而以复合辅音入诗更为诗歌创作提供了新的语言活力。此外，泰戈尔还注重借鉴民间诗歌来丰富诗歌的韵律。如《吉檀迦利》第 99 首，其孟加拉语原诗为《歌之花环》的第 6 首，其韵律便是取法民歌而成。由此，诗人们得以在诗歌的语言节奏和韵律上尽量展现自己的创造性，语言与诗歌的结合更加紧密和富有生机。前面曾提到的萨亭德罗纳特便以其诗歌韵律的多样、节奏的壮丽而闻名，格卢纳尼塔恩的诗歌则以节奏和变化无穷的韵律著称，在伊斯拉姆的诗歌中，节奏与不羁的热情、革命的言辞结合在一起产生了强烈的效果，乔丁德罗纳特·森古普多（Jatindranath Sengupta，যতীন্দ্রনাথ সেনগুপ্ত）则善于在诗歌中使用方言、俚语，他的诗歌也因此在节奏上具有跳跃感。

第二，泰戈尔对孟加拉语诗歌发展的影响。由诺贝尔文学奖所带来的"吉檀迦利"效应并不仅仅止于对与泰戈尔同辈诗人的影响，它所带来的对泰戈尔的肯定和对诗歌创新的肯定影响了整个现当代孟加拉语诗

---

① 菩特代沃·巴苏著：《文学批评》，代伊出版社，加尔各答，2002 年，第 107 页。

② Cf. Asit Kumar Bandyopadhyay, *History of Modern Bengali Literature*（*Nineteenth and Twentieth Centuries*），Modern Book Agency Private Limited, Calcutta, 1986, p. 295, p. 300.

歌的发展。首先在韵律方面，正如前面所提到的，泰戈尔对诗歌韵律进行了创造性变革，在这种变革获得了肯定与效仿之后，泰戈尔并没有停止脚步，他对韵律的探索一直延续到其晚年所写作的孟加拉语散文诗。菩特代沃·巴苏在《孟加拉语韵律》一文中，曾这样写道："今天我们能看到的以甜美、优雅为标志的孟加拉语韵律，这些正是罗宾德拉纳特的创造所给予的"，[①] 他同时称其为"韵律大师罗宾德拉纳特（ছন্দোগুরু রবীন্দ্রনাথ）"。其次，在孟加拉语诗歌与西方文学的关系上，泰戈尔的成功为孟加拉语诗歌借鉴西方文学、西方诗歌打开了大门。泰戈尔无疑广泛涉猎了包括诗歌在内的多类西方文学作品，通过他自己提及以及他的传记和他与他人的通信等材料，我们可以得知他的阅读范围涵盖莎士比亚、华兹华斯、雪莱、济慈、但丁、歌德、海涅、易卜生、约翰·多恩、托尔斯泰以及莫里哀等[②]。虽然泰戈尔在论及自己的诗歌创作时很少提到自己曾受过的来自西方文学的影响，但这种影响是确实存在的，或者可以说是无法掩盖的，他自己便曾提到在孟加拉地区有评论家"说我的诗歌不是发自民族传统的情感"[③]，而爱德华·汤姆逊（Edward Thompson）则提到在泰戈尔获得诺贝尔文学奖之后，有孟加拉的保守批评家认为："他（指泰戈尔，笔者注）思考的方式在本质上是英国的，因此我欣赏他的英文版《吉檀迦利》远胜过孟加拉语原文。因为他的诗歌完全植根于西方思想，他对英语读者的吸引力远大于孟加拉人。在我们中间，只有那些与古老的本国文学和人民生活完全失去了联系、只读欧

---

① 菩特代沃·巴苏著：《文学批评》，代伊出版社，加尔各答，2002 年，第 68 页。

② 这里提到的泰戈尔曾阅读过的诗人，资料来源参见《罗宾德拉纳特与罗宾德拉纳特》一书中《罗宾德拉纳特看过的书》一文。菩罗纳侬多·乔多巴塔耶著：《罗宾德拉纳特与罗宾德拉纳特》，喜悦出版社，加尔各答，2007 年。

③ 〔印〕泰戈尔著：《在中国的演讲集》，李南译，刘安武、倪培耕、白开元主编：《泰戈尔全集》（第 20 卷），河北教育出版社，2000 年，第 89 页。

洲书籍的人，才是他的崇拜者。"① 孟加拉语诗歌对西方文学的借鉴在默
图苏登那里已经初见端倪，但泰戈尔对它的吸收不再仅仅是形式上的，
同时也包含了思想、美学等方面。尽管在最初受到指责，但他的这种创
造性的借鉴为后来的孟加拉语诗歌提供了经验与参考，在他之后孟加拉
语现代诗歌对西方的学习和吸收不断扩大，1930 年之后的当代孟加拉语
诗歌更是直接受到来自现当代英语诗歌的影响，意象派、象征主义、超
现实主义、弗洛伊德思想，都在孟加拉语新诗派诗人的诗歌作品中有明
显体现。最后，泰戈尔的诗歌本身就是现代孟加拉语诗歌和孟加拉语文
学的一大财富和源泉。当代孟加拉语诗歌史上两位最为重要的新诗派诗
人之一的苏亭德罗纳特·多铎（Sudhindranath Dutta，সুধীন্দ্রনাথ দত্ত）曾称
泰戈尔是为孟加拉语文学带来成功的象头神（Ganesh，গণেশ）。象头神是
印度神话中的智慧与财富之神，以它来比喻泰戈尔，说明了泰戈尔是孟
加拉语诗歌和文学的不尽源泉。J. C. 高斯在他的《孟加拉语文学史》中
提出，泰戈尔从三个方面丰富了孟加拉语文学，一是他开拓了梵语文学
的资源，二是引入了欧洲的理念和模式，三是将文学主题与来自孟加拉
普通生活的意象与象征结合了起来。② 而对于现代孟加拉语诗歌来说，泰
戈尔的一生正是处于孟加拉语诗歌从古典到现代的转折时期，他的创新
可以说就是现代孟加拉语诗歌发生真正变化的开端，泰戈尔对现当代孟
加拉语诗歌的意义或许可以用以下这一段文字来概括："第一，在他那
里，我们第一次意识并看到我们共同的、有标志性的、已获得自由的、
属于我们的传统并为我们所熟悉的自己的肖像。第二，我们静止的、需
要变化的诗歌所寻找的不尽的源泉，我们也第一次在罗宾德拉纳特那里
重新获得。第三，正是罗宾德拉纳特第一次在我们面前树立起了一个所

---

① Edward Thompson：*Rabindranath Tagore*：*Poet and Dramatist*，Rddhi-India，1979（edition），
p. 315.

② Cf. J. C. Ghosh：*Bengali Literature*，Oxford University Press，1948，pp. 183 – 184.

有人都能接受的、公正的诗歌标准。"① 可以说，泰戈尔对他之后的孟加拉语诗歌的各方各面都产生了影响，他在现代孟加拉语诗歌发展的每一个方向上都留下了自己的痕迹。这种深远的影响，正是从《吉檀迦利》的成功开始的，是"吉檀迦利"效应在孟加拉语诗歌发展中的延续与深化。

诚然，在20世纪30年代之后，在孟加拉语诗坛上又逐渐掀起了一股反对泰戈尔的浪潮。但这种反对正是由于新一代的诗人们意识到了泰戈尔对现代孟加拉语诗歌乃至对他们自身所产生的深切影响而产生的一种反应。任何一个真正的诗人都希望自己能创作出具有独创性的作品，哈罗德·布鲁姆在其影响巨大的《影响的焦虑》一书中提出了"影响的焦虑"之说，这一诗歌理论指出，当有野心的年轻诗人遭遇到十分强大的前辈诗人时，他们实际上会处于一种担心甚至害怕被影响的焦虑心理状态中，这时年轻诗人们往往会采取不同的方法来摆脱前辈诗人的影响，其中包括打碎与前辈的连续状态和对前辈诗人的"逆崇高化"或曰"魔鬼化"即对前辈诗人"崇高"的反动等6种不同的方法。事实上，这也正是当代孟加拉语诗人所采取的对待泰戈尔的方法。在菩特代沃·巴苏登上诗坛的时候，其身份是强烈而有意识地反对泰戈尔诗歌理念的第一人，他同时以育成诗歌形式和技巧的激变为己任，但最后他也被公认为是对泰戈尔理解得最为透彻的人，是泰戈尔研究的大家。苏亭德罗纳特的诗歌尽管结构严密、用语晦涩，但其中仍潜藏着对自然的浪漫之情和对美的渴望。索默尔·森（Samar Sen, সমর সেন）则通过用干硬、粗糙的语言来戏仿泰戈尔著名的浪漫诗句来创造新的诗歌之美。

今天，泰戈尔的诗歌既是印度西孟加拉邦地区的文学财富，也是孟加拉国的文学资源，文学的传承并未因国别、宗教等原因而中断。泰戈

---

① 哈山·哈菲兹尔·拉赫曼（Hasan Hafizur Rahman, হাসান হাফিজুর রহমান）：《孟加拉语诗歌评价体系的改变：罗宾德拉纳特（বাংলা কাব্যে মূল্যবোধের বিবর্তন: রবীন্দ্রনাথ）》，阿尼苏贾曼编：《罗宾德拉纳特》，安逸出版社，达卡，2001年，第149页。

尔在《回忆录》中曾提到一首描写雨水的童谣打动了童年的他，而"就像雨水一样，泰戈尔也是孟加拉国人自己的。他与孟加拉国的生活融合在一起。"① 在孟加拉国，对泰戈尔文学的研究不但涵盖了包括诗歌、小说、日记、游记和书信在内的各种文体，而且对不同文体都有深入探索，如对诗歌的研究就涉及了诗歌中的比喻、象征、韵律、思想意识等。"有一位孟加拉国诗人曾就泰戈尔写道：'在我的心中你如神一般。'这并非只是一行诗句，这是一种深切的信念。就是这样，罗宾德拉纳特巨大的文学财富丰富了我们的思考和批评。"② 对于整个现代孟加拉语诗歌乃至孟加拉语文学来说，泰戈尔是一个建构性的人物，"他使孟加拉语血肉融合；孟加拉语文学与孟加拉语得益于他是无需赘言的，这种得自于他的益处不言自明——并非仅仅是今天的，而是各个时期的孟加拉语的任何作家都是如此。"③

二、在其他语种文学中

泰戈尔的《吉檀迦利》为印度现代文学尤其是现代诗歌的发展所带来的影响并不仅限于孟加拉语文学和孟加拉地区。从 19 世纪后期开始到 20 世纪初，在日益复杂多变的社会生活以及西方文化文学的影响下，印度大部分语种文学已经感受到了变化和革新的需求。这种需求一方面受到来自既有的严格的古典文学规范的束缚，另一方面又面临着过度西化或曰欧化的危险。而《吉檀迦利》在这个时刻的成功，为印度各语种文学实现现代转向创造了契机、提供了范例，印度诗歌在近现代的转向也

---

① 谢利纳·霍森（Selina Hosen，সেলিনা হোসেন）：《罗宾德拉纳特与孟加拉国的我们（রবীন্দ্রনাথ ও বাংলাদেশে আমরা）》，希伯纳拉扬·拉耶编：《无尽的罗宾德拉纳特》，复兴出版社，加尔各答，2003 年，第 81 页。

② 谢利纳·霍森（Selina Hosen，সেলিনা হোসেন）：《罗宾德拉纳特与孟加拉国的我们（রবীন্দ্রনাথ ও বাংলাদেশে আমরা）》，希伯纳拉扬·拉耶编：《无尽的罗宾德拉纳特》，复兴出版社，加尔各答，2003 年，第 84—85 页。

③ 菩特代沃·巴苏著：《文学批评》，代伊出版社，加尔各答，2002 年，第 114 页。

正是从这个时候开始。

（一）在印地语文学中

《吉檀迦利》与泰戈尔对印地语文学的影响主要体现在"阴影主义"诗人和他们的诗歌创作中。20世纪20年代初到30年代末，"阴影主义"是印地语诗歌的主要潮流。"阴影主义"一词是从孟加拉语借用过来的，指的就是浪漫主义，它是印地语诗人在民族运动逐步开展的背景下，受到西方浪漫主义诗歌和泰戈尔诗歌的鼓舞与启发进行诗歌改革所形成的一次文学思潮。[①]"泰戈尔的英译本《吉檀迦利》在西方的巨大反响，平息了对泰戈尔的批判并为印度诗歌开辟了一条新的道路。印地语文学对此马上做出了反应，并诞生了一种新的诗人，他们不再必须依靠为德维威蒂（Dvivedi）和伯勒杰语诗人们所依赖的传统的诗歌法则。"[②]这种新的诗人便是"阴影主义"诗人，其中著名的三大诗人杰耶辛格尔·伯勒萨德（Jaysankar Prasad）、尼拉腊（Nirala）和苏米德拉南登·本德（Sumitranandan Pant）都受到了来自《吉檀迦利》与泰戈尔诗歌的影响，只是三人所接受影响的侧重点各有不同。

在伯勒萨德的诗歌中，《吉檀迦利》中所蕴含的个体追求与"神"合一的主题思想得到了体现。在其成名作《眼泪》（1925）中，伯勒萨德对爱情题材的处理有了新发展，爱情不但是现实的爱又是神秘的爱，对爱情的追求同时也是对神和"大我"的追求，其中所蕴含的痛苦同时也是与无形的"大我"分离的痛苦。抒情个体"我"在等待着身着伪装的爱人，他或许会在某一时刻不期而至，"我"与爱人的相会同时也象征着"小我"、"个体灵魂"与"大我"、"宇宙精神"的统一，这样的诗歌主题在《吉檀迦利》中比比皆是。《迦马耶尼》（1935）是伯勒萨德最著名的长诗，同时也是"阴影主义"的代表作之一。诗人在诗中取用传统神

---

① 参见刘安武著：《印度印地语文学史》，人民文学出版社，1987年，第305页。

② Peter Gaeffke: *Hindi Literature in the Twentieth Century*, Otto Harrassowitz, 1978, p. 29.

话中的摩奴故事来隐喻现代生活，诗歌蕴含了伯勒萨德对印度古代传统
哲学思想的思考，同时还体现了他的湿婆信仰。不能说这部大诗直接来
源于西方或泰戈尔神秘主义思想的影响，但应当说泰戈尔在诗歌创作中
对毗湿奴信仰和古老的印度教思想的处理，给了伯勒萨德启发和借鉴。

　　尼拉腊出生于孟加拉邦，并曾在那里生活多年，因此毫无疑问他应
该可以直接阅读泰戈尔的孟加拉语诗歌，并对泰戈尔在孟加拉语诗歌上
的创新有直观的感受。"他在二十岁左右时开始发表诗，受到泰戈尔和孟
加拉语文学的影响。"① 在诗歌形式方面，尼拉腊在自己的诗中打破了印
地语诗歌的格律，运用了自由诗体。自由诗体在之前的印地语诗歌中几
乎没有，或者可以说是在英文版《吉檀迦利》中才第一次出现，尼拉腊
在《芳香》（1930）中运用了这种诗体，并由此招致了保守派的讥讽与批
判。但他并未停止探索，在其代表作《无名指》（1938）中，自由诗体被
尼拉腊运用得更加自然和成熟。对此，本德曾在《致〈无名指〉的诗人
苏尔耶冈德·德利巴提先生》一诗中写道："诗人，你的诗歌的洪流，／
粉碎了牢固的格律束缚，／冲破了那各种顽固而保守的传统的／大山似的
牢狱，／像自由的、无阻的、急速的、洁白的／瀑布一样奔流而出。"② 此
外，蕴含在尼拉腊诗歌中的细腻的情感，在他的诗歌中体现出来的"反
对非正义和压迫方面那种合乎人性的骄傲"③，以及他敢于在诗歌中抒发
作为抒情个体的"我"的感受，都可以看到来自《吉檀迦利》和泰戈尔
其他诗歌的影响。

　　本德所受到的《吉檀迦利》和泰戈尔的影响主要集中在他那与神秘
主义结合在一起的对美的描绘与追求上，这一点在他前期的作品中尤为

---

①　刘安武著：《印度印地语文学史》，人民文学出版社，1987 年，第 324 页。

②　转引自西沃丹·辛赫·觉杭著：《印地语文学的八十年》，刘安武译，刘安武编选：《印
度现代文学研究〈印地语文学〉》，中国社会科学出版社，1980 年，第 84—85 页。

③　转引自西沃丹·辛赫·觉杭著：《印地语文学的八十年》，刘安武译，刘安武编选：《印
度现代文学研究〈印地语文学〉》，中国社会科学出版社，1980 年，第 86 页。

明显。本德"受迈提利谢仑·古伯德和赫里奥特诗歌的影响，也受泰戈尔的影响，他对印度古代文学、孟加拉语文学以及英国文学都深有研究"①。他初期的作品《维纳琴》（1919）主要表现了对大自然的热爱和一种神秘的感情，而在其成名作《嫩叶》（1927）里，这种对自然的爱演变为一种更为抽象的对美的热爱，自然有时成为一种载体和象征，承载着诗人对美的歌颂和赞美。此外，本德还在《嫩叶》的序言里第一次树立新的理想诗歌的标准，并抨击了诗歌的陈旧传统和规则。

　　新一代诗人们对《吉檀迦利》做出了积极的反应，但当时的印地语批评家却采取了另一种态度，"印地语的批评家对罗宾德拉纳特·泰戈尔和他的作品抱着一种充满诅咒的冷漠情绪。他们不希望印地语的新兴诗人也走罗宾德拉纳特·泰戈尔以及引导孟加拉语诗歌走上的那种陌生的道路。"② 而在最初对"阴影主义"诗歌的批判方面，批评家也一般都指责它们是对泰戈尔诗歌或西方浪漫主义诗歌的模仿。尽管如此，"阴影主义"诗人仍然在泰戈尔指引的这条诗歌新路上继续前行，并最终获得了公正的评价。就整体来说，《吉檀迦利》与泰戈尔对"阴影主义"诗人和诗歌的影响主要体现在以下几个方面：首先，《吉檀迦利》与泰戈尔在诗歌韵律方面的创新为"阴影主义"诗歌打破旧的法式诗歌、创造新的诗歌格律和新的诗歌语言指出了可能，并提供了经验。其次，在对传统题材、尤其是爱情题材的处理上，"阴影主义"诗歌突破了法式时期艳情诗对爱情狭隘、片面的理解，将爱情视为自然的、人性的表现，并在某种程度上将它与古老的印度教文化结合起来。最后，在大多数"阴影主义"诗歌中，诗人们都发出了作为抒情主人公"我"的声音，表现了单独的、特殊的个体与"大我"之间的独特的感应与联系，强调了诗人与诗歌不再从属于宗教的艺术主体性。

―――――――――

　　① 刘安武著：《印度印地语文学史》，人民文学出版社，1987年，第337页。
　　② 西沃丹·辛赫·觉杭著：《印地语文学的八十年》，刘安武译，刘安武编选：《印度现代文学研究〈印地语文学〉》，中国社会科学出版社，1980年，第76页。

此外，《吉檀迦利》还对印地语散文诗（Gadya Kavya）产生了影响。印地语散文诗的第一位诗人拉克里希那·达斯（Raykrsna Das）就曾毫不犹豫地将自己的创作归于受到了泰戈尔的影响。[①]

（二）在乌尔都语文学中

《吉檀迦利》在除印地语之外的南亚其他语种文学中也得到了广泛的翻译。它在乌尔都语中至少有三个译本，分别是尼亚兹·法特赫布里（Niaz Fatehpuri）的散文体译本、比兹诺里（Bijnori）的无韵诗译本（未完成）和莫尔维·齐亚乌丁（Moulvi Ziauddin）从孟加拉语直接翻译的译本。其中第一个译本影响较大，因为它的译者本身是一位诗人，又是一位出色的文体家，擅于创作将波斯语和阿拉伯语因素充分融合在一起的流畅、华美的散文文体。在他翻译的《吉檀迦利》中，他的这种才华创造性地融入了译本之中，以至于他的翻译可以说是"另一个版本的菲茨杰拉德的《鲁拜集》"[②]。《吉檀迦利》与泰戈尔对乌尔都语文学的影响主要包括以下两个方面。

第一，在文体方面。首先是《吉檀迦利》中体现出来的世俗经验所具有的神秘性质所带来的影响。神秘主义对于乌尔都语诗歌来说并不陌生，但乌尔都语散文受神秘主义影响并不大。《吉檀迦利》将这种蕴含在世俗经验中的神秘主义因素介绍给了乌尔都文学，这种新的神秘主义风格与哈利（Hali）、伊克巴尔（Iqbal）等诗人为乌尔都语诗歌带来的热情结合在一起，产生了一种新的散文种类，即"泰戈尔式乌尔都语（Tagori Urdu）"。这种新的文体既不是严格意义上的诗歌，也不是随笔或小品文，要将它进行严格的归类似乎很难，但它却在相当长的时间内在文学杂志中占主要地位，其主要代表作大部分出自卡里齐·德赫拉维（Khaliqi Dehlavi）、尼阿兹·法特赫布里和米尔·纳希尔·胡山（Mir Nasir Husain）

---

① Cf. Peter Gaeffke：*Hindi Literature in the Twentieth Century*，Otto Harrassowitz，1978，p. 35.

② Cf. Mohamad Hasan，*Tagore's Influence on Urdu Literature*，Edit by Rita D. Sil，*Profile of Rabindranath Tagore in World Literature*，New Delhi：Khama Publishers，2000. p. 164.

的笔下。在乌尔都语文学史上，甚至有些评论一度认为它是乌尔都语散文诗的前身。其次是对乌尔都语散文的文体自觉产生了影响。《吉檀迦利》与"泰戈尔式乌尔都语"中优美的修辞、频繁出现的意象以及细腻的敏感，使得它们具有一种美学上的美感。受到这种美学自觉的影响，乌尔都语的作家尤其是散文作家从此不再仅仅只是关注主题与内容，而是开始自觉地注意自身创作的风格、选词、意象、句序以及文章结构等，从而使得乌尔都语的散文在形式上更趋精纯。

第二，在思想内容方面。首先，泰戈尔为乌尔都语文学带来了一种新的如何获得解脱的观念。在近代乌尔都语诗歌中，哈利和伊克巴尔赋予了抒情诗以热情，这种热情是一种获取的热情，它强调的是进取和获得。而泰戈尔为抒情诗带来的则是另一种热情，它强调的是通过放弃所爱的人来获得爱，通过放弃自我来获得自我实现和自我解脱。这种观念不仅在诗歌中，在一些浪漫主义短篇小说中都有所体现。其次，泰戈尔的诗歌中所展现的对农村和乡土的热爱在乌尔都语文学中也有所体现。这种热爱不仅仅指在表现内容上描写农村，更是指通过文学的形式反映出农村与乡土所具有的那种简单、纯洁。"在这个方面甚至连普列姆昌德也不能说没有受到泰戈尔的影响。"①最后，是在如何看待自然方面。将自然看作是宇宙或者说具有生命力的一部分来加以描绘，这应该说是受到了泰戈尔的影响。在乔希（Josh Malihabadi）的描写自然的诗如《雨季的月亮（Badli Ka Chand）》中可以看到这种影响。这一点，在浪漫主义诗人、同时也是巴基斯坦国歌的作者哈菲兹·贾南特里（Hafeez Jalandhari）身上也有所体现。

（三）在南部主要语种文学中

《吉檀迦利》在南部主要语种文学中均有翻译，其中在泰卢固语中至

---

① Mohamad Hasan, *Tagore's Influence on Urdu Literature*, Edit by Rita D. Sil, *Profile of Rabindranath Tagore in World Literature*, New Delhi: Khama Publishers, 2000. p. 165.

少有 3 种译本，此外还有一部分"吉檀迦利"时期的作品被直接从孟加拉语翻译成泰卢固语。在泰米尔语中至少有两种译本，一种为韵文体，一种为散文体。在卡纳达语中有至少 4 种译本，其中既有韵文体也有散文体，还有一部分译诗是从孟加拉语直接翻译而来。在马拉雅拉姆语中也有通过孟加拉语原文直接翻译的泰戈尔诗歌作品。[①] 通过孟加拉语原文、英文版和各自语种的译本，《吉檀迦利》和泰戈尔在南部主要语种之中产生了不同的影响。

（1）在泰卢固语文学中

泰卢固语是南印度古老语种之一，泰卢固语文学也有着悠久的传统。在文学的现代化过程中，"泰卢固语比其他南印度语更早感受到一九〇五年民族运动和以般吉姆·钱德拉、罗宾德拉纳特·泰戈尔为代表的孟加拉语文学的影响。"[②] 在诗歌方面，泰戈尔的影响首先体现在著名诗人拉耶普劳鲁·苏巴·拉沃（Rayaprolu Subba Rao）身上。拉耶普劳鲁在泰卢固语文学史上的影响持续了 50 年左右，是泰卢固抒情诗歌的代表诗人。他曾于 1915 年左右在圣地尼克坦（Santiniketan）与泰戈尔一起度过了一段时光，而那也正是《吉檀迦利》名声最盛的时期，他的诗歌明显受到了来自泰戈尔的影响。拉耶普劳鲁的诗歌主题以爱为主，他善于以少见的敏感和复杂性来对爱进行浪漫主义的处理。他的爱的哲学突出了包括友谊、热情、温柔和爱情在内的不同形式的情感所具有的共同的、本质上的美，这种爱的观点被认为是"一种抽象的、精神上的爱，它集中表现在 vipralambha 上，即肉体结合的不可能，并通向一种永恒的爱"。[③] 无论是以爱为主要题材，还是拉耶普劳鲁这种爱的哲学，其中都可以明确

---

① Cf. Prof. Vinayak Krishna Gokak, *the Concept of Indian Literature*, New Delhi：Munshiram Manoharlal Publisher PVT. Ltd. 1979, pp. 167–168.

② 《印度现代文学》，黄宝生、周至宽、倪培根译，北京：外国文学出版社，1981 年，第290 页。

③ Edited by Nalini Natarajan, *Handbook of Twentieth-Century Literatures of India*, London：Greenwood Press, 1996. p. 309.

看到《吉檀迦利》与泰戈尔思想的影子。其次，在泰卢固语现代诗歌的"抒情诗派（Bhava Kavitvam）"中也有着泰戈尔的身影。这一诗派于 20 世纪 20 年代在泰卢固诗坛兴起，其创作和影响持续了 30 年左右。它对爱情题材的处理与传统不同，所强调的不是爱的实现，而是对爱人永恒的等待，其中有一些诗人将男女的结合看作是小我与大我融合的象征。以自然为对象的诗歌则吸收了泰卢固民歌的曲调，描绘和赞美泰卢固的自然景色，在诗中寻求与自然的同一，显示出由自然所激发的爱。虔诚（bhakti）诗歌是"情感诗派"中重要的一支，诗歌就是诗人们放弃自我的方式，他们在其中将自己完全奉献给神。此外，这一诗派还具有几个共同点，那就是对情感的强调、对精神上的美的关注以及诗歌所具有的音乐性，最后一点使得这些诗歌几乎都可以歌唱。在以上所提到的这些方面，都不能否认泰戈尔抒情诗的影响。

（2）在卡纳达语文学中

在卡纳达语现代文学中，最初产生重大影响的是般吉姆和他的长篇小说。随着诺贝尔文学奖的颁发，《吉檀迦利》和泰戈尔的诗歌为卡纳达语文学尤其是诗歌带来了新的变化，卡纳达语现代诗歌最初的繁荣在某种程度可以归因于泰戈尔的影响。

卡纳达语文学在 1920 年开始进入了黄金时期，这个时期重要的文学家几乎受到了泰戈尔的影响，许多杰出的作家如克里希那·古马尔·高斯耶普（Krishna Kumar Kasyap）、布拉尔哈德·纳莱格尔（Pralhad Naregal）和 S. G. 古尔高尔尼（S. G. Kulkarni）等将泰戈尔当作不尽的源泉和主要的导师。在诗歌方面，著名诗人马斯迪（Musti）和斯德拉米亚（V. Sitaramia）曾亲往圣地尼克坦拜见泰戈尔，接受他的教导，绝大部分优秀的诗人都被泰戈尔抒情诗的表达方式所吸引。尽管英语抒情诗 20 世纪前 20 年中已经被翻译成了卡纳达语，但卡纳达语现代抒情诗的产生恰好与泰戈尔获得诺贝尔文学奖同时发生于 1913 年，这应该不仅仅是一个巧合。"我们发现这位阿佛罗狄特（指现代抒情诗，笔者注）在她诞生时，就站在显然是泰戈尔式的海草之间。"① 马斯迪的诗集《宾那哈（Binnaha）》中所收入的虔诚抒情诗将中世纪卡纳达歌手的音乐与《吉檀迦利》的风格结合在了一起，而本德莱（Bendre）的《呆利（Gari）》则被同时献给泰戈尔和奥罗宾多（Sri Aurobindo）。此外，在诗歌题材方面，对古代的传说和传统进行个人化的重新阐释，这也是来自泰戈尔的影响，马斯迪、本德莱、室利根迪亚（B. M. Srikantia）都以不同方式创作了不少具有影响的这类型的诗歌。《吉檀迦利》与泰戈尔还帮助卡纳达语现代诗人们重新发现了古代的经典作品，使他们注重发掘经典作品中所蕴含的现代价值。如果说是英语抒情诗给了现代诗人们以新的灵感，那么泰戈尔则为诗人们指出了诗歌成功的关键与诗歌的界限。对于卡纳达语诗人们来说，泰戈尔既对他们的创作有着诗艺上的启发，同时也具有一种精神上的象征意义。"泰戈尔的影响在于他召唤这些旅伴去往海边，在那里他自己已经看到了灿烂的日出日落、收集了七彩的贝壳。……当诗人们阅读泰戈尔时，正是这种将东西方结合起来的可能性唤醒了他们并给他们以欢乐的使命。他们写下他们自己的《吉檀迦利》、《园丁集》、《新月集》……泰戈尔为他们照亮了道路，而他们继续探索。"②

（3）在马拉雅拉姆语和泰米尔语文学中

尽管喀拉拉邦和泰米尔纳度位于次大陆的最南端，但马拉雅拉姆语文学与泰米尔语文学同样也受到了《吉檀迦利》与泰戈尔的影响。在 20世纪的前十年中，马拉雅拉姆语中兴起了一股翻译孟加拉语文学的热潮。诗人比莱（K. C. Pillai）曾在圣地尼克坦求学，并将泰戈尔的孟加拉语诗歌翻译成马拉雅拉姆语。诗人古马仑·阿夏恩（Kumaran Asan）、瓦拉托尔·纳拉扬·梅农（Vallathol Narayana Menon）和乌卢尔·帕勒梅什沃

---

① Prof. Vinayak Krishna Gokak, *the Concept of Indian Literature*, New Delhi: Munshiram Manoharlal Publisher PVT. Ltd. 1979, p. 228.

② Prof. Vinayak Krishna Gokak, *the Concept of Indian Literature*, New Delhi: Munshiram Manoharlal Publisher PVT. Ltd. 1979, p. 229.

尔·艾耶尔（Ullur Paramenswara Iyer）被认为唱响了20世纪马拉雅拉姆语文学的三重奏。古马仑代表了一种新的人文主义，由于他自己本身属于低等种姓，因此低种姓人民的呼声第一次在他的诗中得到了表现，他还在自己的诗歌中表达挣脱无知、政治以及人身束缚的愿望，发出了对心灵自由的呼唤。瓦拉托尔原来是一位古典主义风格的著名诗人，后来转而创作抒情爱国诗。与泰戈尔相似，乌卢尔出身于高等种姓，其诗风华美，在马拉雅拉姆语现代文学史上以抒情诗体和对诗歌韵律的创新而闻名。如果不能说他们三人的创作是直接来源于泰戈尔，那么应该承认在20世纪前期的诗歌发展中，泰戈尔成功地激励了他们。而马拉雅拉姆语后期浪漫主义的著名诗人 G.巽格尔·古卢珀（G. Sankara Kurup）则更多地从泰戈尔而非英语诗歌那里获得灵感，他的象征主义抒情诗集《竹笛（Odakkuzhal）》（1950）于1965年荣获了印度两大最高文学奖之一的讲坛奖（Jnanpith Award）。

泰米尔语现代诗歌在20世纪初也发生了对语言和韵律的革新，诗人苏波拉曼耶·帕勒迪（Subramanya Bharati）是这场变革的中坚人物，他提倡在诗歌中使用来自于普通民众日常生活的简单、明了的词汇，并由此发展了新的诗歌格律，在他的虔诚抒情诗中展现出新观念和诗歌技巧。诗人 D.比莱（D. Pillai）长于翻译，他曾将《吉檀迦利》翻译成泰米尔韵文，在他的诗歌中充满令人窒息的美、暖人心扉的爱以及可爱的、孩童般的简洁朴素，其中也可以看到泰戈尔的影响。

（四）在其他诸语种文学中

《吉檀迦利》与泰戈尔带给印度诸语种文学的影响并不仅限于以上提到的这几种，在旁遮普语中《吉檀迦利》有两种以上的译本，其中既有散文体也有短小的抒情诗体。在古吉拉特语中不但有译自英文版的译本，还有诗人对一部分孟加拉语原诗进行了翻译。在马拉提语中《吉檀迦利》拥有至少5个译本，其中既有散文体也有韵文体。

奥里萨是孟加拉地区的邻邦，泰戈尔与《吉檀迦利》对奥里雅语文学产生了重大的影响。事实上，在获得诺贝尔文学奖之前，泰戈尔就已经在奥里萨邦树立了文名，诗人默图苏登·拉沃（Madhusudan Rao）还借鉴他的文风创作了一系列虔诚抒情诗与爱国抒情诗。当时在奥里雅语文学中，还有很大一部分诗人面对泰戈尔的才华感到了焦虑。"帕德玛乔南（Padmacharan）就承认由于担心被控制和失去自己的脚步，他有意地避免阅读罗宾德拉纳特。"① 但随着《吉檀迦利》获得诺贝尔文学奖，泰戈尔的影响在奥里雅语文学中开始变得无法抗拒，并直接引致了20世纪初奥里雅语"绿色"诗派的出现。"绿色"诗派这个名字本身就是借自孟加拉语的《绿叶》杂志，它曾对奥里雅语的青年诗人产生深刻影响。该诗派以年轻诗人为主，他们乐于向泰戈尔学习，革新了奥里雅语诗歌的韵律，并在诗中采用新鲜的词汇、新奇的意象，同时将泰戈尔诗中的爱情观、美学观和生活观引入了奥里雅语诗歌之中，"安纳达·巽格尔·拉耶和拜贡特纳特·伯德耶纳克在早期写的许多诗，所有评论家都认为是对奥里雅语文学宝库的宝贵贡献"②。

　　在克什米尔语中，诗人阿扎德（Azad）受到泰戈尔在《吉檀迦利》中表现出来的人道主义和对普通民众关怀的影响，并为泰戈尔所描绘的没有恐惧的自由天堂的印度所吸引，而另一位诗人玛斯特尔济（Masterji）则为泰戈尔的广泛的兄弟情谊和没有沦为狭隘的民族主义的爱国主义所着迷。在古吉拉特语中，《吉檀迦利》以及泰戈尔诗歌中所表现出的人的尊严、对自然的热爱以及美的观念得到了诗人们的认同与接受。马拉提语的诗人则接受了《吉檀迦利》中所具有的神秘主义因素和泰戈尔对爱与美的观点。在旁遮普语中，《吉檀迦利》也产生了巨大影响，以至于一时之间很多诗集模仿《吉檀迦利》以"某某迦利"而命名，还有很多受

---

① Prof. Vinayak Krishna Gokak, *the Concept of Indian Literature*, New Delhi: Munshiram Manoharlal Publisher PVT. Ltd. 1979, p. 172.

② 《印度现代文学》，黄宝生、周至宽、倪培根译，北京：外国文学出版社，1981年，第201页。

过教育的锡克教徒为自己的男孩甚至女孩取名罗维德罗。

三、《吉檀迦利》对南亚近现代文学的意义

在对《吉檀迦利》在不同语种文学中的接受和影响做了初步的陈述与分析之后，我们可以进一步讨论《吉檀迦利》与泰戈尔对南亚近现代文学来说究竟意味着什么，或者说其意义是什么。应该说，《吉檀迦利》与泰戈尔所带来的影响主要在诗歌方面，但又不仅限于诗歌。泰戈尔在孟加拉语文坛崭露头角的时候，孟加拉文艺复兴早已兴起，这场复兴不仅涉及文学，同时也涉及了政治、宗教、经济等各个方面，而泰戈尔也可以说正是这场文艺复兴的杰出产儿之一。孟加拉文艺复兴的影响并不仅限于孟加拉地区，它在其他地区也产生了巨大的反响。因此，在文学方面，在泰戈尔获得诺贝尔文学奖之前，在孟加拉语文学之外，在其他语种文学中实际上已经出现了一些像泰戈尔一样的创新者，他们或接受了梵社的思想，或在文学形式上进行探索，或为传统的诗歌主题赋予新的涵义，这也正是《吉檀迦利》与泰戈尔能迅速在各语种文学之中获得呼应、产生影响的内在前提。而《吉檀迦利》在这个时候的成功，无疑为这种处于探索期、处于保守派批判下的创新提供了经验并产生了巨大的推动，因此，《吉檀迦利》对于那个时期的印度文学尤其是印度诗歌来说，是一次可遇不可求的契机，它既是一颗火种，引发了诗人们积蓄已久的创造力的勃发，又是一泓深泉，滋养了刚萌发的新诗和处于弱势的新诗人们的生命与勇气，这也是将它称之为"吉檀迦利"效应的重要原因。

具体来说，《吉檀迦利》带给南亚近现代文学尤其是诗歌的影响主要可以归结为以下四个方面。

首先，在诗歌韵律、语言和文体方面的变革与创新。孟加拉语"吉檀迦利"时期的作品对孟加拉语诗歌韵律的影响文本上文已有讨论，而作为英文译本，《吉檀迦利》中无韵的散文诗也带给其他语种文学以冲

击。这种文体在之前的印度诗歌中应该说非常少见，它对各语种无韵诗或散文诗的发展有直接的推动作用。此外，由于还有一些孟加拉语诗歌也随着《吉檀迦利》的热潮被译介到其他语种中，泰戈尔对韵律诗的创新实际上也促进了各语种诗人对各自语言中的格律诗进行变革的尝试。在语言方面，正如在上面对各语种文学的讨论中能看到的那样，受《吉檀迦利》与泰戈尔其他诗歌的影响，简洁明了、来自生活与民间的语言进入了诗歌之中。

其次，对传统的文学经典和宗教哲学观念的重新阐释和发掘。S. 拉达克里希南在论及《吉檀迦利》时曾指出，《吉檀迦利》的表达结合了印度教传统的宗教思想，表现了自然的美与人的最高贵的追求之间的甜蜜的和谐。[①] 在文艺复兴兴起之后，在近现代发展过程中，印度传统实际上始终面临着两种危险：或是在受到西方政治、经济、文化影响的过程中过分西化从而完全否定传统，或是在抵抗西方的过程中一味强调传统甚至出现复古主义倾向。而实际上，这两种情况在当时的印度各地区均有不同程度的出现，在各语种文学中也有不同程度的体现。艾略特（T. S. Eliot）在论及对诗人而言传统与个人的关系时，曾提出任何一个超过了二十五岁仍想继续写诗的人，都必须不仅能感觉到传统所包含的历史意识所具有的过去性，同时还必须能感觉到它的现在性。[②] 而《吉檀迦利》以及泰戈尔其余诗歌中对传统的诗歌题材如爱、自然等的新处理，对传统的文学资源加以整合利用，对古老的"梵我"关系的重新阐释，赋予爱、自然、美以新的涵义，都为诗人们在新的社会环境和创作背景下如何对待和利用传统的文学、文化资源、如何发现传统所具有的现代意义指出了一条新途径，并为诗人们探索更多新方法提供了可能。

---

① S. Radhakrishnan, *The Philosophy of Rabindranath Tagore*, Macmillan and Co., Limited, 1918, p. 22.

② 参见〔英〕托·斯·艾略特著：《艾略特文学论文集》，李赋宁译，百花州文艺出版社，1997 年，第 2 页。

　　再次，对如何与西方文学实现有机结合的启示。次大陆各主要语种文学的现代化应该说都与西方文学有着密不可分的关系，南亚诸语种文学中现代文类的产生都受到了西方文学的影响。因此，如何对待西方文学的影响是每一语种文学都必须面对的问题。在诗歌方面，现代抒情诗的发展受到了来自英国抒情诗人和浪漫主义的巨大影响，泰戈尔本人也对华兹华斯等诗人并不陌生，尽管曾被保守派批评家指责其诗歌在美学上是完全的欧化，但毫无疑问泰戈尔在《吉檀迦利》中向众多其他诗人展示了西方的诗歌资源完全可以被吸收和融合在印度现代诗歌的创作中，《吉檀迦利》的散文诗文体本身就是一个绝好的例证，而他在诗歌中将人文主义与神秘主义、死亡与不朽结合在一起也是一种成功的尝试。这一点不但对诗歌，而且对整个南亚近现代文学来说都具有重大的意义。

　　最后，是对诗人、诗歌以及对文学的艺术自觉的影响。尽管泰戈尔是一个多才多艺的人，身兼诗人、哲学家、教育家、画家等多重头衔，但他自己始终认为、并曾多次宣称自己最终只是一个诗人。也就是说，作为诗人，他有着高度的艺术自觉。不管他在自己的诗歌中展现出了多么深邃的思想、多么难解的神秘、多么虔诚的宗教，我们都必须明确的一点是，这些都只是他诗歌艺术的一部分，他并不是为了哲学、为了宗教而写诗，他的诗歌也不是为了阐释某种哲学思想或宗教观点，他是为表达、为自我的感受而写诗，是"为艺术而艺术"。泰戈尔在诗歌中所表现出来的思想与情感，我们可以说与《奥义书》中的哲学思想、与毗湿奴派的信仰有着密切的关系，体现了它们的影响，但他的诗歌绝不是为了阐释它们而作，而这也正是他的诗歌与传统诗歌、他与传统诗人最大的不同。也正因为如此，说他的诗歌是《奥义书》思想的简单再现、说他的诗歌不过是对古老诗歌的机械模仿都是不合适的。在这个层面上可以说，泰戈尔是一个真正现代意义上的诗人：作为诗人，他创造自己的世界，并表达自己的世界。泰戈尔的这种艺术自觉，表现在抒情主人公上，就是《吉檀迦利》以及孟加拉语"吉檀迦利"系列抒情诗中的

"我"在"我"与"你"或曰"神"、"大我"的关系中体现了作为个体的独特性；表现在诗歌艺术上，就是他对诗歌韵律、用词、意象的关注与追求。泰戈尔的这种艺术自觉不但使诗人们对诗歌的艺术具有了美学的自觉，而且使大部分印度现代抒情诗人或明确或模糊地感受到了作为个体表达的需要，并促使他们在各自的诗歌创作中发出了作为个体"人"的声音。因此，对于诗歌脱离宗教、不再为某种宗教信仰或宗教哲学观点服务，从而成为一门独立的艺术而言，泰戈尔的促进作用是巨大和不可忽视的。

最后应该提到的是今天的印度读者对《吉檀迦利》以及泰戈尔诗歌的态度。对于今天的大多数孟加拉人（包括印度的西孟加拉邦人与孟加拉国人）来说，英语《吉檀迦利》也许只是限于知识阶层来阅读，但泰戈尔的孟加拉语诗歌于他们并不陌生。一位孟加拉国读者这样写道："我相信如果一位诗人像我们爱泰戈尔那样被欣赏，以至于普通大众都喜欢他（她）的诗歌并尊重他（她）的写作，那么问他究竟是不是'孟加拉国人'实在是无礼的。泰戈尔拿的是哪国护照又有什么关系？他活在我们心里，这才是最重要的。"① 孟加拉语的《献歌集》以及泰戈尔的其他孟加拉语的许多诗篇都是孟加拉人耳熟能详的歌曲。在节假日的聚会与庆典上，或者在日常生活中，他们都会唱起这些歌曲。歌唱者之中既有青年也有老人，既有男人也有女人，而其中的一些人也许甚至并不识字。"罗宾德拉歌曲"（Rabindra Sangeet）已经成为一个专有名词，泰戈尔的孟加拉语诗歌作为一种可以吟唱的歌曲已经成为了孟加拉文化的一部分，它已经融入了孟加拉人的生活之中。阿马蒂亚·森在《泰戈尔与他的印度》一文中这样写道："他的诗作和长篇小说、短篇小说以及散文现在依然为人们所广泛阅读，而他创作的歌曲至今依然回荡在印度东部和整个

_____

① https://mailman.rice.edu/pipermail/sasialit/2003-December/035095.html。SASIALIT 是由美国著名大学莱斯大学（Rice University）设立和主持的专门讨论南亚现当代文学的论坛。——笔者注

孟加拉国。"① 对于广大印度读者来说，《吉檀迦利》与泰戈尔的作品仍是他们喜欢的作品之一。这一点，从《吉檀迦利》近年的出版情况可略知一二。自 2003 年以来，随着泰戈尔著作版权到期，不少出版商纷纷推出了《吉檀迦利》的重印本或新版本，其中尤以 2003 年德里 UBSPD 出版的新版本值得一提，这个版本在收入了 103 首诗歌的基础上，又收入了与《吉檀迦利》成书有关的历史性材料，包括 W. B. 叶芝、《吉檀迦利》的法文译者安德烈·纪德（Andre Gide）、葡萄牙文译者伊万·斯特尼奥罗（Ivo Storniolo）、日文译者渡边须子（Suko Watanabe）对《吉檀迦利》的评介以及德国对诗集的反响等资料，无论对于读者了解《吉檀迦利》还是对于学术研究工作者来说这个版本都大有裨益。针对近年《吉檀迦利》的重新出版，《印度教徒报》的一篇评论文章指出，我们再一次认识和重新体会《吉檀迦利》精神的时机或许已经来临。②

第二节　　中国与亚洲其他地区的"《吉檀迦利》效应"

"《吉檀迦利》效应"并不仅限于南亚次大陆地区，《吉檀迦利》在亚洲不少国家和地区语种文学中都得到了翻译，产生了不同的影响。各地区的译介、接受和影响由于各自所具有的文学传统和文化背景不同而相异。

一、在中国

泰戈尔在 20 世纪 20 年代访华引发的"泰戈尔热"和关于他的纷争，是中国现代文学史上一段广为人知的文坛公案，也引起了许多文学研究

---

① 〔印度〕阿马蒂亚·森著：《惯于争鸣的印度人：印度人的历史、文化与身份论集》，刘建译，上海三联书店，2007 年，第 69 页。

② Cf. http://www.hinduonnet.com/thehindu/mp/2003/04/03/stories/2003040300440300.htm

者的兴趣。这里暂且不论对此公案究竟该如何评判，先来看看《吉檀迦利》在这场"泰戈尔热"和纷争中究竟处于怎样的地位。

在译介方面，应该说在这段时期里，《吉檀迦利》的面目并不清晰。据现有资料，我国第一篇介绍泰戈尔的文章是钱智修的《台莪尔氏之人生观》。这篇文章刊发于 1913 年 10 月 1 日的《东方杂志》第 10 卷第 4 号，时间上比泰戈尔获得诺贝尔文学奖还早将近一个半月！但实际上这时的泰戈尔已经由于 1912 年 11 月《吉檀迦利》在英国的出版和随后的热销而开始获得西方的注意和声誉，1912 年 11 月 7 日的《泰晤士报文学增刊》已经对诗集和诗人给予了肯定和高度评价①，由此可见当时的中国文坛对西方学界动向关注之密切。然而从这篇文章的标题便可看出，文章的着眼点并不在文学。文章在开篇便指出"台莪尔者，印度之诗人，而以预言家著称者也"②，对泰戈尔的定性重在"预言家"而非"诗人"。随后文章介绍了泰戈尔对苦痛、对生死的看法，但通篇都没有对泰戈尔的诗歌和文名做任何介绍，更没有涉及《吉檀迦利》。《吉檀迦利》第一次出现在中国读者面前是 1915 年，陈独秀将《吉檀迦利》中的四首诗用五言律诗形式译出，以《赞歌》为题发表在这一年 10 月 15 日出版的《青年杂志》第 1 卷第 2 号上。在译诗后的附注中，他解释了"Gitanjali"一词的意思为"song offering"，并介绍道："R. Tagore（达噶尔）印度当代之诗人，提倡东洋之精神文明者也，曾受 Nobel Peace Prize，驰名欧洲。印度青年尊为先觉，其诗文富于宗教哲学之理想。Gitanjali 乃歌颂梵天之作。"③ 令人遗憾的是，由于是用五言律诗的文言文译出，《吉檀迦利》本身所具有的散文诗的文体特征在陈独秀的译作中根本无从体现。但值

---

① 该期《泰晤士报文学增刊（The Times Literary Supplement）》的出版时间和内容参见：Compiled and Edited by Kalyan Kundu, Sakti Bhattacharya, Kalyan Sircar: *Imagining Tagore*: *Rabindranath and British Press*(1912 –1941), Shishu Sahitya Samsad, 2000, pp. 8 – 10.

② 钱智修：《台莪尔氏之人生观》，《东方杂志》第 10 卷第 4 号，1913 年 10 月 1 日。

③ 达噶尔：《赞歌》，陈独秀译，载《青年杂志》第 1 卷第 2 号，1915 年 10 月 15 日。

得肯定的是，在陈独秀的附注中"吉檀迦利"一词的含义第一次得到了正确解释。然而泰戈尔的诗人身份却又由于所谓的"诺贝尔和平奖"而显得不甚分明。散文诗版本的《吉檀迦利》，直到1918年才出现在中国读者面前。1918年9月，刘半农在《新青年》上刊发了包括泰戈尔诗歌在内的《译诗十九首》，其中的《海滨》五首对应的正是《吉檀迦利》的第60首。这次发表的这些译诗，已经是完全的白话散文诗，刘半农又在译诗后附注："以上印度R. Tagore氏所作无韵诗七首"[①]，强调了原诗的文体特征。至此，与陈独秀的注释结合在一起，《吉檀迦利》的基本面貌才得以初显。

郭沫若1916年曾编译了部分泰戈尔的诗歌寄回国内，译稿却遭到了商务与中华两大出版局的拒绝，《吉檀迦利》和泰戈尔最初在中国并未获得欣赏，从上述事件中或许可见一斑。事实上，在接下来的20世纪20年代的"泰戈尔热"中，尽管泰戈尔的其他诗集如《新月集》、《园丁集》和他的哲学思想受到了高度关注，《吉檀迦利》却并未获得应有的重视。在那场围绕泰戈尔而展开的纷争中，若以泰戈尔的诗人身份作为判断基准，那么欢迎者、反对者大体可以分为两类，一类是围绕泰戈尔的文学而展开评论，另一类则是忽略或几乎忽略泰戈尔的诗人身份而进行阐述。在泰戈尔来华之前及刚抵达不久这段时期内，在当时发表的各类评论文章中，尚有一部分是围绕泰戈尔的文学作品以及文学观而展开，其中有代表性的有郑振铎的《太戈尔的艺术观》（1922）、张闻天的《太戈尔之"诗与哲学观"》（1922）、瞿菊农的《太戈尔的思想及其诗》（1923）、王统照的《太戈尔的思想与其诗歌的表象》（1923）以及闻一多的《泰果尔批评》（1923）等，事实上，在这场"泰戈尔热"中比较具有价值的针对泰戈尔文学的文章也基本上集中在这一时期。此后，随着泰戈尔在中国的演讲与讲话的发表，围绕他的评

---

① 《译诗十九首》，刘半农译，载《新青年》第5卷第3号，1918年9月15日。

论也日益远离文学而趋向思想与政治，甚至出现一些类似人身攻击的过激言论，尽管泰戈尔曾一再强调自己不过是"一个诗人"也于事无补。在以泰戈尔的文学为对象而发表的文章中，《吉檀迦利》也并没有成为研究和论述的主要目标，大部分文章只在文中对诗集中的某一首诗或某一诗句予以引用。如张闻天在《太戈尔之"诗与哲学观"》引用《吉檀迦利》的诗句说明在诗中可以找到世界的和谐，王统照在《太戈尔的思想与其诗歌的表象》中引用了《吉檀迦利》中的三首诗来说明泰戈尔的宗教哲学思想如何在其诗歌中得到体现。闻一多的批评则对包括《吉檀迦利》在内的泰戈尔的几部英语诗集的整体风格提出了批判，指出泰戈尔的诗"太清淡"以致空虚、"太秀丽"以致纤弱，过于偏重哲理，不值得为中国新诗学习。在不以文学为主要对象的文章中，无论是欢迎者还是反对者都在一部分文章中对《吉檀迦利》有所涉及。如瞿世英的《太戈尔的人生观与世界观》（1922）引用《吉檀迦利》第 10首来说明泰戈尔并非谈玄说虚的"诗家"，他的诗表现了时代的精神；郑振铎的《欢迎太戈尔》（1923），引用《吉檀迦利》的第 57 首来说明泰戈尔的诗所建造的是一个人类的"灵的乐园"；郭沫若在《太戈尔来华的我见》（1923）中虽然对泰戈尔的即将到访并不持欢迎态度，但也道出了自己最初阅读《吉檀迦利》等诗集时所享受到的"涅槃的快乐"。尽管有以上提到的这些论述，《吉檀迦利》作为一个文学文本在那段时期并未受到充分的重视。据笔者目前掌握的资料来看，针对《吉檀迦利》的专文直到 1945 年才出现，即张炳星的《谈太戈尔献诗集 GITANJALI》（1945 年，自刊）。由于目前已经无法找到原文，因此难以断定文章内容，但从题目可以看出这是一篇专论《吉檀迦利》的文章。而与此形成对比的是，早在 1923 年梁实秋、赵荫堂和郑振铎就针对《飞鸟集》各发了专文，梁、郑二人更是为了《飞鸟集》的译文展开了论战①，而同期被翻译的《吉檀迦利》在文坛却未引发任何专门的评介，由此可见《吉檀迦利》在当时并未获得中国文人的青睐。

随着泰戈尔离开中国，《吉檀迦利》也逐渐淡出了中国文人的视野。直到 20 世纪 80 年代，《吉檀迦利》和泰戈尔才开始迎来在中国的评介与研究高潮，这种关注一直延续到今天。从 20 世纪 80 年代到今天的 20 多年里我国学界对《吉檀迦利》的研究现状本书在第一章已经做了较为详细的介绍和总结，在此不再赘述。而《吉檀迦利》与泰戈尔在中国学界所遭遇到的这种大起大落尤其是在沉寂多年后二者在 20 世纪 80 年代之后的迅速回归则是一个有趣的现象。究其缘由，大体可以归结为以下几个方面。

首先，冰心翻译的《吉檀迦利》的问世为这种回归提供了文本基础。《吉檀迦利》冰心译本用语凝练、传神、优美，节奏感强，既具有了汉语诗歌传统的文赋之美，又体现了散文诗的轻灵与洒脱。将这个译本与目前能看到的 1949 年之前的译诗相比，可以看出冰心的译本是较为成熟的现代汉语散文诗，符合当代读者的阅读与审美习惯，《吉檀迦利》冰心译本长久以来在读者中获得的肯定可以说是对此最好的证明。文本是文学批评与研究的基础，1949 年以前《吉檀迦利》的全译本在 20 世纪 80 年代要么已经散佚不可寻，要么已经变得不符合当前的阅读习惯，因此冰心译本的出现不但满足了读者的需要，也为《吉檀迦利》的批评与研究提供了最基本也是最必要的文本基础。

其次，《吉檀迦利》本身的丰富性是它成为研究焦点的内在原因。这种丰富性不但指其文本的内涵，同时也指它在东西方文学文化交流史上所具有的特殊地位。就文本来说，《吉檀迦利》作为"献诗"，在内涵上

---

① 梁实秋：《读郑振铎译的〈飞鸟集〉》（《创造周报》第 9 号 7 月 7 日，1923 年），赵荫棠：《读〈飞鸟集〉》（《文学周报》，第 79 期 7 月 12 日，1923 年），西谛：《论〈飞鸟集〉的译文》（《文学周报》第 79 期 7 月 12 日，1923 年），郑振铎：《再论〈飞鸟集〉的译文——答梁实秋君》（《文学周报》，第 80 期 7 月 22 日，1923 年）。

显得复杂、神秘，其中蕴含的思想感情微妙、纷繁，涵盖了男女之情、童真之美、生死之苦、超脱之玄、神人之感等等不一而足。而作为一部精心选编的诗集，它在结构上也颇费匠心，被许多研究者喻为一部"交响乐"。此外，诗歌本身所使用的意象、用词、审美特征以及它与印度传统文学、文化的关系等均值得发掘与参研。而作为文化读本，《吉檀迦利》在泰戈尔获得诺贝尔文学奖时在西方世界引起的轰动，它在西方的被接受与被误读，它在印度本国所获得的褒奖和遭到的刻意冷遇，它对中国诗歌的影响，在这种种现象中所蕴含和折射出来的文化观念与差异不但值得研究，也确实引起了研究者们的关注。可以说，在东西方文学交流史上，包括在东方各国家之间，没有任何一个文本像《吉檀迦利》这样可以如此直接而深切地反映出文学、文化交流所蕴藏的复杂内涵，这使它在文化研究日益盛行的今天焕发出新的学术魅力。此外，由于《吉檀迦利》是英文诗，与泰戈尔的孟加拉语诗歌和东方其他语种的诗歌相比，它的原文阅读也更为便利。

再次，政治环境的变化为《吉檀迦利》与泰戈尔的回归提供了时代的契机。在对马克思主义美学进行阐释时，卢卡契曾提出文学艺术的理解必须借助于唯物史观，绝不能脱离历史的过程而进行。而文学社会学则认为，文学作品的阅读与接受与社会的、政治的、宗教的等因素有着密不可分的关系。二者都指出了文学作品的阅读接受与具体的时代环境有着密切的关系。由于处于受到帝国主义列强威胁和新文化运动的特殊历史时期，20 世纪 20 年代在对泰戈尔的理解尤其是指责中包含了许多误解，这一点鲁迅在《骂杀与捧杀》一文中已有精辟的论述，季羡林先生也曾指出当初邀请泰戈尔来华的主人们都没有看到，或是故意不想看到泰戈尔怒目金刚的一面。[1] 事实上当时的许多意见所针对的并非是泰戈尔

---

① 参见季羡林：《泰戈尔与中国》，张光璘编：《中国名家论泰戈尔》，中国华侨出版社，1993 年，第 149 页。

而是对中国青年的忠告或对中国国情的看法，在这样的背景下，当时的《吉檀迦利》在中国可谓是"来不逢时"。在经历了新文化运动和新中国成立后的文化动荡之后，20世纪80年代我国的时代风貌发生了巨大的变化：政治环境相对宽松，社会整体情绪高昂，思想追求解放，文学逐步脱离了必须为政治服务的限制，文学批评也得以逐步将视线转向批判现实主义小说、政治抒情诗等之外的领域，泛神论、神秘主义、浪漫主义、人文主义等词汇得以在文学批评中被广泛使用。此时，在我国知识分子中兴起的向西方学习的热潮也对泰戈尔和《吉檀迦利》研究的复苏起到了重要的促进作用。尽管泰戈尔的诗歌并不属于西方文学，但一方面他作为东方第一位获得诺贝尔文学奖的诗人的身份得到了重视，另一方面，从西方文学研究和批评中习得的新理论与新方法又为《吉檀迦利》与泰戈尔研究提供新的"批评的武器"。中印在新时期重建文化交流、重申相互理解、共同发展，泰戈尔对中国的关注与喜爱，他自身所具有的高度的声誉，也使得他在此时重新进入了中国学者的视野，泰戈尔成为了中印文化交流中的一个重要桥梁。正是在这样的时代背景下，《吉檀迦利》才能够重新回归到中国文学批评的视野中并逐渐成为研究的热点之一。

最后，我国东方文学研究和印度文学研究的兴起为《吉檀迦利》和泰戈尔的回归提供了保证。在很长一段时间里，东方文学研究在我国的外国文学研究中只是充当一个配角，整体研究水平难以得到提高。而随着东方文学学科的不断发展与完善，现在我国的东方文学研究领域中已经出现了一批具有高度专业素养的学者和专家，其中印度文学的研究更是逐渐成为东方文学研究中的一个亮点。高素质专业研究者的出现，对泰戈尔研究和《吉檀迦利》研究无疑是一个极大的促进。随着研究的发展，一些原本从事西方文学主要是英语文学研究的研究者也加入到了这个领域之中，在近年发表的论文中，关于《吉檀迦利》翻译研究的相关论文就基本出自这类研究者笔下。

虽然《吉檀迦利》在20世纪初并未获得应有的重视，但它仍与泰戈尔的其他诗集一起对中国诗歌的发展产生了影响，其中最突出的一点是对汉语散文诗发展的促进。

郭沫若在谈到自己最初接触到泰戈尔的诗歌时，曾说最使他吃惊的"第一是诗的容易懂；第二是诗的散文式；第三是诗的清新隽永"①。在谈到他的诗歌创作时，郭沫若将民国二年称为自己"诗的觉醒期"，但直到民国三年他在日本接触到泰戈尔的诗如《新月集》、《园丁集》、《吉檀迦利》等，他才在泰戈尔的诗中感受到"美以上的欢悦"，而泰戈尔的明朗性则使他"愈见爱好"。正是在这种诗的觉醒与爱情的刺激下，郭沫若作诗的欲望才真正迸发出来，开始使用白话散文体作诗。他自己曾说过，在他早期的诗歌如《新月与白云》、《死的诱惑》中"但在仔细研究过太戈尔的人，他可以知道那儿所表示着的太戈尔的影响是怎样的深刻"②。这种影响，不仅仅是思想上的，也是文体上的。在他脱离泰戈尔式的恬静、冲淡之后创作的许多狂飙突进的诗歌，在其自由诗的形式上仍得益于泰戈尔诗歌的启蒙。对于新的诗歌文体的思考，郭沫若在20世纪20年代初曾写道：

> 诗的本质专在抒情。抒情的文字便不采诗形，也不失其为诗。例如近代的自由诗、散文诗，都是些抒情的散文。自由诗、散文诗的建设也正是近代诗人不愿受一切的束缚，破除一切已成的形式，而专挹诗的神髓以便于其自然流露的一种表示。③

> 所以做新诗总不宜拘拘于押韵，须知没韵也能成诗，近代的自

---

① 郭沫若：《太戈尔来华的我见》，载《创造周报》第23号，1923年10月14日。
② 郭沫若：《我的作诗的经过》，《中国当代文学研究资料 郭沫若专集》(1)，四川人民出版社，1984年，第52页。
③ 郭沫若：《谈诗的创作 通讯三则》，《中国当代文学研究资料 郭沫若专集》(1)，四川人民出版社，1984年，第13页。

由诗，散文诗，都是没有韵的抒情文字。①

　　诗应该是纯粹的内在律，表示它的工具用外在律也可，便不用外在律，也正是裸体的美人。散文诗便是这个。我们试读太戈尔的《新月》、《园丁》、《几丹伽里》诸集，……外在的韵律几乎没有。②

由以上文字可见，在早期诗歌的创作中，郭沫若对于新诗的形式是给予了充分思考和注意的。他曾将自己诗歌的第一阶段称为是"泰戈尔式"的，在这一点上现有评论往往强调其所受到的"泛神论"的影响，但值得注意的是，泰戈尔的诗歌所采用的散文诗这一文体形式也给了郭沫若以极大的触动与启发。

第一次使《吉檀迦利》以散文诗面貌出现在杂志上的刘半农，在谈到散文诗的翻译时，曾坦言"尝以诗词歌赋各体试译，均苦为格调所限，不能竟事"③，之后他才开始尝试用散文体来翻译散文诗，《吉檀迦利》与《新月集》就是他的创新之作。这也可以看作是他对自己早先提出的在有韵诗之外，另增无韵诗这一诗歌创作理论的一种身体力行。此后，用散文体翻译的泰戈尔诗歌大量出现，这无疑是对当时的诗歌翻译、也是对诗歌革命乃至语言革命的一个重要推动。20 世纪初，泰戈尔在中国是诗歌被译介得最多的外国诗人之一，他的诗歌与其他被译介的外国散文诗一起为当时的中国诗人和中国诗歌的发展注入了新的活力。当时的中国诗歌正处于文体演变的转型期，"文体变易的一个常见途径，是两种或两种以上的不同文体之间的交叉、渗透，并进而产生一种新的文体"④，

---

　　①　郭沫若：《谈诗的创作 通讯三则》，《中国当代文学研究资料 郭沫若专集》（1），四川人民出版社，1984 年，第 15 页。

　　②　郭沫若：《诗应该是纯粹的内在律》，吴奔星，徐放鸣选编，《沫若文集》（第 10 卷），四川人民出版社，1984 年，第 23 页。

　　③　转引自张羽著：《泰戈尔与中国现代文学》，云南人民出版社，2004 年，第 136 页。

　　④　陶东风著：《文体演变及其文化意味》，云南人民出版社，1999 年，第 16 页。

"文体变易的另一个内在规律是文体内部占支配性的规范的移位。"① 此时出现的优秀的散文诗正是诗与散文两种文体相互渗透的结果，它为中国年轻的诗人们提供了可供借鉴的样本，而散文诗对诗意的倚重、对格律的扬弃也促使中国新诗逐渐脱离了传统格律诗的范式，新的诗歌规范开始得以创建。中国现代散文诗的许多名家如刘半农、李金发、郭沫若、郑振铎、冰心都曾翻译过泰戈尔的诗歌，而这些诗人的创作又对后辈诗人产生了重大影响，著名诗人冯至就曾说过，直到读了郭沫若的《女神》，读了他与田汉、宗白华的《三叶集》，他才知道了什么是诗，才"起始意识到语言的音乐性和形象化在诗歌中的重要意义"②。国内也有学者认为，在诗体发展方面，"泰戈尔的诗不仅直接影响了'小诗'的产生，还加剧了旧诗向新诗的变革和新诗的散文化"③，使得中国的新诗在早期过于自由化、散文化，对新诗的诗体建设产生了一定的负面影响。中国新诗的诗体建设将是一个长期的过程，其中不但涉及汉语从文言文向白话文的转变，也涉及在新的语言环境下如何看待和利用古典诗词与外国译诗，此外它还与文学、文化和整体的时代氛围紧密相关，从整体来看，早期的散文化对于解放汉语诗歌和白话新诗的发展是具有积极意义的。

当然，除了对散文诗文体发展的影响之外，《吉檀迦利》也对当时诗人的创作思想产生了影响，如郭沫若早期受到的泛神论影响，冰心对泰戈尔"爱"的哲学的接受等，对此我国学界均早已多有论述。对于我国当代诗人而言，《吉檀迦利》或许不是他们现在仍在阅读的诗集，但不少当代著名诗人都表示，在他们的成长阶段中都曾有一段时期热爱泰戈尔的诗歌，并为其诗歌中花园般的世界而着迷。

---

① 陶东风著：《文体演变及其文化意味》，云南人民出版社，1999年，第17页。
② 冯至：《我读〈女神〉的时候》，《中国当代文学研究资料 郭沫若专集》(1)，四川人民出版社，1984年，第471页。
③ 王珂著：《百年新诗诗体建设研究》，上海三联书店，2004年，第175页。

　　《吉檀迦利》是一部内涵丰富的诗集，也是研究泰戈尔思想的重要文本之一，它不但受到学者们的重视，也得到了广大读者的喜爱。它曾入选季羡林、杨周翰、李赋宁等 14 位教授在 1986 年的《中外文学书目答问》中推荐的"中外文学阅读书目"，曾被教育部全国高等学校中文学科教学指导委员会指定为"大学生必读丛书"之一。在 1999 年《中华读书报》在中国读书界进行的一次调查中，它被广大读者认为是 20 世纪在中国最有影响的外国诗集。然而一个有趣的现象是，据笔者所掌握的资料，在更年轻一代的读者中，《飞鸟集》却比《吉檀迦利》更受欢迎。这显现出在我国当代普通读者中对《吉檀迦利》的阅读欣赏存在着一种差异性。对于更为成熟的读者来说，《吉檀迦利》具有更大的魅力，而对于年轻一些的读者来说，它却显得难以理解。应该说，这与《吉檀迦利》所具有的神秘性、宗教性有着莫大的关系，它所蕴含的深邃、复杂的思想内涵，所涉及的对生命与死亡的思考，是需要有一定的生活历练与文化底蕴才能欣赏的。对于《吉檀迦利》之难以被中国读者欣赏，金克木先生曾有过精辟的论述。概括起来，主要的原因在于：第一，诗集中的爱与神，以及使用的语言给读者造成一种神秘之感，与中国读者的传统欣赏习惯有点"格格不入"。第二，也是最关键的一点，是中印之间由于对神人关系理解的不一致而产生的宗教情感上的差异。[①]"《吉檀迦利》表现的是印度宗教哲学的特定内容，因此，不仅与宗教绝缘的中国读者会感到困惑，就是信仰宗教的西方读者也难免产生误解。"[②] 这主要是针对阅读者内在的文学、文化传统而言。而文学的群体接受实际上是一种社会文化现象，它既与由历史积淀而成的文化传统存在着历时性关系，也与同时代的文化整体存在着共时性关系，二者共同决定了作为群体的读者对文学文本的选择与接受，并形成一种具有指导性、制约性的群体审美经验，

----

　　① 金克木：《泰戈尔的〈什么是艺术〉和〈吉檀迦利〉试解》，张光璘编：《中国名家论泰戈尔》，中国华侨出版社，1993 年，第 183—186 页。

　　② 刘建：《论〈吉檀迦利〉》，载《南亚研究》，1987 年第 3 期，第 62 页。

由这种审美经验积累而成的期待视界成为不同时代读者群体、个体文学欣赏与接受活动的前提。① 文化是一个不断变化的系统，是文学阅读者所习得的全部，因此在宗教情感的差异之外，时代精神的变化也成为年轻一代读者不易欣赏《吉檀迦利》的另一个原因。21世纪是一个读图时代，在影像、图片与互联网中成长起来的一代，往往更倾向于轻快的读物，比如《世界上最遥远的距离》这样一首出自言情小说家笔下的诗，长久以来竟被谬认为是出自泰戈尔之手，这种对泰戈尔的误解实在是令人惋惜。而从社会的整体文化思潮来说，当代中国受西方现代文化影响巨大，一部分读者对于表现存在之痛苦、分裂、焦灼等状态的作品的兴趣超过了对包括《吉檀迦利》在内的反映东方审美理想的作品。

在一次关于泰戈尔的国际会议上，在谭中先生做了关于20世纪初泰戈尔在中国的接受情况的发言之后，印度学者在讨论中提出了他们比较感兴趣的几点：泰戈尔在中国的接受是沿袭了西方对泰戈尔的刻画，作为诗人，泰戈尔在中国是通过英语而非孟加拉语诗歌得到认识与理解；泰戈尔在之后的中国文学史上尤其是在"文化大革命"时期是否也曾遭受过反对与批判；为什么中国诗人在可以直接向惠特曼学习的时候，却对《吉檀迦利》这部散文诗做了如此大的反应，而中国式的诗性敏感又是如何与泰戈尔诗歌复杂的哲学特性共存的。② 这些问题的视角与中国学者不同，可以成为今后泰戈尔在中国的接受与影响研究的一个有益参考。

二、在日本以及其他地区

在获得诺贝尔文学奖的当年，《吉檀迦利》便有了日文版的全译本并得到了出版。它和泰戈尔的其他诗歌无疑曾在20世纪第二个十年的日本引起过很大的轰动并被广泛阅读，1914年到1915年间的情况从郭沫若的

---

① 参见朱立元著：《接受美学导论》，合肥：安徽教育出版社，2004年，第237—246页。

② Cf. "Report of Discussion", edited by Bhudeb Chaudhuri, K. G. Subramanyan; *Rabindranath Tagore and the Challenges of Today*, Indian Institute of Advanced Study, 1988, pp. 327 – 328.

叙述中可见一斑："我以后便很想买他的书来读，但是他的书在东京是很不容易买的，因为一到便要销完。我到买得了他的一本《新月集》的时候，已经是一年以后的事了。"①因此，在 1916 年泰戈尔第一次访问日本时，最初他作为一位来自邻国和享有世界声誉的诗人受到了十分隆重的欢迎。对泰戈尔 1916 访日时的形象川端康成有一段著名的描述，当时 17 岁的川端并没有亲耳听到泰戈尔的演讲，但他在报纸上看到的泰戈尔的照片令他印象深刻，那是"一副圣哲的风采"，一张"东洋古代先哲般的脸"。而当时日本民众对泰戈尔的尊敬可以从以下的一则小事中得见一二，在抵达日本神户之后，泰戈尔一行在乘火车去往东京的途中，在静冈县受到了一群（约 24 名）前来表达敬意的佛教徒的欢迎。因为没人会说英语，因此他们都双手合十恭敬地站在车窗前，领队者请泰戈尔在一个香炉中插上了几支香，随后他们都肃穆地鞠躬，当火车离开时他们则静静地站着。② 在逗留日本期间，他还时常应男女青年的要求，为他们在扇子或签名簿上题写一些短诗或短句。在泰戈尔离开日本前夕，一位日本读者在给日本报纸的信中写道："那些认为东方的东西早已经过时的日本人，在泰戈尔身上发现了即便是东方人也可以成为被全世界尊敬（如果不是崇拜）的例子，在这个意义上日本人有理由感谢泰戈尔。"③ 1924 年泰戈尔第二次访问日本，虽然遭到了冷遇，但仍在文艺界有一定影响，如当时是学生的日本现代著名诗人、评论家片山敏彦就聆听了他的部分讲座，并在晚年写道：泰戈尔那"高贵的样子和银铃般的声音从未停止对我的激励"④。

尽管有上面提到的这些例证，但泰戈尔在 20 世纪初期的日本同样也

---

① 郭沫若：《太戈尔来华的我见》，载《创造周报》第 23 号，1923 年 10 月 14 日。

② Cf. Krishna Dutta & Andrew Robinson：*Rabindranath Tagore：the Myriad-Minded Man*，Rupa，2006（fifth impression），p. 202.

③ Compiled and Edited by Bimalendu Dutta，*Tagore in Abroad*（*Vol.* 1），Papyrus，2001，p. 42.

④ Toshihiko Katayama："A Homage to Tagore from Japan"，*Rabindranath Tagore：A Century Volume* 1861 – 1961，New Delhi：Sahitya Akademi，1992（Fourth printing），p. 154.

遭到了由热转冷，而且是迅速转冷的命运却是毋庸置疑的事实。造成这一现象的原因大致有以下三点。

第一，泰戈尔早期与日本艺术家冈仓天心的交往使他对日本的理解带有一定的片面性。冈仓天心是日本明治时期的著名改革家和艺术家，他注重日本传统文化，强调重视日本固有的文化遗产，对保存和发展受到西方风格冲突的日本传统美术做出过卓越的贡献。同时他也具有高度的国际化视野，于 1904 年出版了代表性著作之一《东方的理想（The I-deals of the East）》，其中的"亚洲一体论（Asia is one）"十分著名，是泛亚论的先声。冈仓与泰戈尔的交往始于 1900 年左右，两者之间产生了深刻的相互影响。冈仓对日本传统文化的阐释尤其是他对于日本佛教理论的强调对泰戈尔产生了较大的触动，而他关于"东方的理想"的观点以及对日本侵略亚洲其他国家的反对无疑与泰戈尔和谐统一以及"普遍的兄弟情谊"的思想有着内在的共鸣。与冈仓的交往使泰戈尔成为一个坚定的亲日者，在接下来的十年中他的圣地尼克坦陆续迎来了一众日本来访者，其中的大部分都由冈仓推荐。[①] 当他在静冈县遇到欢迎他的佛教徒之后，泰戈尔说："我第一次感觉到我是真的在日本，我高兴得喜悦之泪盈眶。"[②] 这与他在神户登岸后因看到四处都是对西方的模仿而产生的失望和在东京因为受到闪光灯和人群的围拥而感到的不适形成了鲜明对比。在泰戈尔的心目中，克制、温和、友爱才是日本的代名词。而他对日本的这种认识实际上是带有片面性的，他所理解和欣赏的是冈仓所代表和推崇的日本传统文化，这使他在去日本之前或多或少忽略了，或者说他也无从具体地了解日本在 20 世纪 20 年代在思想文化上已经产生的变化。

---

① Cf. Mahua Rawat: "Tagore's Message to Japan: An Insight Dynamics of Intercultural Communication", Edit by Rita D. Sil, *Profile of Rabindranath Tagore in World Literature*, New Delhi: Khama Publishers, 2000, pp. 141 – 142.

② Krishna Dutta & Andrew Robinson, *Rabindranath Tagore: the Myriad-Minded Man*, New Delhi: Rupa, 2006 (fifth impression), p. 202.

第二，日本当时的国情决定了以日本政府为代表的官方以及大部分日本群众不可能接受泰戈尔对日本的劝告和建议。在日本的演讲中，泰戈尔多次提到他不赞同日本学习西方，以及他对日本表现出来的民族主义、军国主义的担忧和劝告。在他最重要的两场演讲《印度对日本的问候（Message of India to Japan）》和《日本的精神（The Spirit of Japan）》中，他一再强调了日本传统文化的美好和对彼时日本的劝诫。他提出现代日本就像是一朵从古老的东方文明中开出来的荷花，优雅而没有放弃它的传统，它可以作为整个亚洲学习的榜样。但日本不能单纯地模仿西方，"对欧洲的表面的模仿在当代日本已经变得越来越明显，我不认为这对日本的强大和稳定来说是本质的，"① 日本应该运用东方思想、精神力量、对纯朴的热爱和对社会职责的重视来为自己的未来开辟一条新的道路。但当时的日本正处于所谓的"大正时代（1912—1926）"初期，大正时代是明治维新之后一个短暂而相对繁荣稳定的时期，此时的日本一方面取得了甲午、日俄战争的胜利，正在大力发展资本主义，另一方面欧洲战场的物资需要又为它提供了经济发展的契机与动力，可以说日本正在朝着亚洲第一个帝国主义国家的目标快速前进。此外大正时代在政治思想上盛行民主之风，新兴的中产阶级拥有蓬勃的政治活力。当时日本的整体精神面貌是积极乐观的，大部分民众感觉自己正在和蒸蒸日上的国家一起迅速成长。因此，对于日本政府来说，泰戈尔对日本军国主义的指责和对"同一个亚洲"以及对和平、宁静的赞扬不但不符合他们的胃口，甚至是一种消极、危险的言论，在这种情况下，日本政府对泰戈尔采取了极端刻意冷淡的态度，泰戈尔在日本后期几乎没有收到过来自任何官方的邀请。而对于充满信心的日本民众来说，他们从泰戈尔那里并没有得到期望中的积极鼓励，泰戈尔的言论对他们而言可以说毫无裨

---

① Rabindranath Tagore："the Spirit of Japan"，edited by Sisir Kumar Das，*the English Writings of Rabindranath Tagore*（*Volume Three，A Miscellany*），Sahitya Akademi，2006（Reprinted），p. 369.

益，他们的冷淡也就是可想而知的。

第三，当时的日本书坛流派纷呈，每个流派都有自己的主张，文人们思想虽各有不同但都与欧、美、俄关系密切，在这种情况下一方面每个流派文人对泰戈尔的反应和评论都不尽相同，无法达成共识，另一方面他们又都不太可能赞成泰戈尔对西方文明的批评，大部分文人更多的是借评论泰戈尔来阐发自己的观点，泰戈尔就在这种评论中被架空，这导致了他的诗歌和思想都没有能获得当时日本书人的积极回应。泰戈尔作为诺贝尔文学奖的得主、作为一名得到了西方认可和赞赏的诗人，他的即将到访曾使热衷于西方文化和文学的日本书人充满了期待和热情。但在他发表了多次演讲之后，日本书人纷纷表达了他们的不同见解。与美国文化有深厚渊源的一派对泰戈尔提出了明确的批判，如深受杜威实用主义思想影响的文化评论家、哲学家田中王堂就表示不理解"为什么他们希望在日本介绍他的思想"[1]。受英国浪漫主义影响较深一派的评价相对来说更中肯一些，诗人野口米次郎认为泰戈尔能消除一些西方的不良影响，就职于东京大学英语系的齐藤隆则对泰戈尔的劝告表示感谢，同时指出不应忽略诗人也强调了西方文明的优秀方面。受俄国文学影响的一派对泰戈尔也持批判态度，受托尔斯泰影响较大的"白桦派"的代表之一武者小路实笃认为泰戈尔对日本传统流失的担心是多余的，"我认为我们能从西方的教诲中学到更重要的东西，这些东西很难理解并需要时间才能领悟，而对于东方我们已经知道得够多了。"[2] 有趣的是，一些继承了日本书学传统但受到民族主义思想影响的文人对泰戈尔也并不认同，著名的俳句诗人河东碧梧桐就曾撰文称泰戈尔是"不解世事"且

---

[1] Mahua Rawat, "Tagore's Message to Japan: An Insight Dynamics of Intercultural Communication", Edit by Rita D. Sil, *Profile of Rabindranath Tagore in World Literature*, New Delhi: Khama Publishers, 2000, p. 157.

[2] Mahua Rawat, "Tagore's Message to Japan: An Insight Dynamics of Intercultural Communication", Edit by Rita D. Sil, *Profile of Rabindranath Tagore in World Literature*, New Delhi: Khama Publishers, 2000, p. 158.

"缺乏哲学深度的",完全忽略了当下的时代现实。在此值得一提的是日本书坛宿将夏目漱石的态度。夏目漱石曾接受西方教育并同样反对日本对西方一味模仿,对于泰戈尔的来访他直言自己并没有看过他的任何作品,只是从报纸上看过他的照片和文章,除了觉得他仪表堂堂之外"没有其他想法"①。也许并不是巧合,夏目漱石的有所保留与鲁迅在泰戈尔访华时的沉默有着某种相似之处。

与在中国的情况相似,《吉檀迦利》在 20 世纪初的日本也并没有得到真正的理解。相反,由于泰戈尔曾发表过反对日本军国主义和民族主义的言论,"二战"期间他的作品在日本曾一度遭禁。日本名人、大阪文学系主任宫本正清教授就曾证实,由于在大战期间翻译泰戈尔的《民族主义》一书,他在战时一直被囚禁,直到战争结束。不过这并不妨碍"二战"后《吉檀迦利》在日本的回归。

在从 20 世纪 20 年代到"二战"结束之后的初期,《吉檀迦利》在日本书坛几乎已经销声匿迹。泰戈尔研究专家、泰戈尔作品在当代日本的主要译者之一的森本达雄就曾坦言,当他还是一名大学生,在 20 世纪 50 年代初第一次偶然接触到《吉檀迦利》时,他完全不知道泰戈尔是何许人物,对这本诗集也没有任何认识。但当他开始阅读《吉檀迦利》,他就立即被吸引了,并开始逐句手抄和试译整本诗集。② 在"二战"后的日本,对泰戈尔的接受有一个缓慢的回暖过程。从 50 年代初年开始泰戈尔文学在日本复苏,到 60 年代日本出现了泰戈尔作品全集(实际上是作品集,笔者注),80 年代后泰戈尔作品在日本的出版呈现比较平稳的趋势,没有激升,也没有骤降。泰戈尔回归的原因可以简略归纳为以下几个方

---

① Mahua Rawat, "Tagore's Message to Japan: An Insight Dynamics of Intercultural Communication", Edit by Rita D. Sil, *Profile of Rabindranath Tagore in World Literature*, New Delhi: Khama Publishers, 2000, p. 157.

② Cf. Tatsuo Morimoto: "My Tagore", edited by Bhudeb Chaudhuri, K. G. Subramanyan, *Rabindranath Tagore and the Challenges of Today*, Shimla: Indian Institute of Advanced Study, 1988, p. 287.

面。首先，战后年轻一代在精神信仰方面的迷失，以及他们对内在精神支柱的寻求与渴望。如森本达雄提到他最初就是为《吉檀迦利》中那种在日常事物中可以见到永恒的思想所震撼。其次，政府禁令的解除，战时受到压制的民主、和平以及反战情绪得到释放，使得泰戈尔的作品得以畅通地出版发行。再次，日本知识界对战争的反思促使他们重新发现和重视泰戈尔的作品。2003 年日本最大的英文报纸之一《日本时代报》的一篇社论就指出日本已经尝到了军国主义的苦果，呼吁日本不要忘记泰戈尔在 1916 年对日本的告诫，停止对军队的过分建设。[1]最后，日本深厚的佛教文化基础增强了日本读者和学界对来自印度的泰戈尔的亲近感，对泰戈尔的研究一直是日本印度学佛教学会研究活动的一个重要组成部分。

在对《吉檀迦利》及泰戈尔其他作品的研究方面，学术研究从 20 世纪 60 年代开始就没有中断，而且研究态度严肃认真。据笔者目前掌握的资料，日本学者对《吉檀迦利》的研究范围涉及思想、翻译、艺术等各方面，而且大部分学者都可以从孟加拉语原文对泰戈尔进行阅读和研究，早在 20 世纪 60 年代年就有专门研究《吉檀迦利》英文版和孟加拉语版差异的专题论文发表，如田中一男的《泰戈尔著〈吉檀迦利〉——从孟加拉语原著到英译本结构的变化》（1961），此外还有研究《吉檀迦利》其他语种译本的专题文章，如《纪德的〈吉檀迦利〉法语译本：从翻译到出版的经过》（2006）。尤其值得一提的是著名学者吾妻和男教授，他为了研究泰戈尔的诗歌而特意学习并由此精通孟加拉语，从 20 世纪 80 年代起至今，吾妻和男用 20 多年的时间写作和发表了题为《关于〈吉檀迦利〉的韵律》的一系列共 18 篇文章，[2] 由于他在泰戈尔研究和推广印度

---

① Cf. *Rabindranath Tagore and Japan*, http://search. japantimes. co. jp/cgi – bin/ed20030907a1. html

② 此处所有资料信息均来源于日本国家学术论文检索官方网站 http://ci. nii. ac. jp/和日本印度学佛教学会网站 http://www. inbuds. net/。

文学文化方面的突出成就，他曾两次获得印度政府颁发的泰戈尔奖章。

尽管并没有到访过朝鲜半岛，泰戈尔仍在那里产生了一定影响，其中最为韩语各界所重视的是他曾为陷于日本侵略的朝鲜半岛题写了一首短诗，将其称为亚洲一盏等待点燃的明灯。在获得诺贝尔文学奖当年，他就被介绍到了朝鲜半岛，从 1916 年开始他的许多作品得到了译介，1920 年韩语版《吉檀迦利》出版，20 世纪 20 年代到 30 年代间，用韩语出版发行了一套 6 卷本的泰戈尔文集，其中的作品均是通过英语翻译而来。[1] 在 1926 左右，出现了许多关于泰戈尔的评论文章。在韩国现代文学史上，受泰戈尔影响最大的是诗人韩云龙（Han Yong-un，1897—1944）。韩云龙是一位僧人，同时也是一位著名的反日斗士，他受到泰戈尔诗歌中神秘主义、人文主义思想的极大触动。但整体而言，泰戈尔在韩语文坛上的影响不如在中国、日本那么大。这一点，从直到 1926 年泰戈尔在发表了谴责日本对中国和朝鲜半岛的侵略活动后，朝鲜半岛才开始大量出现关于泰戈尔的评论文章可见一斑。因此也可以说，在朝鲜半岛泰戈尔并不是作为诗人，而是作为一位反对日本、支持朝鲜半岛的东方友人和一位思想家而受到重视。

在伊朗政府的邀请之下，泰戈尔于 1932 年 4 月到 5 月第一次造访伊朗，他在那里得到了十分热情和友好的接待。在他访问的前一年也就是 1931 年，伊朗政府为他的 70 岁生日举行了正式而盛大的庆祝活动。在伊朗期间，无论他去到哪里都受到了伊朗人民尤其是知识分子和学者的欢迎，他与伊朗政府官员、学者、艺术家进行过多次谈话，并发表了一系列演讲，双方都一再强调了古老的印度文化与波斯文化之间的亲缘关系和相似性。泰戈尔多次表达了他对波斯文化的尊重与喜爱，更提到他的父亲和兄长都十分喜爱波斯的神秘主义文学和艺术[2]，在他年幼的时候父

---

① 参见 Kim Yang-shik(Poetess)，*Tagore and Korean*，资料来源于韩国韩·印文化研究院官方网站，www.galleryshanti.com/tagore/02/data_04.pdf

② Rabindranath Tagore，*Journey To Persia and Iraq*；1932，Kolkata：Visva-Bharati，2003，p. 154.

亲经常为他背诵哈菲兹的诗句①。然而伊朗的这次泰戈尔热潮与泰戈尔的文学作品在波斯语中的翻译却并不同步。

德黑兰大学波斯语文学教授易卜拉欣·伯乌尔—达乌德（Ibrahim Pour-e-Daud）在他的回忆录中写道，在与他的谈话中，泰戈尔曾不止提到："我想在德黑兰没有人了解我，因为我的作品都没有被翻译成波斯语。"② 而易卜拉欣教授是在泰戈尔访问伊朗之后于 1933 年被伊朗政府派往圣地尼克坦访学，他向泰戈尔保证其作品一定会得到翻译，随后在国际大学一位教授的帮助下将 100 首泰戈尔的诗歌从孟加拉语原文翻译为波斯语。事实上泰戈尔的文学作品在伊朗的翻译开始得较晚，其中《吉檀迦利》的翻译情况大致如下。1934 年，《吉檀迦利》中的 5 首被翻译成波斯语，所依据的是尼亚兹·法特赫布里的乌尔都语版本，1935 年，诗集中的 18 首被译成波斯语散文诗。1955 年，103 首中的 57 首得到了翻译，1961 年，在庆祝泰戈尔诞辰 100 周年时，选译了部分《吉檀迦利》中的诗歌，1963 年，《吉檀迦利》的全译本在德黑兰出版，译者默赫德·塔齐·默格塔德里（Mohd. Taqi Mogtaderi），还由于这部译作而获得了博士学位，1964 年，波斯语中出现了 35 首《吉檀迦利》诗歌的韵文体译本，译者为默赫德·乌斯曼·什蒂齐（Mohd. Usman Siddiqi），1984 年，另一个版本的《吉檀迦利》全译本在德黑兰得到出版，译者胡山·夏赫巴兹（Husian Shahbaz）。

伊朗人民和学界对于《吉檀迦利》的欣赏与波斯语文学和文化中固有的伊斯兰教神秘主义传统有着不可分割的关系，这种内在的联系甚至帮助诗歌突破了翻译的障碍。而泰戈尔对波斯文化的赞赏无疑又拉近了两者之间的情感联系。"在伊朗泰戈尔像其他任何著名的伊朗思想家、诗

---

① Rabindranath Tagore, *Journey To Persia and Iraq*:1932, Kolkata: Visva-Bharati, 2003, p. 150.

② Cf. Reza Mustafavi, *Tagore and Iran*, Edit by Rita D. Sil, *Profile of Rabindranath Tagore in World Literature*, New Delhi: Khama Publishers, 2000, p. 198.

人或学者一样受到相同的热爱"①。1961 年为纪念泰戈尔百年诞辰，德黑兰大学不但派代表参加了在德里举行的泰戈尔百年庆典，还在学校举办了两天的庆祝活动，其中包括一系列讲座，专门的图文展览，以及将一所中学命名为泰戈尔学校，同时德黑兰大学艺术系还出版了一期泰戈尔专刊。

在普什图语文学中，《吉檀迦利》和泰戈尔同样也具有较大影响。著名普什图语诗人阿卜杜拉·克德玛特格尔（Abdullah Khidmatgar）在读到《吉檀迦利》第 35 首（"在那里，心是无畏的，头也抬得高昂"）后激动不已，将这首诗连读 6 遍之后，他诗意迸发，写出了一首备受阿富汗人民喜爱的诗歌：

> 当心充满恐惧，忠诚让道于怀疑；
> 当思想衰退，头低垂、行败坏；
> 当真理与正义被称为疯狂；
> 当愚昧与无耻之徒统治有知有识之士；
> 当努力没有结果；
> 当奔忙都是为了自私；
> 当理性的清泉被虚伪玷污；
> 当高举信仰和信念成为在火中的行走；
>
> 那么，命运之王啊！
> 保佑我在那些黑暗的时刻有一颗勇敢的心！
> 一颗有信仰的心，
> 有道德的信仰，
> 走义路的道德，

---

① Reza Mustafavi: "Tagore and Iran", Edit by Rita D. Sil, *Profile of Rabindranath Tagore in World Literature*, New Delhi: Khama Publishers, 2000, p. 193.

> 心中充满对人民的爱，
>
> 还要，保佑我有愿望和行动的力量
>
> 啊，我的主！①

　　"印度和阿富汗共享世界上最古老的文化和文明中的一种。我们有着印度—雅利安文明的根源和遗产，任何值得一提的作家或思想家都不能忽视这一醒目的地理历史事实"。② 对于普什图语文学来说，泰戈尔也是其文学遗产的一个组成部分，他是许多阿富汗诗人、作家创作灵感的来源。

　　在东南亚的主要国家和地区均有《吉檀迦利》的译本，泰戈尔的文学和思想得到那里人民的喜爱和尊重，并产生了一定影响。泰戈尔1929年到访越南西贡时，得到了当地政府、学界和人民的热情接待，当时的西贡接待委员会由法国、印度以及越南名士共同组成，值得一提的是，其中两名越南变革运动的领袖裴光照（Bui-quang-Chieu）和杨文交（Duong-van-Giao）在此之前已经前往圣地尼克坦造访了国际大学，并向诗人表达了敬意。在越南期间，泰戈尔一直深受各阶层人民的热烈欢迎。他的诗歌与文学在越南文人与文坛都得到了积极的回应。越南现代文学史上著名诗人伞沱（Tan-Da，1889—1939）曾写下这样的诗句：

> 这会是谁，一个如此像我的人？
>
> 我想是别人，但事实证明是你和我。
>
> 尽管是两个，我们却的确是一人

---

　　① 诗歌由笔者自译，原文见 S. K. Gardiwal："Tagore's Influence on Pashto Literature"，Edit by Rita D. Sil, *Profile of Rabindranath Tagore in World Literature*, New Delhi：Khama Publishers，2000 年，第169 页。

　　② S. K. Gardiwal, *Tagore's Influence on Pashto Literature*, Edit by Rita D. Sil, *Profile of Rabindranath Tagore in World Literature*, New Delhi：Khama Publishers，2000，p. 166.

你和我，我们是一体却同时又是两个。①

诗句所包含的思想与泰戈尔诗歌中所体现出来的和谐、统一具有很大的相似之处。而另一位诗人则提到，当他在心情低沉、灰暗时他读到了泰戈尔的诗歌，从诗中他获得了心灵的答案与慰藉，沉闷一扫而空。从此他喜爱上了泰戈尔诗歌，每一次阅读都从未使他失望。在阅读过程中他还不时有这样的感慨："这是印度诗人还是越南诗人？"② 尽管受汉文化影响很深，但是"在越南平民大众的心中流淌着印度文化鲜活的溪流，……泰戈尔的赞美爱之歌曲自然触动了越南人民心底隐藏着的温柔之弦③"。这种描述虽然有刻意撇清中国对越南的影响之嫌，但也在一定程度上反映了泰戈尔的诗歌在越南的接受情况，并部分说明了这种接受的内在文化原因。

在泰国泰戈尔也受到了热烈的欢迎。1927 年访问泰国时，泰国王室、政杰和佛教高僧都对他予以了热情的接待。在曼谷国立朱拉隆功大学举办的学术讲座还吸引了曼谷其他院校的大量老师和学生，泰戈尔关于反对西式教育、主张发展儿童天性的教育观点直到今天仍让人深思。1924 年 3 月 24 日泰戈尔在仰光登岸，获得了仰光基督教教徒、佛教徒和印度教教徒的一致欢迎。在当晚的公开欢迎仪式上，有约 5000 人到场，欢迎词将泰戈尔称为"通过美感受到了真理的信仰者"，称他是"跨越了忽视与误解的桥梁，代表了亚洲和欧美之间未来的理解"，他"已经在文学领域赢得声誉，现在又获得了其他桂冠"，并对他在圣地尼克坦的乡村改革

---

① 诗句由笔者自译，原文见 Nguyen-Dang-Thuc, *Tagore and Vietnam*, *Rabindranath Tagore：A Century Volume 1861 – 1961*, New Delhi：Sahitya Akademi, 1992(Fourth printing), 第 364 页。

② Nguyen-Dang-Thuc, *Tagore and Vietnam*, *Rabindranath Tagore：A Century Volume 1861 – 1961*, New Delhi：Sahitya Akademi, 1992(Fourth printing), p. 364.

③ Nguyen-Dang-Thuc, *Tagore and Vietnam*, *Rabindranath Tagore：A Century Volume 1861 – 1961*, New Delhi：Sahitya Akademi, 1992(Fourth printing), p. 363.

试验给予了高度的赞扬。① 泰戈尔 1927 年对印度尼西亚的访问，同样得到了热情的接待，他的这次访问还打开了爪哇和巴厘学生去印访学的通道。

纵览《吉檀迦利》在整个亚洲的接受与影响情况，可以看到，首先，对文学作品和作家的接受深受各地传统文化心理结构的影响。尽管同为东方文化圈内的组成部分，具有文化地缘方面的亲近性，但亚洲显然不是一个简单的整体，不同国家、地区文化之间存在巨大的差异性，这种差异性具有强大的力量。这使得《吉檀迦利》在亚洲不同地区的接受与影响呈现出明显的不一致性。在印度国内和曾经在历史上受印度文化影响较大的东南亚地区，以及在伊朗等宗教文化影响深远的地方，《吉檀迦利》所获得的接受度较高，文学本身能获得内在的认可与理解。在中国、日本、韩国，尽管《吉檀迦利》也具有文学经典的地位，但对于这些地区来说，它更多的是文学研究的对象，《吉檀迦利》的地位更多的是由于其在文学史上、在泰戈尔研究中所具有的重要性以及诗集自身内涵的丰富性与可阐发性而获得肯定，从这种肯定到对文学作品真正的欣赏和理解以及内在同化还有一定距离。

其次，我们可以看到，文学作品的接受，尤其是群体性的接受，并不是一种单纯的文学现象，它受到社会历史条件的深刻影响和限制，是一种复杂的社会现象。它既与由历史积淀而成的文化传统存在着历时性关系，也与同时代的文化整体存在着共时性关系，二者共同决定了作为群体的读者对文学文本的选择与接受，并形成一种具有指导性、制约性的群体审美经验，由这种审美经验积累而成的期待视界成为不同时代读者群体、个体文学欣赏与接受活动的前提。② 这在 20 世纪上半叶中国、

---

① Cf. Compiled and Edited by Bimalendu Dutta, *Tagore in Abroad* (Vol. 1), Calcutta: Papyrus, 2001, pp. 83 – 84.

② 参见朱立元著：《接受美学导论》，安徽教育出版社，2004 年，第 237—246 页。

日本对《吉檀迦利》的接受上表现得尤为明显。尽管当时中国与日本所处的社会政治情况有很大不同，中国处在被列强的威胁之下，日本处于帝国主义的发展膨胀时期，但对于两者来说，这个时期它们所需要的都不是泰戈尔所倡导的和谐与爱，中国需要奋起反抗、需要革命激情，日本需要刺激和肯定，这使得无论是在为泰戈尔所深刻同情的中国，还是在他直言不讳予以劝告的日本，他在当时都没有获得充分的认可与接受。只有在社会历史条件变革之后，在新的政治、文化背景之下，他才在中国和日本重获了应有的肯定与重视。

再次，不能忽略的是，文学与文化的交流并不是单向的。在《吉檀迦利》迅速在亚洲各地引起反响和泰戈尔遍访亚洲之时，在泰戈尔在各地区宣扬他的哲学和思想的时候，他同样也受到了各地所特有的文学与文化的影响。日本的俳句对他诗歌创作的影响已经得到了国内外学界的公认，而在印度尼西亚访问时，泰戈尔在当地所见的舞蹈也对他产生了重大影响，他在《爪哇通讯》中对这些舞蹈进行过详细的描绘，回到印度之后，他将这种感悟融入了对自己新舞剧的创作之中。

最后，不应该忽略的是《吉檀迦利》与泰戈尔所带给我们的启示。纵览亚洲各地区对《吉檀迦利》的接受情况，无论是拒斥者还是欢迎者，都充分承认《吉檀迦利》和泰戈尔所具有的鲜明的印度文学和印度文化特色，在印度之外的各个国家地区，《吉檀迦利》都被作为印度现当代文学的代表之一，可以说，它是通往印度文学和印度文化的一个窗口。在谈到日本的文学与文化之美时，亚洲另一位获得诺贝尔文学奖的作家川端康成曾深有同感地引用了泰戈尔的一段话："所有民族都有义务将自己民族的东西展示在世人的面前。假如什么都不展示，可以说这是民族的罪恶，比死亡还要坏，人类历史对此也是不会宽恕的。一个民族，必须展示存在于自身之中的最上乘的东西。那就是这个民族的财富——高洁的灵魂。要抱有伟大的胸怀，超越眼前的局部需要，自觉地承担起把本国文化精神的硕果奉献给世界。"① 可以说，泰戈尔自始至终都在努力实现他自己的这段话，这也不禁让人想起鲁迅所说的"越是民族的，越是世界的"。对于身处多元文化世界之中的中国当代文学来说，要取得更大的成功与认同，在走向世界、拥抱世界的同时，"高洁的灵魂"、最上乘的"文化精神的硕果"应该也是同等重要的。

---

① 〔日〕川端康成：《美的存在与发现》，叶渭渠译，中国社会科学出版社，1996 年，第 233—234 页。

第五章 《吉檀迦利》在欧洲、美洲的译介与接受

《吉檀迦利》于1912年11月在英国第一次出版，实际上在泰戈尔获得诺贝尔文学奖之前这本诗集就已经在欧洲广泛传播，并获得了诸多好评。随着1913年诺贝尔文学奖的颁发，它的译介和流传变得更加广泛，在欧洲、美洲各地获得了不同程度的接受并产生了影响。而其被译介和接受的过程，也是不同文学与文化之间理解与误读、交流与互动的过程。

第一节 细解"误读"：《吉檀迦利》在英美两国的接受

亚洲的"《吉檀迦利》效应"实际上是发源于英国，因此对于诗集在英国的接受研究就显得十分必要。学界在讨论《吉檀迦利》在英国、美国的接受时，经常使用"误读"一词，但实际上，如果"误读"一词可以用来概括诗集在英、美的传播与接受情况的话，那么这个词所要包含的内容注定将十分丰富和复杂。

《吉檀迦利》最初是在英国出版，也是从那里开始掀起遍及整个欧洲乃至世界其他地区的《吉檀迦利》热潮。1912年7月英国印度协会第一次出版了《吉檀迦利》，同年10月，麦克米伦公司将诗集正式出版，从这时开始到1913年泰戈尔获得诺贝尔文学奖之前，《吉檀迦利》在英国

重印了 13 版①。20 世纪 30 年代之后，虽然泰戈尔作品在英国的阅读范围逐渐缩小，但《吉檀迦利》仍有出版。1951 年，麦克米伦公司重印《泰戈尔诗歌戏剧集》，《吉檀迦利》被收入其中，2005 年伦敦企鹅经典丛书出版了由伦敦著名孟加拉语文学专家、诗人威廉·莱蒂斯（William Radice）选编的《泰戈尔诗选》，其中收入了《吉檀迦利》中的部分诗歌。

在讨论《吉檀迦利》在英国的接受和影响情况时，笔者认为以 1920 年为界是比较恰当的。在 1920 年以前，从 1912 年英国发现《吉檀迦利》到 1913 年泰戈尔获得诺贝尔文学奖，再到泰戈尔的其他诗集在英国纷纷出版，这段时间英国评论界和读者对泰戈尔的作品都保持了相当的热情。但是随着 1919 年阿姆利则惨案的发生，泰戈尔公开宣布放弃英国爵位，英国评论界对泰戈尔的注意力开始转移，不再较多地关注他的文学作品，事实上，也可以说它对泰戈尔的态度也越来越冷淡，这一点从 1920 年泰戈尔再返英国时，英国报界对其的报导可以明显看出。因此，1920 年可以看作一个分水岭，在这之前和之后《吉檀迦利》在英国所受到的待遇有着截然的区别。

在英国新闻界，对《吉檀迦利》最早的评论出现在诗集出版之前。1912 年 7 月 13 日《泰晤士报》报道了 7 月 10 号叶芝、罗森斯坦为欢迎泰戈尔所举行的晚宴，刊发了叶芝所朗诵的《吉檀迦利》诗歌中的两首，即第 95 首与第 22 首，同时刊登了泰戈尔的答谢致辞。紧接着，在 7 月 16 日《泰晤士报》又发表了一篇专门针对《吉檀迦利》的题为《艺术战胜环境》的评论文章，对诗集给予了高度评价，称它让英国人相信了不仅只有一种传承于希腊文明的艺术，并且意识到了艺术繁盛于几乎所有时代和所有人之间，且对人的精神来说是同样的优秀和有价值。文章最后对泰戈尔的诗表现了充分的信心，"伟大的艺术将会广为人知，因为它

---

① Cf. Compiled and Edited by Kalyan Kundu, Sakti Bhattacharya, Kalyan Sircar: *Imagining Tagore: Rabindranath and British Press* (1912 – 1941): *Introduction*, Calcutta: Shishu Sahitya Samsad, 2000, xiii.

表达了永恒的价值，并使我们相信在所有时代和国家，人类的心实际上是一样的。"① 同年 11 月 7 日，在《吉檀迦利》出版之后，《泰晤士报文学增刊》又发表了专门的评论文章，在这篇题为《泰戈尔先生的诗歌》的文章中，作者对诗歌的思想和艺术水平都给予了极高的评价，称现在英国的诗歌正面临着艺术与思想分离的问题，而《吉檀迦利》则轻而易举地解决了这个问题。此外，文章还引用了《吉檀迦利》中的多首诗歌，将它们与英国著名宗教诗人乔治·赫伯特（George Herber）和法国著名画家夏尔丹（Chardin）的作品相提并论，认为泰戈尔为英国已经堕落了的诗歌创作指明了出路和方向，英国的诗歌就应当写成这样。除《泰晤士报》之外，当时英国的主要报纸如《雅典娜报》、《国家报》、《威斯敏斯特报》、《曼彻斯卫报》等都对《吉檀迦利》进行了评论。当然其中也不乏批评之声，如《雅典娜报》的专文就曾评论说《吉檀迦利》无论在韵律还是长度上都让人想起圣经的《诗篇》或《所罗门之歌》，但其基调不是温暖和被动性，对于西方读者来说，"必定会怀疑它是否真的与它所着重表现的生命最深刻的含义是一致的。"② 但这种批评并不是主流，也并未影响当时整个评论界对《吉檀迦利》的赞赏，甚至《雅典娜报》自己也很快投入到了对泰戈尔的作品的褒扬之中。同时这种由《吉檀迦利》激发起来的兴趣也扩展到了泰戈尔的其他作品上，在诗集之后于1913 年 5 月上演的《齐德拉》、《邮局》两剧都得到了高度评价，尤其《邮局》更是广受好评，甚至连保守派报纸《标准晚报和圣詹姆斯报（*The Evening Standard and St. James's Gazette*)》也称在其中可以发现"最深刻的意义"。1913 年 11 月泰戈尔获得诺贝尔文学奖的消息传出，各大

---

① "the Triumph of Art Over Circumstances", *The Times* (16, *July*, 1912), Compiled and Edited by Kalyan Kundu, Sakti Bhattacharya, Kalyan Sircar: *Imagining Tagore: Rabindranath and British Press* (1912 – 1941), Calcutta: Shishu Sahitya Samsad, 2000, p. 7.

② *The Athenaeum* (16, *November*, 1912), Compiled and Edited by Kalyan Kundu, Sakti Bhattacharya, Kalyan Sircar: *Imagining Tagore: Rabindranath and British Press* (1912 – 1941), Calcutta: Shishu Sahitya Samsad, 2000, p. 10.

报纸纷纷予以报导，称《吉檀迦利》是"朴素"、"充满灵感"的宗教诗歌。总的来说，这一时期的评论主要针对的是《吉檀迦利》。英国报纸的观点与叶芝的序言以及罗森斯坦等人的观点一个最大区别在于，尽管它们都承认诗集具有极大的文学魅力，但英国报界更普遍地倾向于认为诗集纯洁、简单、直接的美或远接欧洲的宗教诗歌传统，重现了欧洲已不幸遗失了的基督教传统精神的内涵，"这本书一次又一次地回应着特拉赫恩（Traherne）、赫伯特（Herbert）和沃恩（Vaughan）①"，② 或近承华兹华斯等浪漫派诗人，"他（指泰戈尔，笔者注）的很多读者，甚至英文读者很可能没有意识到他所要说的东西的本质已经被说过了，被华兹华斯更有效地说过了——因为更广泛也更世俗的内容而更有效，更多人性而较少神秘性"，③ 而泰戈尔让人欣赏的则是他的简单和朴素。

　　诺贝尔文学奖进一步促进了普通读者对《吉檀迦利》的关注，该年12月13日的《新政治家报》一篇署名文章指出，自从诺贝尔奖颁发以来泰戈尔作品的销量在英国和美国都出现了猛增，因为这个奖项更像是一种保证，让人们对泰戈尔有了信心。但文章同时提醒读者，泰戈尔的一部分作品"不管其原作是怎样的，就英语作品来看是空洞而单调的"④，作者在这里主要针对的是当时出版不久的《新月集》和《园丁集》。事实

---

① 托马斯·特拉赫恩（Thomas Traherne,1636—1674）、赫伯特（George Herbert,1593—1633）和沃恩（Henry Vaughan,1622—1695），均为英国诗人，前者诗歌具有玄学色彩，后两者均为玄学派代表诗人。——笔者注

② "East and West", *The Westminster Gazette* (7, *December*, 1912), Compiled and Edited by Kalyan Kundu, Sakti Bhattacharya, Kalyan Sircar: *Imagining Tagore: Rabindranath and British Press* (1912 – 1941), Calcutta: Shishu Sahitya Samsad, 2000, p. 14.

③ "Rabindranath Tagore: A Biographic Study", *The Athenaeum* (8, *May*, 1915), Compiled and Edited by Kalyan Kundu, Sakti Bhattacharya, Kalyan Sircar: *Imagining Tagore: Rabindranath and British Press* (1912 – 1941), Calcutta: Shishu Sahitya Samsad, 2000, p. 10.

④ Solomon Eagle: "Current Literature", *the New Statesman* (13, *December*, 1913), Compiled and Edited by Kalyan Kundu, Sakti Bhattacharya, Kalyan Sircar: *Imagining Tagore: Rabindranath and British Press* (1912 – 1941), Calcutta: Shishu Sahitya Samsad, 2000, p. 118.

上，随着泰戈尔的更多英语诗集的出版，英国报界对《吉檀迦利》的关注逐渐被对新出版作品的关注所取代，而这种针对泰戈尔的其他作品尤其是英语诗集的类似批评也越来越常见。这时《吉檀迦利》被用来作为评价泰戈尔英语诗歌集的一个标准，大部分作品与之比起来都不能让人满意。1916 年的《采果集》更是被评论界一致认为不成功，《泰晤士报文学增刊》（1916 年 11 月 23 日）认为它失去了"韵律的微妙"，《国家报》（1916 年 12 月 23 日）认为它不如泰戈尔以前的作品。

在 1920 年之前，英国报界对泰戈尔有两次沉默，是耐人寻味、值得注意的。这两次沉默第一次是在 1917 年上半年，泰戈尔在日本发表了一系列反对西方文明的讲话之后，第二次是在 1919 年 5 月 30 日泰戈尔公开声明放弃英国爵位之后。第一次尚有为数不多的几家报纸对泰戈尔的发言和 1917 年出版的《国家主义》一书予以评论，第二次则仅有《泰晤士报》一家报纸即时对泰戈尔发表声明一事进行了报道。

1920—1921 年泰戈尔重返英国，但英国报界对他的兴趣大不如以前，甚至可以说降到了最低，1920 年 6 月之后，仅有《泰晤士报》一家报纸以 6 则简讯报导了他在欧洲的行程，每篇简讯仅由两三句话构成。这一时期泰戈尔与英国友人的关系也发生了细微但深刻的转变。1919 年 6 月，由于战争被派往比利时的罗森斯坦给泰戈尔写信，叙述自己在那里并不愉快的生活，但在信的末尾却提到自己所居住的伊普瑞斯（Ypres）在战时具有笔墨无所形容的美，"你不会有一天写一篇关于凄凉之美的文章吗？这里曾经人声喧哗，现在一切都安静了，当自然被破坏时它看上去吸收了由我们的双手带来的后果并将其纳入了怀中，使它变成了它自己的"①，当时正是泰戈尔由于对英国殖民政府在阿姆利则的暴行的愤怒而宣布放弃爵位后不久，因此我们不难理解泰戈尔为什么没有对罗森斯坦

---

① Edited, with an Introduction and Notes by Mary M. Lago: *Imperfect Encounter: Letters of William Rothenstein and Rabindranath Tagore* (1911 – 1941), Harvard University Press, 1972, p. 255.

的这封信进行回复。当 1920 年两人重逢时，罗森斯坦对泰戈尔感到失望，他认为泰戈尔已经放弃英国投向了美国，而泰戈尔则遭到了许多以往友人的有意回避。这时叶芝对泰戈尔作品和泰戈尔本人的热情也已经冷却，他在一场晚宴上朗诵了《吉檀迦利》中的几首诗歌，之后泰戈尔又用孟加拉语演唱了一遍，但显然 1912 年那种诗一般的气氛已不复存在。比阿特丽斯·韦伯（Beatrice Webb）① 甚至尖刻地指责泰戈尔对英国的批评是因为他不了解现实，对西方政府、工业组织、民族主义和科学一无所知，"他不满意只做先知和诗人……他必须要批判行动的人，律师、行政人员和政治家，甚至科学工作者。这完全是无意识的和精神上的傲慢，我认为，他这种最高正义的包含一切的意识（与行动的人相比）要归咎于这位神秘主义天才所寄身于其中的奉承氛围。"② 这种对泰戈尔的并不公正的评价可以说是当时英国对泰戈尔的代表性观点之一，由此也可以看出泰戈尔受到冷落的一些原因。1925 年到 1926 年，泰戈尔又一次来到英国，这次由于 1925 年《红夹竹桃》等新的著作的出版以及泰戈尔与墨索里尼政府之间的故事，英国评论界对他的关注度有短暂的回升，但并没有重新唤起英国对泰戈尔的热情，以至于爱德华·汤姆逊的泰戈尔传记《诗人与戏剧家》的修订本在 1926 年甚至难以找到出版商。1941 年泰戈尔逝世，这次英国报界给予了高度关注，各大报纸纷纷报导了这一消息并刊发了一些名流的悼词。在这些报道中，一般都将泰戈尔首先定义为《吉檀迦利》的作者，并称《吉檀迦利》是"令人尊敬的散文译作"，"神秘主义的和富有想象力的诗歌"，是泰戈尔"最好的作品"，但对于泰戈尔晚年的反帝国主义、反民族主义以及反英国对印度的统治等活动，几乎所有的评论都没有提及。

---

① 悉德尼·韦伯（Sidney Webb）和比阿特丽斯·韦伯（Beatrice Webb）夫妇，英国著名社会学家、经济学家和改革家，曾在 1911—1912 年游历印度，到过孟加拉地区。——笔者注

② Krishna Dutta & Andrew Robinson: *Rabindranath Tagore: the Myriad-Minded Man*, New Delhi: Rupa, 2006 (fifth impression), pp. 226 – 227.

综观 1912 年到 1941 年泰戈尔在英国的接受情况可以看到，在最初的两三年中，《吉檀迦利》是英国最为关注的对象，同时它也是泰戈尔进入英国视野的一个引子，随着泰戈尔形象在英国越来越全面地显现，《吉檀迦利》和作为诗人乃至文学家的泰戈尔逐渐不再是英国关注的焦点，且这个更加丰满的泰戈尔形象并不为英国所接受和欣赏，因此《吉檀迦利》和泰戈尔一起，在英国经历了最初的荣耀、遭遇了最终的偏见。

对于形成《吉檀迦利》和泰戈尔在英国的这种接受情况的原因，主要是《吉檀迦利》当初在西方的盛行和能获得诺贝尔奖的原因，学界有一定的论述，其原因一般是归结为文化的误读，其中既包括叶芝对诗集中神秘主义和东方色彩的强调，也包括西方评论界认为它具有深厚的欧洲传统。此外也有论述论及了当时欧洲的整体社会环境，《吉檀迦利》为一战前夕战争阴影笼罩下的欧洲心灵送去了安宁与抚慰。这些原因可以恰当地解释《吉檀迦利》的成功，但无法涵盖《吉檀迦利》和泰戈尔的陨落。首先，就文学作品本身来说，应该承认在《吉檀迦利》之后出版的众多泰戈尔英语作品，尤其是英语诗集，没有哪一部能再像它一样获得如此高的评价，而对其他诗集的最初以及最大的指责也是指向它们的语言，甚至连紧接着《吉檀迦利》出版的《新月集》、《园丁集》也无法幸免于此。诗歌是语言的艺术，不管其内在的思想多么美妙，当它失去了语言这一要素，其艺术性就受到了无法弥补的损害。虽然后来的作品并不全是泰戈尔自己翻译的，但它们全都归于泰戈尔名下，泰戈尔的文名无疑受到了这些质量不均的译作的影响。因此，尽管英国评论界一直承认《吉檀迦利》是一部杰出的译作，但也仍然表示了对泰戈尔的其他作品的失望，甚至认为泰戈尔的英语在当今已经过时了。用过时的语言写成的作品，定然无法赢得读者的青睐。其次，从泰戈尔自身来看，他自身的丰富性远远超出了英国评论界和文人的预料。叶芝是最初对《吉檀迦利》最热情的文人之一，他在序言中对诗歌所具有的神秘主义和东方主义大加赞赏和强调，应当说他的这种评价与其自身的文学追求有着密切的关系。叶芝是一位爱尔兰诗人，他的祖国同样也在英国的统治之下，他曾积极参加爱尔兰民族主义运动，一直致力于发现和重建爱尔兰艺术的典范，并对神秘主义极感兴趣，其晚年的著作《幻景》更是他神秘主义思想的集大成之作，代表了他的整个哲学体系。对于这样的叶芝来说，《吉檀迦利》无疑同时满足了他这两方面的需要。如果泰戈尔一直能保持叶芝为他设定的神秘主义诗人的形象，那么他与叶芝的友谊可能将持续得更久。但事实是，泰戈尔不是一个叶芝想象中的神秘主义诗人，相反的，在很多时候他表现出现实主义的一面。他的《家庭与世界》、《戈拉》以及众多的短篇小说，无论如何也不能归于"神秘主义"。泰戈尔的丰富性注定了他无法被装进叶芝为他设定的好的框架之内，这也注定了他与叶芝必将分道扬镳。对于英国评论界来说，这样的情况同样存在。当他们认为泰戈尔的创作植根于英国基督教的传统和英国文学传统之中时，他们却遭遇了泰戈尔对西方文化的批判甚至是放弃英国的爵位，这对英国评论界来说无疑意味着一种背叛。彼时英国统治印度已经一百多年，其宗主国的优越感和对印度文化的轻视使他们很难接受一个作为批判者甚至反对者的泰戈尔。而同时，随着越来越多的泰戈尔作品被翻译成英语，蕴含在那些作品中的与英国基督教传统和英国文学异质的成分也日益明显，在这样的双重作用下，英国评论界对泰戈尔的冷淡也几乎成为一种必然。

"二战"结束以后，在英国对《吉檀迦利》的关注逐渐有所增加，尤其是学界试图从一个更为客观和公正的角度去理解泰戈尔和他的作品。玛丽·雷格（Mary Lago）在她的《还原罗宾德拉纳特·泰戈尔》一文中以时间为主线，清晰而细致地梳理了泰戈尔在英国和美国的接受情况，并指出现在学界所需要的是更多的关于泰戈尔的原始材料，更多的孟加拉语译作（包括泰戈尔的诗歌和传记），以便可以重新描绘一副更真实的泰戈尔肖像。[①]

　　诺贝尔文学奖与《吉檀迦利》和泰戈尔在美国的传播与接受之间同样存在着莫大的关系，在诺贝尔文学奖颁发之前，尽管《吉檀迦利》已经在美国出现，泰戈尔已经完成了他对美国的第一次访问，但这本诗集和诗人在美国都只在以诗人为主的小范围内为人所知。而正如诺贝尔文学奖在世界其他地区所引发的轰动效应一样，1913 年 11 月之后，诗集与诗人在美国也迅速成为一个传奇。但这个传奇并不持久，1930 年泰戈尔最后一次访问美国，可以看作是《吉檀迦利》与泰戈尔在美国命运的另一次转折，这之后，具有传奇色彩的泰戈尔逐渐淡出了美国大众的视野，但《吉檀迦利》却作为世界文学经典之一留存了下来。

　　在泰戈尔获得诺贝尔文学奖之前，第一个将《吉檀迦利》引入美国读者视野的是诗人庞德（Ezra Pond）。在将《吉檀迦利》和泰戈尔推荐给西方读者时，庞德与叶芝在早期都是强有力的推动者。1912 年 9 月，早在与泰戈尔谋面之前，庞德就开始给时任芝加哥《诗歌》杂志编辑的哈丽特·门罗（Harriet Monroe）写信，称泰戈尔的诗歌"将成为这个冬天的轰动"，10 月他又再次致信哈丽特，叮嘱她在下一期杂志中为泰戈尔的诗歌预留篇幅，同年 12 月，6 首《吉檀迦利》中的诗歌刊登在了第 3 期《诗歌》杂志上，同时附有一篇庞德所写的简短赏析，这也是《吉檀迦利》在美国的首次亮相。随后，《吉檀迦利》与泰戈尔逐渐进入了美国诗人和一部分知识分子的视野，这其中包括哈丽特·门罗、哈丽特·穆迪（Harriet Moody）、哈佛大学教授詹姆斯·H·伍兹（James Houghton Woods）和艾略特等。哈丽特·门罗既是《诗歌》的创始人和编辑，又是一位文学批评家，她同时还是庞德、艾略特等诗人最初的庇护者和支持者，她将《吉檀迦利》称为"关于赞美的圣诗"，称泰戈尔为"安详高

---

　　① Cf. Mary Lago："Restoring Rabindranath Tagore"，Edited by Mary Lago and Ronald Warwick：*Rabindranath Tagore：Perspectives in Time*，Macmillan Press，1989，pp. 21 – 22.

贵的孟加拉桂冠诗人"。哈丽特·穆迪是诗人和剧作家威廉·V·穆迪的遗孀，她的家在当时是美国不少著名诗人的聚会之所，而据哈丽特·穆迪的传记称，那段时间与泰戈尔的接触，使得新寡之后陷入迷失的哈丽特"生命的机器、她真正的生命，又重新开始运转"[1]。詹姆斯·H·伍兹是哈佛大学印度哲学的教授，他不但邀请泰戈尔去哈佛大学进行讲座，甚至在后来自费资助出版了《吉檀迦利》的一个美国版本，并将所得收益赠与了位于圣地尼克坦的国际大学。这个时期已经小有诗名的艾略特正在哈佛大学学习哲学，他听取了泰戈尔的一场讲座，据他在哈佛的一位同学称，艾略特实际上的确曾被泰戈尔所触动。[2] 此外，还有一位在美国的孟加拉人 B. K. 罗易（Basanta Kumar Roy）对于《吉檀迦利》初期在美国的传播功不可没。他利用自己的语言优势，翻译了许多评介泰戈尔及其诗歌的孟加拉语文章，同时他自己也写作了不少论文并创作了美国第一部泰戈尔传记。尽管如此，这一时期《吉檀迦利》在美国仍只限于小范围内被欣赏，并未引起大众的广泛注意，诗集也只在有限的次数内在一些评论刊物上被间接提及。在此期间关于《吉檀迦利》的最具价值的评论是 1913 年 5 月刊发于《北美评论（*North American Review*）》、由英国女作家梅·辛克莱所写的《吉檀迦利：或，罗宾德拉纳特·泰戈尔的献歌（*The Gitanjali：or，Song offerings of Rabindra Nath Tagore*）》一文。梅·辛克莱 1912 年参加了在罗森斯坦家举办的那次著名的朗诵会，她在专文中对《吉檀迦利》予以了高度的评介，这篇文章在美国得到了广泛的阅读。随后在纽约的《国家（*Nation*）》杂志上出现了第一篇由美国人写作的关于《吉檀迦利》的评论，题为《来自孟加拉的浪漫（*Romance from Bengal*）》。

---

① Krishna Dutta & Andrew Robinson：*Rabindranath Tagore：the Myriad-Minded Man*，New Delhi：Rupa，2006（fifth impression），p. 172.

② Cf. Krishna Dutta & Andrew Robinson：*Rabindranath Tagore：the Myriad-Minded Man*，New Delhi：Rupa，2006（fifth impression），p. 173.

　　诺贝尔文学奖的颁发迅速改变了这种状况，《吉檀迦利》在诺贝尔奖的光环之下在美国成为一股热潮，当时有美国报纸将之称为"狂热"。《纽约时报》将《吉檀迦利》列入 1913 年年度百部畅销书之列，到 1914 年底，美国已经出版了两部泰戈尔诗集，三部戏剧和一本散文集。虽然《纽约时报》在一开始对《吉檀迦利》和泰戈尔的成就表示出了怀疑和不确定，但它之后迅速地改变了立场，表达了对诗人充分的承认和肯定。《晚间邮报（Evening Post）》则一开始就表现出对《吉檀迦利》和泰戈尔的欣赏，认为泰戈尔比吉卜林更能胜任联结东西方这一任务，并指出泰戈尔比吉卜林更值得诺贝尔奖青睐。尽管庞德在 1916 年就已经开始明确表示出他对泰戈尔的不满，但在诗人中仍不乏钟情于泰戈尔者，如诗人哈特·克莱恩（Hart Crane）的《航海（Voyages）》一诗就被认为是受到了《吉檀迦利》的影响。除了在获得评论界好评之外，《吉檀迦利》还获得了当时美国普通大众的喜爱。"毫无疑问，他（指泰戈尔，笔者注）对个人的高贵和最高潜能的自由发展的强调在美国人心中引发了共鸣。"①在写给泰戈尔的信中，有人讲述了她是怎样在家中为一位残疾人大声朗读《吉檀迦利》，有人则称泰戈尔表达了上帝的爱。② 从这一时期开始到1930 年底，泰戈尔曾先后 4 次访问美国，并在美国出版了多部作品，发表了多次演讲，这些作品和演讲的主题并不仅限于文学，尤其是演讲，所涉及的往往是宗教、政治等题材，这一方面说明了泰戈尔的多才多艺，但另一方面无疑也模糊了他的诗人和文学家的身份。

　　《吉檀迦利》的成功与泰戈尔其他诗集在美国所受到的冷遇形成了鲜明对比。在 1913 年和 1914 年出版的《园丁集》和《新月集》并未获得预期的成果，在评论界也反响平平，也许是由于《吉檀迦利》太过于成

---

　　①　Stephen N. Hay:"Rabindranath Tagore in America", *American Quarterly*, Vol. 14, No. 3. (Autumn, 1962), p. 453.

　　②　Cf. Stephen N. Hay: "Rabindranath Tagore in America", *American Quarterly*, Vol. 14, No. 3. (Autumn, 1962), pp. 453 – 454.

功，以至于这两部诗集湮没在了它的阴影中。而与此形成对比的是 1914 年出版的戏剧《齐德拉》引起了较大的反响，值得一提的是这部在孟加拉被认为是败坏道德的作品，在美国却由于被认为是宣传了女性解放而获得了好评。1916 年《飞鸟集》出版，却仍没有获得太多的关注，1918 年《爱者之贻与渡口集》的出版再次遭到了冷遇，就连一贯支持泰戈尔的《纽约时报》也称 "……实际上这册（诗集）给人的印象是它是诗的材料而不是诗"①。1921 年泰戈尔出版《逃亡者》诗集，同年日本诗人野口米次郎的英文诗集也在美国获得出版，两相比较之下，美国甚至有评论认为野口比泰戈尔更像一位诗人，而泰戈尔更像说教者和寓言作家。对于诗人泰戈尔而言这应该说是一种极为苛刻的批评。1928 年出版的《萤火虫》在美国也遭到了与《飞鸟集》同样的命运。但与诗歌的惨淡情形相反，泰戈尔的小说如短篇小说集《饥饿的石头》（1916）、《玛希》（1918）、长篇小说《家庭与世界》（1919）、《沉船》（1921）在美国却均获得了好评，《饥饿的石头》让一度将注意力转移到了泰戈尔的宗教、哲学思想方面的美国评论界再次关注起作为艺术家的泰戈尔，《家庭与世界》则被认为非常现代，其主角同样存在于纽约、伦敦、芝加哥，实际上直到如今这部长篇仍是许多欧美评论文章的分析和解剖的对象。此外，他的散文集如《回忆录》（1917）、《孟加拉语一瞥》（1921）也均被认为是成功之作，展现了泰戈尔写作的多方面的才能。由以上资料可见，在美国作为诗人的泰戈尔是模糊的，尽管最初是《吉檀迦利》这部诗集使他得以进入美国的接受视野之中，但随着其诗集的不断出版，其诗歌方面的成就却受到了不断的质疑，他作为诗人的这一形象也反而越来越暗淡，甚至被作为小说家、散文家的形象所掩盖，这与他在孟加拉和印度的情况形成了鲜明对比。

---

① 　Sujit Mukherjee: *Passage to America*, Calcutta: Patna: Allahabad: Bookland Private LTD., 1964, p. 48.

1930 年 12 月，泰戈尔结束了他对美国的最后一次访问，这同时也可以看作泰戈尔传奇在美国的落幕。这之后直到他逝世，尽管泰戈尔的英文著作仍时有问世，但在美国的大众和媒体间已经很少引起太多的评论。捷克著名印度学者文森特·雷斯利（Vincenc Lesny）所著的泰戈尔传记在 1939 年被翻译成英文出版，但在美国所获得的关注却几近于无，这与 1914 年 B. K. 罗易的泰戈尔传记所获得的重视形成了强烈的反差，也真实反映出当时大众对泰戈尔的淡漠。

不过这并不意味着《吉檀迦利》已经完全淡出了美国，1942 年 8 月 16 日的美国《出版者周报（Publisher's Weekly）》表示，泰戈尔在美国出版的 31 部作品中，"有 22 部仍在出版者当前的列表中。"[1] 此外，据不完全统计，从 2001 年至 2008 年，在美国至少出版了 5 个不同版本的《吉檀迦利》，这说明作为一部文学经典，《吉檀迦利》在美国并未被遗忘。

对于作为文学家尤其是作为诗人的泰戈尔在美国的传播与接受，之所以形成上文所述情况，有以下几个因素值得考虑，首先是泰戈尔自身形象的复杂。泰戈尔曾 5 次到访美国，但他在美国所做的演讲大都与文学没有直接关系，他的主题以宗教、哲学为主，他在美国最受欢迎的作品之一是他的一部演讲集《人生的亲证》，同时他还曾在演讲中阐述自己对民族政治的看法，《民族主义》一书就是他在日本和美国的演讲集，这些无疑增添了他的丰富性，但同时也削弱了他作为文学家和诗人的形象。其次，泰戈尔诗集的英文翻译的确存在一些问题，这其中不但包括翻译的语言，也包括在翻译中所选取的诗歌。应当承认的是，泰戈尔英译诗的内容远不如他的孟加拉语诗歌丰富多彩，这或许也是《吉檀迦利》的成功所带来的负面影响。《吉檀迦利》的巨大成功使得泰戈尔无法对美国读者的更多阅读需求做出确切的判断，从其同类型诗集的失败和其他文学体裁的成功这种对比，我们可以做此推断。这一点，不但适用于美国，

---

① Sujit Mukherjee: *Passage to America*, Bookland Private LTD., 1964, p. 1.

同样也适应于《吉檀迦利》和泰戈尔在欧美的大多数国家和地区传播和
接受情况。最后，不能忽视的是美国文学尤其是美国诗歌当时所处的特
殊时期。20 世纪初是美国诗歌的转型时期，现代主义诗歌是新的诗歌发
展方向，在这样的诗歌背景之下，泰戈尔所呈现给美国诗人和读者的过
于单调的诗歌类型注定无法满足他们的阅读期待。

　　《吉檀迦利》在英国和美国成功的原因有很多相似之处。这首先是因
为它是一部成功的译作。尽管泰戈尔对自己在《吉檀迦利》中所做的翻
译缺乏信心，但在这部译诗集却获得了英语读者的充分肯定。叶芝和庞
德都对这部译作的文字予以了高度评价，"我对自己的英语几乎没有什么
信心——但他（指叶芝，笔者注）确定地说任何认为我的英语需要改进
的人都对文学没有概念。"① 庞德在读完诗集之后写道："请留意它的形式
如十四行诗那么幽美，富有纤细而又强烈的音乐感。请注意诗的韵脚，
重音在第一个词，随后在第三、第四个词上，韵律胜过扬抑格。"② 对于
文学接受来说，文本是最基本也是最根本的先决条件，《吉檀迦利》的英
文译本是一部优美的英文诗集，这是它能迅速风靡英语世界的重要原因。
对于这部诗集的文学性的肯定，并不仅仅是限于 20 世纪初，2001 年出版
的《牛津英语翻译文学导读》对作为英文诗集的《吉檀迦利》仍然予以
了极高的评价："在曾以英语译本出版过的印度文学作品中，他的变形了
的《吉檀迦利》仍可能是最受欢迎的著作，同时也是非欧洲语言作品中
最著名的译作，仅次于《鲁拜集》（菲茨杰拉德对它的翻译十分缺乏忠
实，他所做的改编众所周知）和纪伯伦的《先知》。"③ 其次诗集的成功
也得益于其内涵的丰富性。叶芝在诗集中发现了他"一生梦寐以求的世

---

① Rabindranath Tagore, Selected and edited with an introduction by Uma Das Gupta: *My Life in My Words*, Published by the Penguin Group, 2006, p. 162.

② 〔印度〕克里希那·克里巴拉尼著：《泰戈尔传》，倪培耕译，漓江出版社，1984 年，第
268 页。

③ Edited by Peter France: *The Oxford Guide to Literature in English Translation*, Oxford University Press, 2001, p. 460.

界"，"一种诗和宗教是同一的传统"，① 庞德在其中看到了"深邃宁静的精神"，发现了"新的希腊"，英国评论界则或在诗集里看到了英语宗教诗歌的传统，或发现了英语抒情诗歌的痕迹，美国的普通读者在诗集中感受到了人的尊严与上帝的爱。不管不同的读者看到的是什么，他们都在《吉檀迦利》中找到了能与自己产生共鸣的东西，从接受美学的角度来说，《吉檀迦利》通过了他们的"期待视野"的筛选，与阅读主体的审美心理发生了作用。第三，当时英美众多著名文人墨客对《吉檀迦利》的热情赞扬极大地提升了它的知名度，促成了它的风行。最初在英美评论界出现的对《吉檀迦利》予以好评的评论文章，大部分都是出自当时的文艺名人笔下，罗森斯坦、叶芝、庞德、梅·辛克莱、欧内斯特·里斯、伊芙琳·昂德希尔……作为当时英美文艺界的知名人物，这些人的观点起着风向标一般的作用，引导着评论界和大部分普通读者的评价取向。这些人当时基本上都与泰戈尔交好，或对泰戈尔怀着真诚的热情和喜爱，他们对《吉檀迦利》的称赞，不管其中包含多少误读，甚至有些在今天看来可能有溢美之嫌，在 20 世纪初的英、美两国促成并大力推动了对这部诗集的阅读热潮，而诺贝尔文学奖则将这次热潮推向了顶峰。

《吉檀迦利》在 20 世纪上半叶在英、美两国的陨落也有着相似的原因。这首先是因为它受到了后来出版的泰戈尔的其他的诗集的连累。在《吉檀迦利》之后，泰戈尔在英、美两国又陆续出版了 11 部诗集——其中有 5 部是在他逝世后出版。但这些诗集并没有获得预期的成功和反响，两国的评论界都纷纷表现出对诗集艺术性的质疑。在这样的质疑下，泰戈尔的声誉也受到了极大的伤害，因此尽管《吉檀迦利》被认为是一部优秀的诗集，但它也受到了这种对泰戈尔英语诗歌整体艺术水平的怀疑的牵累，难以"独善其身"。其二，英美两国对泰戈尔关注点的变化。一

---

① W. B. Yeats: "Introduction", by Sir Rabindranath Tagore, *Gitanjali and Fruit Gathering* (*New Illustrated Edition*), The Macmillan Company, 1918, xiv.

方面，由于泰戈尔在两国均举办了多场关于宗教、哲学的讲座，使得评论界转而关注他的宗教哲学思想，将他作为一个宗教哲人来看待；另一方面，随着英美政治局势的变化，对泰戈尔的政治方面的关注也越来越多。泰戈尔在1919年宣布放弃英国爵位，这对其宗主国英国而言更像一种背叛。玛丽·M.雷戈则认为，B.K.罗易对泰戈尔所做的"印度民族主义诗人"的界定——尽管罗易将泰戈尔的民族主义定义为人道主义的和广泛的——在美国产生了极大的误导作用，因为那时任何将一个印度人与民族主义挂钩的言论都肯定会使得人们的注意力从文学转向政治。在这样的文化背景之下，《吉檀迦利》也随着作为诗人的泰戈尔的被忽略而遭到了忽视。最后，叶芝、庞德等人对泰戈尔态度的转变加速了《吉檀迦利》在当时的陨落。这一时期，叶芝与庞德都公开表示过对泰戈尔的新的英语诗集的不满，叶芝认为泰戈尔的英语是"外国人的英语"，庞德认为诗人应该使用自己的母语来创作。

第二节　《吉檀迦利》在欧美其他地区的接受与影响

《吉檀迦利》在欧、美地区的影响并不仅限于英、美两国，它在其他欧洲国家也曾经引起阅读与评论的热潮，在美洲的其他地区也获得了广泛的译介与阅读，它在这些国家和地区的接受与影响情况与在英、美两国的情况也并不完全相同。

一、在俄罗斯及东欧地区

俄罗斯雄踞东欧，其文学与文化博大深厚。据罗曼·罗兰的记载，早在1920年泰戈尔就在与他的交谈中表达过对俄罗斯的赞赏，"我们都同意俄罗斯人更能理解别的民族的感受，他们将最可能担负起亚洲与欧洲之间调解人的角色。"① 而在俄罗斯，《吉檀迦利》也得到了更多的青睐。

在作品译介方面，《吉檀迦利》最早于 1913 年在俄罗斯得到翻译。该年 6 月诗集中的 20 首刊发在《俄罗斯新闻（Russkie Vedomosti）》杂志上，译者为俄罗斯诗人、文学批评家、该杂志驻伦敦通讯员什克洛夫斯基(I. V. Shklovsky)。稍后，另外两本杂志《火花（Ogonek）》和《请求（Zavety）》也刊登了《吉檀迦利》中的部分诗歌。在十月革命之前，在俄罗斯共有 6 个不同版本的《吉檀迦利》全译本。1913 年 10 月和 11 月，《北方笔记（Severnye Zapiski）》月刊分两期刊发了《吉檀迦利》的全译本，并附有前言，译者 A. P. 凯文克莱(A. P. Khavkina)。1914 年，由普希斯尼科夫（N. A. Pusheshnikov）翻译的译本出版，同年以及 1916 年该译本又出版了第二和第三版。这一年，还出版了由著名诗人巴楚萨蒂斯（Yu. Baltrushaitis）翻译和编辑的泰戈尔作品集，其中包括了《吉檀迦利》，该版本 1915 年重印，1916 年出版第二版。在 1914 年出版的还有斯拉茨基（A. S. Sludsky）翻译的《献歌集》，以及达塔瑞诺娃（S. V. Tatarinova）翻译的《吉檀迦利》。1915 年，由鲁诺维斯卡雅（A. D. Runovskaya）翻译的《吉檀迦利》出版。1917 年十月革命之后，对泰戈尔的喜爱依然如故，1918 年由克鲁辛斯基（A. E. Gruzinsky）翻译的韵文版的《泰戈尔诗集》出版，其中包括了《吉檀迦利》中的部分诗歌。1919 年前苏联战事不断，《吉檀迦利》却得到了继续出版和翻译，普希斯尼科夫译本被重印之外，还出版了第一部该诗集的韵文版，译者萨巴斯尼科夫（I. Sabashnikov）。20 世纪 20 年代初俄罗斯出现了由孟加拉语直接翻译成俄语的泰戈尔作品。1925 年，第一次出现了直接从孟加拉语翻译而来的《献歌集》诗歌，译诗发表在《东方（Vostok）》杂志上，译者为前苏联著名印度学者杜布扬斯基（M. I. Tubyansky）。20 世纪 50 年代，

---

① Cf. Maitraye Devi: *The Great Wanderer*, Rupashree Press Private Ltd. ,1961 ,p. 202.

前苏联出版了一套 8 卷本的泰戈尔作品集，80 年代，另一套 12 卷本的泰戈尔作品集出版。"在苏联泰戈尔的作品已经用 18 种苏联人民的语言出版了 180 次，每一种版本的总数量大约为 300 万册"，① 这足以说明《吉檀迦利》和泰戈尔的其他作品在俄罗斯的确受到了欢迎。

　　作为《吉檀迦利》在俄罗斯的第一位译者，同时又是文学评论家的什克洛夫斯基这样评价这本诗集，"泰戈尔是生命的歌者，是由对宇宙的沉思而激发的爱与欢乐的歌者……他的朴素、快乐、真诚和思想的深度常使我们想起惠特曼的《草叶集》。……它（指《吉檀迦利》，笔者注）毫无疑问地表明一场伟大的复兴在那个神秘、美丽的国家已经开始，整个人民和整个文明都在这些诗歌中得到了反映。"② 俄罗斯著名画家罗伊瑞奇（Nikolai Roerich）在读到《吉檀迦利》后深受震动，"《吉檀迦利》是一种完全的启示；……它激起信心的能力是非凡的，美的原则如谜一般，在美之光闪现时每一颗未受玷污的心都在跳动并感受到喜悦。古老的爱与东方的智慧在诗人令人信服的语词中得到了展现和获得了回应……梦想见到他（指泰戈尔，笔者注）的念头如此强烈。"③

　　十月革命之后，苏联文人对泰戈尔的热情并没有减弱。1919 年罗伊瑞奇实现了自己的愿望，在伦敦第一次见到了泰戈尔，并与后者结下了深刻的友谊。在写给泰戈尔的信中，罗伊瑞奇多次将其称为"精神上的兄弟"，1929 年，经罗伊瑞奇提议，纽约的罗伊瑞奇博物馆将其中的一间展厅题献给泰戈尔。在 1923 年一次讲话中，当时的苏联教育部部长、著名作家卢那察尔斯基（A. V. Lunacharsyk）将泰戈尔称为"一个伟大的人，一位杰出的天才诗人，其作品可以被看作是人类文化与文明的共同

　　① Mukhtar Auezov, P. Chelyshev, N. S. Tikhonov, Mirzo Tursun-Zade, and P. G. Tychina: "Tagore, Great Son of the Indian People", *Rabindranath Tagore: A Centenary Volume* 1861–1961, p. 301.

　　② A. P. Gnatyuk-Danil'chuk: *Tagore, Indian and Soviet Union*, Firm Klm Private Limited, 1986, p. 85.

　　③ Cf. A. P. Gnatyuk-Danil'chuk: *Tagore, Indian and Soviet Union*, Firm Klm Private Limited, 1986, pp. 77–78.

财富"①。泰戈尔 1930 年访问俄罗斯,在俄期间对自己在那里看到和感受到的问题、疑惑也直言不讳。他认为俄罗斯的使命不仅限于它们自己的国家和政党,因此他劝告俄罗斯不要将注意力都放在对手的缺点上,不要认为邪恶是人类固有的天性,否则这将滋长内心的仇恨与报复心,而俄罗斯有一天必将自食恶果。显然泰戈尔那种以爱为基础强调人类之间普遍的兄弟情谊的观点与当时苏联的马克思主义建立在经济平等之上的共产主义理想之间存在着差异,但尽管有这番坦白的言论,相比欧洲和美国,俄罗斯人对泰戈尔的批评的反应显得更为宽容和充满理解,也并没有因此而冷淡泰戈尔。可以说,俄罗斯充分欣赏泰戈尔的诗歌和思想,对他怀有真正的兴趣。据与晚年泰戈尔关系密切的黛维夫人论述,利阿·托尔斯泰(Ilya Tolstoy),列·托尔斯泰的第 3 个儿子,是第一个将泰戈尔的诗歌介绍给俄罗斯的人②,他对诗人无比尊敬,认为"泰戈尔是世界上活着的最伟大的人之一。"③ "事实证明在俄罗斯对泰戈尔的理解比在欧洲或美国的任何地方都更有根源、更真诚。"④ 杜布扬斯基,第一位《献歌集》的译者,这样看待《吉檀迦利》:"泰戈尔真的是一位神秘主义者吗?……不,不是神秘主义者!……'神秘主义'这个术语不适用于泰戈尔的作品……诗歌敏感的、充满生机的心与思想不需要任何艺术

---

① Cf. Sankar Basu:"Rabindranath Tagore in the Soviet Union",Edit by Rita D. Sil:*Profile of Rabindranath Tagore in World Literature*,New Delhi:Khama Publishers,2000,p. 16.

② 此处疑有误。黛维夫人在《伟大的漫游者(*the Great Wanderer*)》一书中介绍利阿·托尔斯泰是第一个将泰戈尔介绍到俄罗斯的文人,她所依据的资料是一篇印度学者与利阿的谈话,谈话时间为 1918 年,当时利阿身在美国。又,根据《泰戈尔,印度与苏联(*Tagore,Indian and Soviet Union*)》一书与《罗宾德拉纳特·泰戈尔在苏联(*Rabindranath Tagore in the Soviet Union*)》一文中的记载,泰戈尔的诗歌早在 1913 年 6 月就已经被译介到了俄罗斯,最早的译者是诗人、《俄罗斯新闻》驻伦敦通讯员什克洛夫斯基(I. V. Shklovsky)。——笔者注

③ Maitraye Devi:*the Great Wanderer*,Calcutta:Rupashree Press Private Ltd. ,1961,p.206.

④ Maitraye Devi:*the Great Wanderer*,Calcutta:Rupashree Press Private Ltd. ,1961,p.198.

的教条。"①1931 年泰戈尔 70 岁诞辰之时，时任苏联艺术学院院长的 P. S. 柯冈（P. S. Kogan）撰文写道："然而这位伟大的印度诗人向我们展示了他灵魂的财富，当他描述，这种描述是无人能及的，对理想的热切渴望，我确信这是创造之欢乐以理想形式的表达，这种欢乐在我们革命的每一位斗士的灵魂中燃烧，我们的每一位战士都能感受到这些诗歌的魅力。"②在纪念泰戈尔百年诞辰时，苏联学者表示"我们也高度评价和尊敬泰戈尔，因为他高贵的人文主义，因为他对普通民众的爱，因为他努力帮助人们来理解他自身的伟大，并拥有对自己力量和能力的信念。"③

　　从以上所有这些评述可以看出，从最初开始，俄罗斯文人和艺术家对《吉檀迦利》和泰戈尔诗歌的看法就与英美等国文人和评论家的观点并不一致，在什克洛夫斯基的评论中，他所看到的更多的是泰戈尔对生命和美的礼赞，是一种蕴含于诗歌中的活力，因而他将《吉檀迦利》与《草叶集》相提并论。而罗伊瑞奇同样从诗集中感受了更多的信心与激励。除神秘主义之外，前苏联众多文人和评论家在诗集中看到了更多蕴含于泰戈尔作品中的对理想的渴望与热情以及现实主义因素。由此来看，前苏联学者格纳耶科（A. P. Gnatyuk-Danil'chuk）在其著作《泰戈尔，印度与苏联（Tagore，Indian and Soviet Union）》中多次强调，从一开始俄罗斯所认识的就是一个真正的泰戈尔，这一点是不无道理的。

　　对于 20 世纪前 40 年的苏联来说，首先，泰戈尔坚定的反战态度和对战时苏联的关注让苏联对其深怀好感。"一战"之前，《吉檀迦利》是对普遍的和平、爱、和谐的热切呼唤，"二战"前夕，泰戈尔多次呼吁和平

---

①　A. P. Gnatyuk-Danil'chuk：*Tagore*，*Indian and Soviet Union*，Calcutta：Firm Klm Private Limited，1986，pp. 146 – 147.

②　Cf. Sankar Basu："Rabindranath Tagore in the Soviet Union"，Edit by Rita D. Sil：*Profile of Rabindranath Tagore in World Literature*，New Delhi：Khama Publishers，2000，pp. 17 – 18.

③　Mukhtar Auezov，. P. Chelyshev，N. S. Tikhonov，Mirzo Tursun-Zade，P. G. Tychina："Tagore，Great Son of the Indian People"，*Rabindranath Tagore：A Century Volume* 1861 – 1961，New Delhi：Sahitya Akademi，1992（Fourth printing），p. 303.

并数次参与了世界著名作家、艺术家组织的各种反战请愿，其中自然包括与俄罗斯艺术家的共鸣。在20世纪30年代的反战运动中，罗伊瑞奇与泰戈尔在精神和思想上达成了高度的一致，前者提出了具有影响的"和平约定"之构想，泰戈尔对此予以了极大的肯定与期望，二人相互勉励为和平而努力。由于罗伊瑞奇被印度英国殖民政府怀疑为共产主义分子，泰戈尔曾一度因与他的通信而被殖民当局暗中监视。战争爆发之后，泰戈尔对苏联的局势始终密切关注，甚至在病榻上也对苏联的胜利表示了坚定的信心。其次，泰戈尔在俄罗斯期间曾多次不遗余力向俄罗斯介绍印度，尽力宣传印度的传统文化和民众的艺术。其时苏联处于新旧文化交替时期，但它对俄罗斯民族所拥有的深厚传统同样十分重视。而泰戈尔这种对自身传统文化的赞扬与重视无疑使其印象深刻，"这就是为什么我们如此敬重泰戈尔的原因，因为在他的国家面临如此困难的时刻，他郑重地提倡人民的优秀的民族传统。"[1] 另一方面，泰戈尔对民间艺术和普通人民的重视，也正与前苏联对人民大众的重视产生了一定的呼应。

就俄罗斯文化的整体背景来看，泰戈尔在俄罗斯所受到的喜爱与尊敬也有着其内在的原因。首先，俄罗斯人看待物质财富的方式与泰戈尔有相似之处。俄罗斯文化并不特别看重物质财富，对钱财的极大兴趣在俄罗斯人看来是一种不正常的表现，这种看待物质财富的态度是泰戈尔在那里能获得理解的一个重要原因。对此，泰戈尔自己身在俄罗斯时深有体会，"来到这里之后，最使我感到欣慰的是，崇拜财富的龌龊现象完全绝迹了……人与人之间的关系何等朴实啊！"[2] "我曾经多次见过其他一些欧洲国家大肆炫耀自己的富有，但是它们那种富有之山如此之高大，

① Mukhtar Auezov,. P. Chelyshev, N. S. Tikhonov, Mirzo Tursun-Zade, P. G. Tychina, "Tagore, Great Son of the Indian People", *Rabindranath Tagore: A Century Volume* 1861 – 1961, New Delhi: Sahitya Akademi, 1992 (Fourth printing), p. 305.

② 〔印〕泰戈尔著：《俄罗斯书简》，董友忱译，刘安武、倪培耕、白开元主编：《泰戈尔全集》（第20卷），河北教育出版社，2000年，第378页。

即使我们贫困国家的景仰之心也无法达到它那巍峨的峰峦。在俄国根本见不到这种炫耀享乐的景象。或许正由于这个缘故，才容易窥见它内部的一斑。"① 其次，俄罗斯人对精神生活的重视与泰戈尔的思想不谋而合。由于地广人稀，俄罗斯人的生活节奏相对也比较缓慢，因此人们有许多的闲暇时间来思考人类生活的精神方面的问题，对精神生活的关注是俄罗斯人与泰戈尔的另一个共同点。最后是俄罗斯宗教思想对俄罗斯文化的影响。俄罗斯传统文化中渗透着深厚的东正教思想，俄罗斯精神具有一种深刻的悲悯意识和普世情怀，其底蕴虽然与泰戈尔思想中所具有的印度传统文化不同，但它与泰戈尔普遍的爱、对整个人类的关注与同情却可以产生共鸣。以列夫·托尔斯泰和泰戈尔为例，二者作为两种文化的突出代表固然有很大区别，但两人思想中的那种博爱与同情、那种变革现实救助民众的思想却又有着极大的相似。

二、在西班牙

我国学界以往对《吉檀迦利》与西班牙的关系论述并不多，但在这里对其独书一段在笔者看来却是有价值的，这首先是因为《吉檀迦利》在西班牙的翻译是一个文学在传播与翻译中重生的典型案例，其次是由于《吉檀迦利》在西班牙的接受情况与以英法德等国为主的其他西欧国家都有不同，此外，两位诺贝尔文学奖得主泰戈尔与胡安·拉蒙·希梅内斯（Juna Ramon Jimemez）之间的关系也值得关注。

泰戈尔诗歌、戏剧、短篇小说（这些也是泰戈尔在西班牙得到了翻译的主要作品）在西班牙的主要译者是瑟诺比亚·康普露比（Zenobia Camprubi），她也是希梅内斯的妻子。对于泰戈尔作品的西班牙语翻译，希梅内斯夫妇的合作居功至伟，而两人合作翻译的方式也十分特别。瑟

---

① 〔印〕泰戈尔著：《俄罗斯书简》，董友忱译，刘安武、倪培耕、白开元主编：《泰戈尔全集》（第20卷），河北教育出版社，2000年，第447—448页。

诺比亚有深厚的文学修养，同时精通英语，希梅内斯不擅长英语但是一个杰出的西班牙语诗人，因此在翻译过程中，一般是先由瑟诺比亚将诗歌从英语初译为西班牙语，然后两人一起对这个西班牙语的译稿与英语原文进行对比阅读，希梅内斯会仔细询问英语原诗中的一些词句的含义，最后由希梅内斯执笔，将这些经过校订的译诗再用西班牙语"重写"一遍，得出的便是最终的定稿。对于这样一个翻译过程，我们很难说它究竟是翻译还是重写，说泰戈尔是借希梅内斯之笔在西班牙语诗歌中获得了一次再生似乎也未尝不可。因此对于西班牙语读者来说，他们所阅读的泰戈尔实际上并不完全是泰戈尔，说它是泰戈尔与希梅内斯的融合物应当更为恰当。然而值得一提的是，在希梅内斯与瑟诺比亚合作翻译的第一本诗歌《新月集》出版之后，希梅内斯便对后者提出了一个要求，从此之后在两人合作所翻译的泰戈尔作品上，只署瑟诺比亚一个人的名字，而他则为每一本译作写一首诗来予以介绍。但这并不能抹去译作的最终稿出自希梅内斯之手这一事实，他在给自己母亲的一封信中写道，尽管译作署着瑟诺比亚的名字，但"正是我完成了几乎整件工作"[1]。与在其他绝大多数国家情况不同的是，首先在西班牙语中得到翻译的泰戈尔的作品并不是《吉檀迦利》而是《新月集》，1915 年 7 月《新月集》出版并获得成功之后，受到鼓舞的瑟诺比亚继续翻译了她早已经着手的《吉檀迦利》和《园丁集》，到 1918 年已经有 12 卷泰戈尔作品集问世。[2]而另一则具有浪漫色彩的故事是，当瑟诺比亚开始翻译《新月集》时，她认识了希梅内斯，两人在合作翻译泰戈尔诗歌的过程中逐渐相知相恋，最终于 1916 年结为夫妇，并在之后的近 40 年将这项翻译工作一直进行了下去。

---

① Cf. Sisir Kumar Das:"Jimenez and Tagore", Edit by Rita D. Sil: *Profile of Rabindranath Tagore in World Literature*, New Delhi: Khama Publishers, 2000, p. 71.

② Cf. Tomas Sarramia:"Zenobia Camprubi-Hispanic Link of Tagore", Edit by Rita D. Sil: *Profile of Rabindranath Tagore in World Literature*, New Delhi: Khama Publishers, 2000, p. 65.

　　泰戈尔与希梅内斯之间的联系并不仅止于此。尽管希梅内斯在《新月集》之后就不再在译诗上署名，尽管希梅内斯公开否认泰戈尔对他有任何的影响，并对他的诗歌和泰戈尔的诗作相似这类评论保持沉默，但事实却显示出另一种可能。在 1916 年之后，希梅内斯的诗歌创作发生了显著的变化，他进入了其诗歌创作的第二个阶段，逐渐摆脱了西班牙语现代主义诗人鲁本·达里奥（Ruben Dario）的影响，显示出清新、自然的诗风。1917 年，他创作了《一个新婚诗人的日记》一诗，在诗中他开始尝试使用自由体进行创作，并对诗歌意象进行了压缩，这也标志着他所宣称的 "无装饰诗歌（naked poetry, la poesía desnuda）" 创作的开始。希梅内斯所谓的 "无装饰诗歌" 并不等同于 "纯粹的诗歌"，在这类诗歌中意象被大量削减，"他的目的是获得精确性，是创作一种由精确性而产生的美，是要通过词语了解事物的本性。"[1] 这种诗歌与简短、明晰的《吉檀迦利》以及泰戈尔其他英文诗之间的相似性是难以否认的，甚至还有评论认为希梅内斯的转型之作 "Maiden, at first she met me/all clothed in innocence" 一诗与《吉檀迦利》第 7 首 "我的歌曲把她的装饰卸掉。她没有了衣饰的骄奢。" 之间有着直接的关系。此外，也是从 1917 年之后，希梅内斯越来越多地使用自由体进行诗歌创作，他后期的许多诗歌看上去甚至接近散文。说希梅内斯完全从泰戈尔那里获取了诗歌创新的灵感将是一种夸大，但从他的诗歌创作发生转变的时间和转变的方向来看，应当承认泰戈尔的确给了他以某方面的启迪和激励。与叶芝、庞德等人迅速抛弃了泰戈尔不同，希梅内斯一直协助妻子进行泰戈尔作品的翻译，此外，他还写过 5 首关于泰戈尔的诗，但这些诗直到 1981 年也就是他去世 20 多年之后才为人知晓，在他有生之年他从未发表过它们[2]。

---

①　Sisir Kumar Das：" Jimenez and Tagore"，Edit by Rita D. Sil：*Profile of Rabindranath Tagore in World Literature*，New Delhi：Khama Publishers，2000，p. 85.

②　Cf. Sisir Kumar Das：" Jimenez and Tagore"，Edit by Rita D. Sil：*Profile of Rabindranath Tagore in World Literature*，New Delhi：Khama Publishers，2000，p. 76.

这些细节都揭示了希梅内斯与泰戈尔之间的亲近，在两个诺贝尔文学奖得主之间的这种亲密关系在文学交流史上并不多见。如果结合评论界经常讨论泰戈尔对他诗歌创作的影响以及两者之间的相似性，我们或许能对希梅内斯刻意不在泰戈尔译作上署名，以及不发表自己所创作的关于泰戈尔的诗歌这样的行为有所理解。正如本书在讨论泰戈尔对印度近现代诗歌的影响时曾提到的，任何天才而富有雄心的诗人无不试图创造属于自己的独特世界，"影响的焦虑"在任何诗人身上都会有所表现。

在西班牙文学史上，对《吉檀迦利》和泰戈尔的评论曾有两种截然不同的观点。一种是赞赏有加，认为泰戈尔的出现为当时的西班牙文坛带来了与鲁本·达里奥的影响截然不同的诗风，为西班牙诗歌的发展指示了新的可能，如西班牙现代著名思想家奥特加·伊·加塞特（Ortega Y Gasset）就对《吉檀迦利》表示了极大的欣赏，并表示担心由于诗歌品位的下降，人们将无法欣赏《吉檀迦利》的作者的作品。[1] 另一种观点则对泰戈尔的文学进行了严厉的批评，认为泰戈尔的作品具有过度的感伤主义，对西班牙语现代文学将产生消极的影响，持这种观点的主要是现实主义作家们。

对于《吉檀迦利》在西班牙的接受，其原因应该说可以归于以下几个方面，首先，这必须归因于希梅内斯夫妇的翻译。由于绝大多数读者都是通过希梅内斯夫妇的译作来阅读泰戈尔的作品，因此这种优美的诗文对于西班牙语读者来说并不存在"过时"或"蹩脚"一说，这种情况也与《吉檀迦利》冰心译本在中国的情况类似。其次，西班牙在"一战"期间的中立态度，使得它对于泰戈尔的注意力有可能更多地放在文学上，而较少受到政治等因素的影响。最后，西班牙文化中来自于吉普赛人——而吉普赛人又曾通过印度入埃及最后到达西班牙——的神秘主义

---

① Cf. Enrique Gallud Jardiel: "Ortega Y Gasset's Appreciation of Rabindranath Tagore", Edit by Rita D. Sil: *Profile of Rabindranath Tagore in World Literature*, New Delhi: Khama Publishers, 2000, p. 37.

传统与历史上曾受到的 700 年的伊斯兰统治也是它理解和接受泰戈尔的深层文化基础。

三、在其他地区

《吉檀迦利》在欧美其他主要语言如法语、德语、意大利语中均有译本，在法国、德国、意大利等西方主要国家，《吉檀迦利》与泰戈尔的译介、传播和接受情况与在英美两国大体相似，在二次世界大战期间，在德国和意大利，泰戈尔的作品也遭到了与在日本一样的对待，曾被焚烧和禁止。

在东欧地区，泰戈尔的作品并非只以俄语出版，在列托语、立陶宛语、亚美尼亚语、格鲁吉亚语、乌兹别克语等其他东欧语言中都有其译本，许多翻译《吉檀迦利》的译者本身就使用双语，如什克洛夫斯基同时还是一位立陶宛语诗人。

《吉檀迦利》和泰戈尔在波兰具有较大影响。泰戈尔的文名借助 1913 年的诺贝尔文学奖在波兰得到传播，最先熟悉和译介泰戈尔诗歌的是那些在巴黎和伦敦求学的波兰人。1914 年，《吉檀迦利》中的一部分诗歌第一次刊登在了波兰文学期刊上，同年，波兰诗人卡斯布洛维奇（Jan Kasprowicz）开始在各种报刊上刊登他所翻译的泰戈尔的诗歌。1916 年到 1917 年，在《波兰艺术与研究（Pro Arte and Studio）》杂志上，连续刊登了选译自《吉檀迦利》的泰戈尔诗歌。1918 年，卡斯布洛维奇翻译的《吉檀迦利》全译本出版，诗集以《吉檀迦利》为名，其中还收入了《新月集》与《园丁集》。在此期间，在一位孟加拉语诗人 D. 穆克吉（D. Mukherjee）的帮助下，玛利亚·科尔勒（Maria Koerner）从孟加拉语直接翻译了部分泰戈尔的诗歌并得到了出版。1921 年，波兰出现了对泰戈尔作品的更高的热情，他的许多作品得到了译介，这一年出版了另一个版本的《吉檀迦利》译本，译者扬科夫斯基（Jozef Jankowski）。波兰对泰戈尔的热情在 1922 年到 1923 年达到一个高峰，此时许多作品出现了不同译本，从这个时期直到"二战"爆发之前，泰戈尔的主要作品都得到了译介。

伴随着作品的译介和出版，对泰戈尔文学的评论也在不断出现，其理解也逐步深入。其中值得一提的是玛利亚·科尔勒。1917 年，她在《波兰艺术与研究》杂志上发表了一篇研究泰戈尔作品的文章，其论述范围涉及了当时在欧洲已经翻译和出版的几乎泰戈尔的所有作品。她还是第一个将泰戈尔的生平介绍给波兰的人，虽然在某些细节上有出入，但正是通过她的努力，波兰人第一次全面接触和了解了泰戈尔。此外，卡斯布洛维奇翻译的《吉檀迦利》全译本也值得注意。译者本身是一位杰出的诗人，同时对印度文学与哲学有浓厚兴趣和较丰富的知识，曾从《罗摩衍那》和印度哲学中吸取灵感创作戏剧和小说。他所翻译的《吉檀迦利》成功地在波兰大众中推广了泰戈尔的作品，并鼓励了其他众多波兰文人翻译更多的印度文学作品，同时，它也刺激了更多关于泰戈尔文学作品尤其是关于《吉檀迦利》的评论文章的出现，推动了波兰的泰戈尔文学研究。但这部译作也有其消极影响，它使得泰戈尔作为一名带有强烈神秘宗教色彩的抒情诗人形象在波兰被固定下来。"二战"之后，对泰戈尔的作品的兴趣在波兰重新兴起。

《吉檀迦利》在冰岛首次得到翻译是在 1917 年，诗集所具有的异质文化气息立即引起了人们的阅读兴趣，同时还有很多诗人受到诗集魅力的鼓舞而开始尝试创作抒情散文诗。冰岛著名作家、1955 年诺贝尔文学奖获得者 H. 拉克斯内斯（Halldor Laxness）回忆当年他也曾进行过这种尝试，可惜没有获得成功。但是诗集那陌生、遥远而又微妙的声音进入了他年轻的心里，"从那以后，在有生之年，我在自己意识深处的迷宫里都能感觉到它的存在。"[1] 在拉克斯内斯看来，泰戈尔的上帝是"伟大的

---

[1] Halldor Laxness："Gitanjali in Iceland"，*Rabindranath Tagore：A Century Volume* 1861 – 1961，New Delhi：Sahitya Akademi，1992(Fourth printing)，p. 332.

朋友、爱人、莲花、坐在河中荡漾的小船上吹着横笛的陌生人"①，这是一个让人羡慕的上帝，但在欧洲这种上帝的形象是陌生的，因为自从中世纪开始，教士们就开始不断沉迷于狭隘的经院研究，远离了自然的美与芬芳。也正是这种差异，使得许多欧洲人无法真正欣赏、也无从模仿《吉檀迦利》中的美。

由于在历史上曾受西班牙的殖民统治，南美大部分地区都是西班牙语区，因此《吉檀迦利》和泰戈尔在南美地区的传播和影响与西班牙语也与希梅内斯夫妇的翻译有着密不可分的关系。

阿根廷是南美最大的西班牙语国家，《吉檀迦利》与泰戈尔在这里与维多利亚·奥坎波（Victoria Ocampo）这个名字紧密相关。维多利亚·奥坎波是阿根廷著名作家、批评家，是阿根廷文学院第一位女成员。更重要的是，她是拉丁美洲现当代文学史上最重要的文学杂志《南方（Sur）》的创始人和发行者，拉丁美洲众多现当代著名文学家如科塔萨尔（Julio Cortázar）、埃内斯托·萨瓦托（Ernesto Sabato）都曾以它为阵地发表文章。据奥坎波自己的记载，她最初读到《吉檀迦利》是在1914年，诗集中的诗歌让她那颗痛苦的心如沐晨露，让她忍不住流泪，"当《吉檀迦利》第一次来到我手中，它是一种双重的祝福，……那时我觉得需要信任某人而这个人只能是上帝。然而，我不相信上帝，……对上帝的不信任在我生命中一直在生长，它在压力之下，通过缺席成为一种持续的在场。"② 1924年11月，在泰戈尔访问阿根廷之前，奥坎波发表了第一篇关于泰戈尔的文章《阅读罗宾德拉纳特·泰戈尔的快乐（La alegría de Leer a Rabindranath Tagore）》，也是从此时开始，奥坎波开始了与泰戈尔长达16年的友谊。这个时候的奥坎波还只是一名阅读了大量文学作品、拥有

---

① Halldor Laxness："Gitanjali in Iceland"，*Rabindranath Tagore：A Century Volume* 1861 – 1961，New Delhi：Sahitya Akademi，1992（Fourth printing），p. 332.

② Victoria Ocampo："Tagore on the Bank of the River Plate"，*Rabindranath Tagore：A Century Volume* 1861 – 1961，New Delhi：Sahitya Akademi，1992（Fourth printing），p. 28.

聪明才智的知识女性，《南方》杂志尚未诞生，在阿根廷之外她籍籍无名，而在其不断成熟的过程中，与泰戈尔的接触和友谊给了她不可忽略的影响。作为一位在当时享有盛名的诗人，泰戈尔为奥坎波打开了一扇新的窗口，即印度文学与文化的窗口。如果说奥坎波最初对泰戈尔作品的理解主要是出于一种文学的敏感，那么随着与泰戈尔交往的加深，她对其作品的理解、对印度文学与文化的理解也更加准确和深刻，这也同时使得她的文学视野更加开阔。这种接触一方面减轻了奥坎波对东西方文化理解的隔阂，另一方面"也帮助她重新发现了她自己的西方遗产的力量"①，这无疑为之后出现的《南方》奠定了良好的基础。当然，两人之间友谊的作用并非是单向的，奥坎波也同样对泰戈尔产生了影响。考察泰戈尔的创作年表，我们会发现他在外游历期间，尤其是在欧美游历期间很少创作诗歌。但在阿根廷期间泰戈尔却创作了一些诗歌，并将这些作品收入了 1925 年出版的诗集《吟唱集（पूरबी）》中。在泰戈尔晚年创作的许多诗歌中，奥坎波的存在是"微妙但真实的"②。

在南美的其他西班牙语地区中，最早将泰戈尔介绍给墨西哥的是墨西哥现代著名思想家、哲学家乔斯·瓦斯康塞洛斯（Jose Vasconcelos），他阅读了纪德翻译的法语版《吉檀迦利》。第一位翻译《吉檀迦利》的墨西哥人是 B. 卡洛(B. Cano)，他将纪德版的《吉檀迦利》翻译成了西班牙语。泰戈尔的其他作品如《新月集》、《园丁集》、《邮局》等在墨西哥都得到过翻译，但影响最大的还是《吉檀迦利》。1921 年至 1924 年 B. 卡洛任墨西哥教育部长期间，曾于 1922 年将诗集列入墨西哥教师的阅读指导书目中，这使《吉檀迦利》以及泰戈尔的其他作品在墨西哥的教育系统

---

① Ketaki Kushari Dyson：*In Your Blossoming Flower-Garden：Rabindranath Tagore and Victoria Ocampo*，Sahitya Akademi，1996(Reprinted)，p. 333.

② Ketaki Kushari Dyson：*In Your Blossoming Flower-Garden：Rabindranath Tagore and Victoria Ocampo*，Sahitya Akademi，1996(Reprinted)，p. 300.

中变得非常有名，并被大众热情地广泛阅读。① 事实上，由于西班牙语在墨西哥的普及，因此大部分墨西哥人是通过希梅内斯夫妇的翻译来了解和阅读泰戈尔。《吉檀迦利》和泰戈尔还唤起了墨西哥对现代印度乃至古代印度的兴趣，在《吉檀迦利》之后，《罗摩衍那》和《摩可婆罗多》的许多篇章也被译介到了墨西哥。墨西哥著名诗人、1990 年诺贝尔文学奖得主奥克塔维奥·帕斯（Octavio Paz）曾对泰戈尔的作品进行过细致的解读，可以看出他对泰戈尔的思想深怀同感，但在艺术技巧方面，作为绘画者的泰戈尔似乎更能引起作为现代主义诗人的帕斯的好感："……一般来说，转向造型艺术的诗人都是为了把他无法用文字叙述的事物用形状和色彩表达出来。……泰戈尔的某些墨水画以其浓烈的表现主义弥补了我们在他的很多诗歌中感到的那种甜得发腻的旋律。"② 而智利著名诗人卡夫列拉·米斯特拉尔（Gabriela Mistral）和巴勃鲁·聂鲁达（Pablo Neruda）都被公认通过西班牙语译本接受了泰戈尔的影响，值得一提的是这两人分别是 1945 年和 1971 年的诺贝尔文学奖得主，而据萨尔曼·拉什迪（Salman Rushdie）称，他在 1986 年游经尼加拉瓜时，发现泰戈尔在那里仍十分受尊崇。③

在南美洲主要的非西班牙语国家巴西，《吉檀迦利》中的一部分于 1914 年第一次由巴西译者布拉希多·巴波萨（Placido Barbosa）译成葡萄牙语，该译者还同时翻译了《新月集》全篇及《园丁集》的一部分，1916 年这些译诗合编为一本诗集出版，译诗和泰戈尔同时赢得了众多巴西作家如马里奥·德·阿雷卡（Mario de Alencar）、希尔瓦·罗默斯（Silva Ramos）等的一致喜爱，到 1926 年，该译本已经重版了 4 次，"这

---

① Graciela de la Lama："Tagore and Mexico"，Edit by Rita D. Sil：*Profile of Rabindranath Tagore in World Literature*，New Delhi：Khama Publishers，2000，pp. 123 – 124.

② 奥克塔维奥·帕斯：《查尔斯·汤姆林森的绘图学：黑与白》，黄灿然编译：《见证与愉悦》，百花文艺出版社，1999 年，第 93 页。

③ Cf. Krishna Dutta & Andrew Robinson：*Rabindranath Tagore：the Myriad-Minded Man*，New Delhi：Rupa，2006（fifth impression），p. 255.

在当时，尤其是对于一本诗集来说，是一件不平常的事。"① 与此同时在巴西出现的，还有法语、西班牙语与英语版的《吉檀迦利》及泰戈尔的其他作品。1946 年，巴西著名诗人盖伊赫姆（Guilherme de Almeida）对《吉檀迦利》进行了重译。在 20 世纪 20、30 年代，泰戈尔的诗歌还对当时巴西文坛的"费斯塔派（Festa Gruop）"产生了一定影响，该流派重视诗歌意图和精神的表达，而较少关注技巧的革新。

纵观整个欧美地区，我们发现不同的国家和地区对《吉檀迦利》和泰戈尔的接受存在着显著的差异。尽管《吉檀迦利》和泰戈尔最先是在英国被发现，并迅速在英国、美国等国家和地区引起一阵热潮，但这种忽然爆发的热潮在大众间引发出来的热情更多的像是一种流行文学时尚，在文学圈和知识分子间又夹杂了许多对泰戈尔、对印度乃至对东方的误读，因此它来得快去得似乎也快，缺乏一种真正的理解与同情。对于《吉檀迦利》与泰戈尔在当代欧美世界的处境，爱德华. C. 狄马克认为，"他是最杰出的孟加拉语诗人，发出的是带有孟加拉语诗歌传统的声音。……但对于非印度读者来说，他已经仅是一幅图像，因为他不是那（对我们来说）仍然鲜活的传统的一部分。"② 而即便是在这些所谓的西方国家与地区，对泰戈尔的作品的欣赏也存在着区别，如戏剧《邮局》在英国备受好评在美国却反响平平，《齐德拉》获得了美国的喜爱但却并不被英国所推崇。与上述地区不同的是，在东欧、西班牙语区和拉美地区，对《吉檀迦利》和泰戈尔的热情显得更为持久。这种传播与接受的差异一方面提醒我们，在讨论《吉檀迦利》与泰戈尔在欧美的接受这一论题时必须看到它所具有的复杂性与多面性，不能简单地用诸如"误读"之

---

① Cecilia Meireles: "Tagore and Brazil", *Rabindranath Tagore: A Century Volume* 1861 – 1961, New Delhi: Sahitya Akademi, 1992 (Fourth printing), p. 334.

② Edward C. Dimock, Jr. : "Rabindranath Tagore—The Greatest of the Bauls of Bengal", *The Journal of Asian Studies*, Vol. 19, No. 1. (Nov. ,1959), pp. 33 – 51.

类的概念进行概括与归纳，另一方面也再次说明了不同地区、不同民族间文学与文化的丰富与多样，而文学的传播与接受不但无法脱离当地的文学与文化土壤，更深深地依附于这一基础。

《吉檀迦利》在 20 世纪在欧美不同国家、地区的传播无疑促进了世界文学尤其是东西方文学之间的交流与理解，但同时它的接受轨迹也折射出文学与文化尤其是东西方文学与文化之间实现交流与理解的困难。叶芝对《吉檀迦利》的解读是作为个体的西方读者对诗集的误读的最突出的例证。叶芝是最初对《吉檀迦利》最热情的文人之一，他在序言中对诗歌所具有的神秘主义大加赞赏和强调，应当说他的这种评价与其自身的文学追求有着密切的关系。叶芝是一位爱尔兰诗人，他的祖国同样也在英国的统治之下，他曾积极参加爱尔兰民族主义运动，一直致力于发现和重建爱尔兰艺术的典范，并对神秘主义极感兴趣，其晚年的著作《幻象》更是他神秘主义思想的集大成之作。因此对于叶芝来说，《吉檀迦利》无疑同时满足了他这两方面的需要。通过《吉檀迦利》，叶芝虚构了一个他理想中的作为神秘主义诗人的泰戈尔。但事实是，泰戈尔不是一个叶芝想象中的神秘主义诗人，相反的，在很多时候他表现出现实主义的一面。他的《家庭与世界》、《戈拉》以及众多的短篇小说，无论如何也不能归入"神秘主义"。泰戈尔的丰富性注定了他无法被装进叶芝为他设定好的框架之内，叶芝对泰戈尔态度前后的对比，"在一定程度上源于泰戈尔多方面的作品未能适于叶芝要将他放入——并保持在其中——的那只狭小的盒子"①。叶芝的误读与事实之间的反差，注定了他必然与泰戈尔分道扬镳。就整体而言，以英美为主的西方各主要国家在 20 世纪上半叶对《吉檀迦利》的理解也与叶芝的误读存在着相似之处，此外它还受到殖民主义思想的影响。在这种殖民主义宗主国优越意识的影响下，

① 〔印度〕阿马蒂亚·森著：《惯于争鸣的印度人：印度人的历史、文化与身份论集》，刘建译，上海三联书店，2007 年，第 74 页。

我们看到《吉檀迦利》被认为继承了英语抒情诗歌的传统，是英语文学传统的产物，甚至被认为应该归入英语文学。这种论断抹杀了泰戈尔印度诗人的身份和诗集中所反映的印度文学与文化的特质。无论是个体的还是社会整体的对《吉檀迦利》的误读，都暴露出西方潜藏着的对印度乃至对整个东方的态度。正如萨义德（Edward W. Said）在《东方学》中指出的那样，"东方"其实是西方一整套重构策略的产物，它是作为西方对立面的一个客体，一个被动的被认知物。在这样的认知预设下，当西方认为自身理性过度发展的时候，它在《吉檀迦利》中找到了"神秘主义"；当西方看到自身宗教与文学分离的时候，在《吉檀迦利》那里它发现这两者还是统一的；当《吉檀迦利》被认为的确具有不可否认的价值的时候，这部诗集只能被归入西方文学传统之中。在对《吉檀迦利》的接受之下掩藏的，是与吉卜林的"东方就是东方，西方就是西方"并无二样的思想。这种根深蒂固的西方中心主义，是存在于在东西方文学与文化交流中的巨大障碍。正是它，妨碍了当时西方对泰戈尔做出更为客观、理性的认识。

由《吉檀迦利》在欧美不同地区的译介、传播与接受，我们也发现了一个共同点，即泰戈尔诗人身份的模糊。这一点虽然在各国家和地区的情况有所不同，但却确实存在。本书在之前的论述中曾论及泰戈尔在英美的演讲大多与文学没有直接关系，这种情况其实在其他地区也都存在，对此有评论认为："很明显，从一开始泰戈尔就想将自己作为其国家的代表呈现在西方面前，并将印度描绘成一种可以为物质的西方提供精神力量的伟大文明。"① 如果说泰戈尔的行为造成了这一印象是合理的，但泰戈尔的初衷是否如此却是值得探讨的。1912 年泰戈尔初到英国时的确曾表示过他对促进东西方的理解具有一种使命感，"我问我自己这是否是我的神的作品，他一路将我带到这个国家——在我这个年纪——去拉

---

① Viktors Ivbulis: *Tagore: East and West Cultural Unity*, Rabindra Bharati University, 1999, p. 169.

近世界。国家之间正是通过文学和艺术相互了解。"① 但我们也看到，他紧接着便指出在他看来这种理解主要是通过文学和艺术来实现的。1920年，身处美国的泰戈尔曾在一封写给友人的信中这样描绘自己的心情："你知道我从未刻意去扮演一个先知或老师的角色；我也从不要求我身边的人敬重我，我只是需要爱和同情，我仅仅是一名诗人而非其他。"② 事实上这是一封未曾发出的信，因此泰戈尔的这番剖白应该看作是他内心真实想法的一种流露和申诉。由以上信息可以看出，泰戈尔并未将自己看作是一个为西方送福音的先知，而他认为的与其他国家和文明沟通之途径的首选应该是文学和艺术。但恰恰在那个时候，以英美为首的欧美大部分国家和地区向他所寻求的却是除了诗以外更多的东西，而恰恰《吉檀迦利》简单的用语与复杂而模棱两可的丰富内涵又提供了多种解读的可能，而恰恰泰戈尔又是一个来自印度、来自东方的诗人，而恰恰泰戈尔又是一个多才多艺的人，种种因素叠加在一起，最终使得泰戈尔的诗人身份变得模糊不清。而那些有意无意添加在他身上的过多的政治、宗教色彩与他独立、不屈的人格之间的矛盾，也是使得泰戈尔逐渐为许多欧美媒体所不喜爱的原因之一。就此来看，泰戈尔在英美等国和地区的迅速陨落可算是世界文学交流史上的一桩憾事。

此外，不得不提到的一点是，《吉檀迦利》的成功为泰戈尔带来的消极影响。《吉檀迦利》是泰戈尔走向世界的桥梁，但也正是它的成功为泰戈尔造成了错误的印象。接受美学认为，作者在开始创作时就已经在心中有了预设的读者，其创作也受到这种预设的读者的影响。这对于文学翻译来说也是适用的。泰戈尔在翻译时必定会对西方读者的反应有所预期，而《吉檀迦利》的巨大成功则使得泰戈尔无法正确判断西方读者的

---

① Rabindranath Tagore: *My Life in My Words*, selected and edited with an introduction by Uma Das Gupta, New Delhi: Penguin Viking, 2006, p. 163.

② Krishna Dutta & Andrew Robinson: *Rabindranath Tagore: the Myriad-Minded Man*, New Delhi: Rupa, 2006(fifth impression), p. 230.

阅读取向。在翻译其他诗歌时，他受到了《吉檀迦利》的干扰。维多利亚·奥坎波就曾提到泰戈尔在翻译自己的一首孟加拉语诗歌时把其中最具有印度特色、最有魅力的部分删去了，因为泰戈尔认为"这些内容不会使西方读者感兴趣"。① 在他选译其他诗集时，他也同样无法避免《吉檀迦利》的影响，这使他对诗歌的主题的选取过于单调，这种单一的主题既无法正确反映泰戈尔自身创作的丰富性，使得西方读者很快产生了阅读的审美疲劳，也使得他作为"神秘主义宗教诗人"的形象更为牢固。因此，在某种程度上，可以说正是《吉檀迦利》的成功阻碍了作为诗人的泰戈尔在世界文学交流的道路上走得更远。

① Cf. Krishna Dutta & Andrew Robinson: *Rabindranath Tagore: the Myriad-Minded Man*, New Delhi: Rupa, 2006 (fifth impression), p. 258.

结　语

　　本书将《吉檀迦利》置于翻译研究与接受研究的视野下进行了详细的分析，从这两个角度对《吉檀迦利》的研究目前在国内学界并不充分，本书的写作是对这种现状的一种改善。

　　就"文学的翻译"的而言，傅雷曾提出"神似"论，指出译作所追求的不在"形似"而在"神似"。现代翻译理论则认为"文学的翻译"的艺术真谛在于涉及源语和目的语语言和文化、原文和译文各种因素之间的"妥协"或"平衡"，其中，美学因素是第一位的。也就是说，在文学的翻译中，一部译作应该更多地追求作品整体的文学性而非仅仅是语言的转换，作为一种创造性劳动的诗歌翻译尤其应当如此。诗歌翻译的重点不应该在于表面的字义，而是要重整体，成功的诗歌翻译首先在于准确地表达一首诗的整体精神，同时译作在目的语中也必须是一首诗。罗大冈就曾指出"一部完美的或比较完美的文学译本，本身就是一部作品。有时译本的价值甚至超过原著"①。从这一点来看，泰戈尔自己所翻译的英文版《吉檀迦利》和《吉檀迦利》冰心译本都应该说是成功的译作，两者均在译入语文学中具有独立的审美价值。在《文学翻译与翻译文学》一文中，许渊冲提出，文学翻译的最终目标就是要成为翻译文学，

---

　　① 罗大冈：《漫谈文学翻译》，中国翻译工作者协会《翻译通讯》编辑部编：外语教学与研究出版社，1984年，第533页。

"如果译者能够发挥译文语言和文化的优势,运用'深化、等化、浅化'的方法,使读者'知之、好之、乐之',如果译诗还要尽可能再现原诗的'意美、音美、形美',那么文学翻译就有可能成为翻译文学"①。泰戈尔将创作冲动蕴含在自己的翻译中,对孟加拉语原诗所进行的删减、增加、整合与重写,冰心在深厚的汉语文学修养基础上对英文版《吉檀迦利》的创造性翻译,均再现了各自原文的"三美",使得各自的译作实现了使译入语读者"三之"的目的,二者都已经名副其实地成为了翻译文学。

语种文学的发展除了需要继承已有的遗产,也需要从外国文学中汲取力量。对于译入语文学而言,翻译文学作品可以为其自身的发展带来新的观念和动力。斯达尔夫人(Madame de Stael)在其著名的《翻译之精神》一文中阐述了她的翻译思想,认为翻译是文学和政治变革的动力,并将翻译看作是对文学发展的积极贡献,② 而雪莉·西蒙(Sherry Simon)也认为,一个精心制作的译本能够"比较高效率地……阻止文学堕入昭示衰微的平庸状态"③。泰戈尔所翻译的《吉檀迦利》正为20世纪初的英语诗歌带去了它的发展所需要的朴素与新的文学资源,以及它在精神上所渴望的宁静与爱,如以庞德为代表的意象派诗人便在它那里获取了新的灵感。《吉檀迦利》的冰心译本对汉语诗歌发展的影响本书已经予以讨论,它同时也丰富了中国读者的阅读世界,对于现当代中国文学来说,《吉檀迦利》是一部无法绕开的文学经典。在此值得一提的是,尽管《吉檀迦利》冰心译本的价值是得到公认的,尽管冰心还翻译了多部文学作品,其中包括同样具有深远影响的纪伯伦的《先知》,但作为翻译家的冰心却远未引起我国学界尤其是翻译研究界的重视,这或许与一直以来东

① 许渊冲著:《文学与翻译》,北京大学出版社,2003年,第107页。
② 参见雪莉·西蒙:《热尔曼娜·德·斯塔尔和加亚特里·斯皮瓦克:文化掮客》,陈永国主编:《翻译与后现代性》,中国人民大学出版社,2005年,第276—280页。
③ 转引自费小平著:《翻译的政治:翻译研究与文化研究》,中国社会科学出版社,2005年,第146页。

方文学研究在我国外国文学研究领域的状况有着密切的关系，这也不能不说是一个遗憾。

关于文学的误读，埃斯卡尔皮指出，任何处于作品原来的价值体系之外的潜在读者都有可能对作品的真正意义产生误解，[①] 可见在文学传播与接受的过程中误读是难免的，也可以说，一定程度的误读有助于文学在不同价值体系之间的传播与接受。正如英语读者是通过他们的视角来理解和接受《吉檀迦利》一样，中国读者对《吉檀迦利》的理解和接受同样掺杂着误解乃至"不解"。

文学的接受是一个动态的过程，不同时代的读者对同一作品的接受情况也有可能并不一致。20世纪下半叶的西方文坛尤其是英语文坛与20世纪上半叶相比差异明显。"二战"后英语诗歌的语言发生了很大的改变，战后的诗人们更青睐日常的通俗用语，因此英文版《吉檀迦利》在语言风格上与当代英语文学之间的距离也日益扩大，这也使得它在当代英语世界的接受范围变得有限。与此相对的，可以看到，在当代汉语文学世界中，由于冰心所翻译的《吉檀迦利》与现当代汉语的差距较小，甚至可以说冰心版的《吉檀迦利》对现代汉语读者的文学审美取向发挥过形成性的作用，因此冰心的译本在当代中国具有长久的文学生命。与此类似，在西班牙语文学世界，希梅内斯夫妇翻译的《吉檀迦利》由于在语言上与当代西班牙语文学更为接近，因此在"二战"后也仍具有较强的生命力。"二战"后尤其是自20世纪六七十年代以来西方的整体文化精神也发生了转变，《吉檀迦利》中的爱和质朴与西方当代的时代精神难以兼容，对此当年诺贝尔文学奖评委会委员之一的安德斯·奥斯特林（Anders Osterling）写道："梦想家神圣的白袍不适合这个满是炮灰与鲜血

---

① 参见〔法〕罗贝尔·埃斯卡尔皮著：《文学社会学》，符锦勇译，译文出版社，1988年，第124页。

的时代"。① 同样的，我们看到，由于当代中国受西方现代思潮的影响较大，因而一部分读者也对《吉檀迦利》表现得并不热情。

对于《吉檀迦利》在 20 世纪东西方文学交流史上的作用，本书予以了充分的肯定。然而在今天的东西方文学的交流过程中，翻译文学又应当如何自我安置呢？在当今的世界文化关系间，存在着两种悖反而强烈的倾向：一种是对保持民族传统的赞赏，对某一地区固有的本土文化的坚持，对保护非通用语的吁求，另一种是世界文化一体化的趋向，超民族的统一的生活方式的出现以及由此而衍生出的全球文化。② 在这样的悖论之中，"文学翻译"应该如何进行，"翻译文学"应该发挥怎样的作用？在谈到自己翻译的作品时，斯皮瓦克说："我知道我的英译文属于那种无根的美国的学术散文，而不是我年轻时用的次大陆习语。这是一个有趣的问题，是印度所特有的：应该把印度文本译成次大陆英语吗?"③ 她同时也认为，"如果把语言看作意义建构的过程，那么翻译就拥有自己的巨大生命力。"④ 因此，斯皮瓦克在翻译时所采取的策略不是使她的译文本土化，而是陌生化。为此她不惜经常在译文中大量地使用注释来对原文进行解释，而她希望达到的目的是通过这种陌生化迫使读者认识到原文所具有的独特的修辞性与鲜明的民族特色，并以此来实现"解殖"。可见斯皮瓦克所采取的是与泰戈尔翻译《吉檀迦利》时完全不同的策略，但两者所实现的效果在某种程度上却具有一致性。本书对《吉檀迦利》的个案分析恰恰说明翻译文学所具有的独立的文本价值，同时也尝试对传

① Anders Osterling:"Tagore and the Nobel Prize",*Rabindranath Tagore:A Centenary Volume* 1861－1961,Sahitya Akademi,1992(Fourth printing),p.205.

② 参见〔荷〕莱恩·T.塞格尔斯：《"文化身份的重要性"——文学研究中的新视角》，乐黛云，张辉主编：《文化传递与文学形象》，北京大学出版社，1999 年，第 327—328 页。

③ 加亚特里·查克拉沃蒂·斯皮瓦克：《马哈斯威塔·德维〈想象的地图〉：译者序跋》，陈永国主编：《翻译与后现代性》，中国人民大学出版社，2005 年，第 252—253 页。

④ 加亚特里·查克拉沃蒂·斯皮瓦克：《翻译的政治》，陈永国主编：《翻译与后现代性》，中国人民大学出版社，2005 年，第 215 页。

统外国文学经典从翻译、传播、接受的视角进行新的阐释和研究。

　　文学之间的影响从来不是单向的，与东方的相遇早已经在西方的身上留下了烙痕，只不过在殖民主义时代西方没有意识到，也可以说刻意地忽略了这种痕迹。随着对平等的交流与理解的越来越强的呼唤，相信不但《吉檀迦利》可以获得更为深入的理解，印度文学与文化乃至整个东方文学与文化也将得到整个世界的更为公正、客观的认识。

参考文献

一、泰戈尔的作品（中文、英文和孟加拉文）

《吉檀迦利》，泰戈尔著，谢冰心译，人民文学出版社，1955 年。

《泰戈尔诗选》，泰戈尔著，谢冰心、石真译，人民文学出版社，1958 年。

《泰戈尔诗选》，泰戈尔著，冰心译，湖南人民出版社，1982 年。

《吉檀迦利》，泰戈尔著，吴岩译：上海译文出版社，1986 年

《回忆录附我的童年》，泰戈尔著，谢冰心等译，人民文学出版社，1988 年。

《泰戈尔全集》，刘安武、倪培耕、白开元主编，河北教育出版社，2000 年。

《吉檀迦利》，泰戈尔著，白开元译，中国广播电视出版社，2006 年。

《献歌集·泰戈尔散文诗选》，泰戈尔著，汤永宽译，花城出版社，2007 年。

Gitanjali and Fruit Gathering (*New Illustrated Edition*), by Sir Rab-indranath Tagore, The Macmillan Company, New York, 1918.

Gitanjali, by Rabindranath Tagore, translated by Brother James, The University Press Limited, Dhaka, 1983.

Journey To Persia and Iraq: 1932, by Rabindranath Tagore, Visva-Bharati,

Kolkata, 2003.

The English Writings of Rabindranath Tagore: *Volume Two*, edited by Sisir Kumar Das, Sahitya Akademi, New Delhi, 2004 (Reprinted).

My Life in My Words, by Rabindranath Tagore, Selected and edited with an introduction by Uma Das Gupta, Published by the Penguin Group, New Delhi, 2006.

The English Writings of Rabindranath Tagore (*Volume Three*, *A Miscellany*), edited by Sisir Kumar Das, Sahitya Akademi, New Delhi, 2006 (Reprinted)

রবীন্দ্রনাথ ঠাকুর, রবীন্দ্র-রচনাবলী (১৮ খণ্ড), কলকাতা, বিশ্বভারতী , পৌষ ১৪১০।

（罗宾德拉纳特·泰戈尔著：《罗宾德拉作品集》18 卷本，国际大学出版社，加尔各答，孟历 1410 年。）

রবীন্দ্রনাথ ঠাকুর, গীতাঞ্জলি, কলকাতা, বিশ্বভারতী গ্রন্থালয়, ফাল্গুন ১৩৬৫

（罗宾德拉纳特·泰戈尔著：《献歌集》，国际大学出版社，加尔各答，孟历 1365 年重印本。）

二、中文参考文献

《现代日本书学史》，〔日〕吉田精一著，齐干译，上海人民出版社，1976 年。

《印度现代文学研究〈印地语文学〉》，刘安武编选，中国社会科学出版社，1980 年。

《印度现代文学》，黄宝生、周至宽、倪培根译，外国文学出版社，1981 年。

《冰心研究资料》，范伯群编，北京出版社，1984 年。

《翻译研究论文集（1894—1948）》，中国翻译工作者协会《翻译通讯》编辑部编，外语教学与研究出版社，1984 年。

《翻译研究论文集（1949—1983）》，中国翻译工作者协会《翻译通讯》编辑部编：外语教学与研究出版社，1984 年。

《沫若文集》，吴奔星、徐放鸣选编，四川人民出版社，1984年。

《奈达论翻译》，谭载喜编译，中国对外翻译出版公司出版，1984年。

《泰戈尔传》，〔印度〕克里希那·克里巴拉尼著，倪培耕译，漓江出版社，1984年。

《中国当代文学研究资料 郭沫若专集》，四川人民出版社，1984年。

《文艺翻译与文学交流》，〔苏联〕加切奇拉泽著，蔡毅、虞杰编译，中国对外翻译出版公司，1987年。

《印度印地语文学史》，刘安武著，人民文学出版社，1987年。

《文学社会学》，〔法〕罗贝尔·埃斯卡尔皮著，符锦勇译，译文出版社，1988年。

《冰心选集》，李保初、李嘉言选编，河北教育出版社，1992年。

《乌尔都语文学史》，〔巴基斯坦〕阿布赖司·西迪基著，山蕴编译，中国社会科学出版社，1993年。

《中国名家论泰戈尔》，张光璘编，中国华侨出版社，1993年。

《冰心全集》，卓如编，海峡文艺出版社，1994年。

《东方文学史》，季羡林主编，吉林教育出版社，1995年。

《美的存在与发现》，〔日〕川端康成，叶渭渠译，中国社会科学出版社，1996年。

《艾略特文学论文集》，〔英〕托·斯·艾略特著，李赋宁译，百花州文艺出版社，1997年。

《印度现当代文学》，倪培耕著，新华文化事业（新）有限公司，1997年。

《20世纪印度文学史》，石海峻著：青岛：青岛出版社，1998年。

《当代美国翻译理论》，郭建中编著，湖北教育出版社，1999年。

《东方学》，〔美〕萨义德著，王宇根译，生活·读书·新知三联书店，1999年。

《见证与愉悦》，黄灿然编译，百花文艺出版社，1999年。

《文化传递与文学形象》，乐黛云、张辉主编，北京大学出版社，1999 年。

《文体演变及其文化意味》，陶东风著，云南人民出版社，1999 年。

《文学研究与文化参与》，〔荷兰〕佛克马，〔荷兰〕蚁布思著，俞国强译，北京大学出版社，1999 年。

《印度古典诗学》，黄宝生著，北京大学出版社，1999 年。

《欧洲文学史》，李赋宁等主编，商务印书馆，2001 年。

《博尔赫斯谈诗论艺》，〔阿根廷〕豪尔赫·博尔赫斯 著，凯林—安德·米海列斯库编，陈重仁译，上海译文出版社，2002 年。

《泰戈尔文学作品研究》，唐仁虎等著，昆仑出版社，2003 年。

《文学与翻译》，许渊冲著，北京大学出版社，2003 年。

《印度文学研究集刊》，姜景奎选编，上海译文出版社，2003 年。

《百年新诗诗体建设研究》，王珂著，三联书店上海分店，2004 年。

《接受美学导论》，朱立元著，安徽教育出版社，2004 年。

《泰戈尔与中国现代文学》，张羽著，云南人民出版社，2004 年。

《殖民统治时期的印度史》，林承节，北京大学出版社，2004 年。

《翻译的政治：翻译研究与文化研究》，费小平著，中国社会科学出版社，2005 年。

《翻译与后现代性》，陈永国主编，中国人民大学出版社，2005 年。

《泰戈尔与中国》，孙宜学著，广西师范大学出版社，2005 年。

《影响的焦虑》，〔美〕哈罗德·布鲁姆著，徐文博译，江苏教育出版社，2005 年。

《比较文学》（第 2 版），陈惇、孙景尧、谢天振主编，高等教育出版社，2007 年。

《惯于争鸣的印度人：印度人的历史、文化与身份论集》，〔印度〕阿马蒂亚·森著，刘建译，上海三联书店，2007 年。

《季羡林谈翻译》，季羡林著，季羡林研究所编，当代中国出版社，2007 年。

《王向远著作集·第 7 卷，比较文学学科论》，王向远著，宁夏人民出版社，2007 年。

《布罗茨基谈话录》，〔美〕约瑟夫·布罗茨基 所罗门·沃尔科夫著，马海甸、刘文飞、陈方编译，东方出版社，2008 年。

三、英文参考文献

The Philosophy of Rabindranath Tagore, by S. Radhakrishnan, Macm-illan and Co., Limited, 1918.

Rabindranath through Western Eyes, by Dr. A. Aronson, Law Journ-al Press, Allahabad, 1943.

Bengali Literature, by J. C. Ghosh, Oxford University Press, London, 1948.

The Centenary Book of Tagore, edited by Sookamal Ghose, Prakash Chandra Saha Grantham, Calcutta, 1961.

The Great Wanderer, by Maitraye Devi, Rupashree Press Private Lt-d., Calcutta, 1961.

Rabindranath Tagore: A Biography, by Krishna Kripalani, Oxford U-niversity, London, 1962.

Passage to America, by Sujit Mukherjee, Bookland, Private LTD., Calcutta, Patna, Allahabad, 1964.

A Cultural History of India, edited by A. L. Basham, Oxford Univ-ersity Press, 1975.

Rabindranath Tagore, by Mary. M. Lago, Twayne Publishers, A Div-ision of G. K. Hall & CO., Boston, 1976.

Hindi Literature in the Twentieth Century, by Peter Gaeffke, Otto Harrass-owitz, Wiesbaden, 1978.

Rabindranath Tagore: *Poet and Dramatist*, by Edward Thompson, R-ddhi-India, Calcutta, 1979 (edition).

The Concept of Indian Literature, by Prof. Vinayak Krishna Gokak, Munshiram Manoharlal Publishers PVT. LTD. , Delhi, 1979.

History of Modern Bengali Literature (Nineteenth and Twentieth Ce-nturies), by Asit Kumar Bandyopadhyay, Modern Book Agency Private Limited, Calcutta, 1986.

Tagore, *Indian and Soviet Union*, by A. P. Gnatyuk-Danil'chuk, Firm Klm Private Limited, Calcutta, 1986.

Rabindranath Tagore and the Challenges of Today, edited by Bhudeb Chaudhuri, K. G. Subramanyan, Indian Institute of Advanced Study, Shimla, 1988.

Rabindranath Tagore: *Perspectives in Time*, Edited by Mary Lago and Ronald Warwick, Macmillan Press, 1989.

India and World Literature, Editor Abhai Maurya Indian Council for Cultural Relations, New Delhi, 1990.

Rabindranath Tagore: *A Centenary Volume* 1861 – 1961, Sahitya Akademi, New Delhi, 1992 (Fourth printing).

Siting translation: *history*, *post-structuralism*, *and the colonial cont-ext*, by Tejaswini Niranjana, University of California Press, 1992.

Tagore: *Portrait of A Poet*, by Buddhadeva Bose, Papyrus, Calcutta, 1994 (Enlarged Edition).

Handbook of Twentieth-Century Literatures of India, Edited by Nalini Natarajan, Greenwood Press, London, 1996.

In Your Blossoming Flower-Garden: *Rabindranath Tagore and Victoria Ocampo*, by Ketaki Kushari Dyson, Sahitya Akademi, New Delhi, 1996 (Reprinted).

An Acre of Green Grass: *A Review of Modern Bengali Literature*, by Buddhadeva Bose, Papyrus, Calcutta, 1997 (Reprint).

Tagore: *East and West Cultural Unity*, by Viktors Ivbulis, Rabindra Bharati University, Calcutta, 1999.

Imagining Tagore: *Rabindranath and British Press* (1912 – 1941), Compiled and Edited by Kalyan Kundu, Sakti Bhattacharya, Kalyan Sircar, Shishu Sahitya Samsad, Calcutta, 2000.

Profile of Rabindranath Tagore in World Literature, Edit by Rita D. Sil, Khama Publishers, New Delhi, 2000.

Tagore in Abroad (*Vol.* 1), Compiled and Edited by Bimalendu Dutta, Papyrus, Calcutta, 2001.

The Oxford Guide to Literature in English Translation, Edited by Peter France, Oxford University Press, 2001.

Rabindranath Tagore: *the Myriad-Minded Man*, by Krishna Dutta & Andrew Robinson, Rupa, New Delhi, 2006 (fifth impression).

四、孟加拉语参考文献

ক্ষেত্র গুপ্ত, বাংলা সাহিত্যের সমগ্র ইতিহাস, জাতীয় গ্রন্থ প্রকাশন, ঢাকা, ২০০০

（科德罗·古普多著：《孟加拉语文学通史》，民族出版社，达卡，2000 年。）

সম্পাদক আনিসুজ্জামান, রবীন্দ্রনাথ, অবসর, ঢাকা, ২০০১

（阿尼苏贾曼编，《罗宾德拉纳特》，安逸出版社，达卡，2001 年。）

বুদ্ধদেব বসু, সাহিত্যচর্চা, কলকাতা, দে'জ পাবলিশিং, ২০০২

（菩特代沃·巴苏著：《文学批评》，代伊出版社，加尔各答，2002 年版。）

সম্পাদক শিবনারায়ণ রায়, অনিঃশেষ রবীন্দ্রনাথ, কলকাতা, রেনেসাঁস, ২০০৭

（希伯纳拉扬·拉耶编，《无尽的罗宾德拉纳特》，复兴出版社，加尔各答，2003 年。）

অসিতকুমার বন্দ্যোপাধ্যায়, বাংলা সাহিত্যের সম্পূর্ণ ইতিবৃত্ত, মডার্ণ বুক এজেন্সী প্রাইভেট লিমিটেড, কলকাতা, ২০০৬-০৭

（奥悉德古马尔·邦多巴塔耶著：《孟加拉语文学全史》，现代书商有限公司，加尔各答，2006—2007 年。）

পূর্ণানন্দ চট্টোপাধ্যায়, রবীন্দ্রনাথ ও রবীন্দ্রনাথ, কলকাতা, আনন্দ, ২০০৭

（菩罗纳侬多·乔多巴塔耶著：《罗宾德拉纳特与罗宾德拉纳特》，喜悦出版社，加尔各答，2007 年。）

后　记

　　我与《吉檀迦利》最初的缘分可以追溯到 2002 年暑假。那年夏天非常热，我自己一个人不愿意开空调，于是决定找一本"清凉"的书来消暑，最后选择了《吉檀迦利》——因为她很薄，而且在我那时的认知里，泰戈尔的诗都很恬淡，适合盛夏。在湖南 8 月热气腾腾的顶楼，我在拉上了窗帘的屋子里大声朗读这些袖珍的诗篇，读着读着，却泪如雨下。我抹着眼泪心里却大大惊讶，这不是我第一次读《吉檀迦利》，但我却不知道为什么我会流泪。从那个夏天开始，《吉檀迦利》就和湖南的三伏天、半明半暗的光线、23 岁的我一起刻进了我的记忆里。直到今天，我仍无法确切地说清楚，在那个夏天触动我的究竟是什么，但能刻进记忆的图画，我才认为她是缘分。

　　更深的缘分是，我博士论文的选题也是关于《吉檀迦利》的。这个选题的确定，是根据我的实际情况和研究意义，我与导师刘曙雄教授商定的结果，但研究对象恰恰就是《吉檀迦利》。我珍惜这个机会。但在整个写作过程中，我也始终在排挤我对诗歌本身的情感。诗人欧阳江河曾把灵感比作脓液，他的诗歌写作是要先拼命挤掉灵感，然后写出来的才真正是他的创作。我希望自己手持一把公正的批评剖析之刀，再现泰戈尔和《吉檀迦利》。这大概是缘于某种思维的洁癖。洁癖的终极追求是完美，我还远未达到这一目标，但我希望我是行进在这条路上。

　　泰戈尔的母语是孟加拉语，《吉檀迦利》最初也是用孟加拉语写成，因此，学习孟加拉语成为研究《吉檀迦利》的必然。感谢我的导师刘曙雄教授，因为他宽容和具有远见的学术眼光，我才得到了学习孟加拉语的机会。2004 年，我进入北京大学，开始学习孟加拉语。2006 年 7 月，在国家留学基金委奖学金的支持下，我踏上了去印度的求学之路。我要去的，不是德里，不是瓦拉纳西，也不是孟买。我要去圣地尼克坦的国际大学，那个距离加尔各答还有 160 多公里的小镇，我要去泰戈尔创办的大学、去他生活过的地方、他创作了《吉檀迦利》的地方，去体会那里的一切。从 2006 年的北京，到 2006 年的圣地尼克坦，仿佛一下子进入了另一个世界。圣地尼克坦是属于波尔普镇的一个乡村，别说高楼大厦、高速网络，肯德基麦当劳和百货商场，就是去稍微像样的商店也要骑车20 分钟。当我度过到达国际大学的第一个夜晚，从临时借宿的 Guest house 醒来，我的赤脚下是清凉的大理石地板，门前是透绿的树叶，空气里是浓浓的香味，大门口是一只百无聊赖的白狗，晨光撒满整个庭院。

　　我开始在孟加拉语系学习孟加拉语，在一般的语言课程之外，又去央求系主任给我指派一位教授指导诗歌。大概是由于国际大学之前已经有 10 年没有正式的中国留学生，又或者是系主任看到一个中国留学生对《吉檀迦利》这么执着的份上，总之经过三磨五泡之后，系主任终于给我指派了一位教授，她就是苏姐芭·帕德乔耶教授。苏姐芭·帕德乔耶教授专门研究泰戈尔诗歌，虽然已近退休之年但对我这个额外负担却十分热情，我们的授课是一对一进行，因此我有幸在某些时候，骑着自行车去她家聆听她的教诲。在她不甚宽敞的客厅里，我一首一首诉说对《吉檀迦利》的理解和困惑，她耐心给我解答并讲解，有时，老太太经不住我请求，还会给我吟唱一段《吉檀迦利》，唱罢宾主相顾，其乐融融。孟加拉语系还有两位我念兹在兹的老师，一位是阿莫尔·古玛尔·巴尔教授，另一位是马罗宾德罗·穆克巴塔耶博士。阿莫尔教授自己也写诗，他并不是我的指导老师，但曾特意为我讲授了孟加拉语诗歌的韵律。他当时正在翻译鲁迅的散文，我们还合作翻译过一些当代中国诗人的诗歌；马罗宾德罗博士是一位年轻教师，泰戈尔是他的学术重点之一，我和他讨论最多，与他的交往和合作，开拓了我研究的思路。

　　我非常感谢印度是一个保留了如此多过去的地方。这使得我仿佛还能体会到当年泰戈尔所体会的一切。斯拉万月（7—8月）乌云滚滚、狂风怒号，恰特拉月（3—4月）春风轻拂、群芳争艳，杰斯塔月（5—6月）酷热流火、巴乌沙月（12—1月）凉爽怡人，这些我都实实在在体会了。我在泰戈尔坐过的芒果树下坐过，在他沉思的榕树下休息过，在他创建的玻璃庙里庆祝过孟加拉新年，在他居住过的房屋里流连。夏季雨季圣地尼克坦总是停电。我租住的房租在雨季还总是漏雨。有一夜，屋漏偏逢停电，我把家里能用来接雨的盆盆罐罐都用上了还有地方顾不上，索性就由它滴着。然后点上两支蜡烛伏案读诗，漏下来的雨水敲得书桌上接雨的杯子"滴答"有声，我忽然想起泰戈尔说他第一次体会到诗歌的韵律之美，是童年听到的歌谣：雨水落在树叶上，叶儿沙沙作响。是时我竟觉得似有穿越之感，仿佛感受到了雨水带来的诗意。

　　本书附录所列诗歌，都是在那时完成的初译。我在翻译泰戈尔诗歌的路上跌跌撞撞之时，深感他对韵律掌控的娴熟自如、对词汇取舍的得心应手，我往往搔首抓头也无法觅得合适的表达，因此既困苦又懊恼。孟加拉语诗歌韵律与汉语诗律规则有异，我又常常在展现原有格律和符合汉语阅读习惯之间左右为难，彷徨不已。因此有时发现孟加拉语和汉语之间竟也能实现无缝转接，真是欣喜若狂。因为《吉檀迦利》诗集的孟加拉语原诗涉及诗集有10部之多，所以在选取附录诗歌时，我以《献歌集》为主，也选取了其他几部诗集中的作品；所选诗歌长短有别，也是希望能多展现一些孟加拉语原诗韵律的多样性。在内容上，其中既有孟加拉语、英语、汉语高度一致的，如第34首，也有差异比较大的，尤

其是一些因为文化差异无法翻译的诗句，我做了一些小尝试，如将
"ogo"翻译为带有亲昵色彩的"嘿"或"亲爱的"，希望这样能更好地传
达出原诗的一些文化色彩。在汉语词汇的选用上，我也尽量贴近孟加拉
语原诗去选取词汇。季羡林先生曾说，泰戈尔不但是光风霁月的，也是
金刚怒目的。我想借用"金刚怒目"来形容泰戈尔孟加拉语诗歌的词汇，
形容那些丰富饱满、浓墨重彩、芳香四溢、鲜艳欲滴、甜蜜有声的孟加
拉语词汇，那些和云淡风轻、恬淡柔美完全不一样的词汇。

　　这本书是在我博士论文的基础上修改而成的。我 2009 年 6 月博士论
文答辩通过，从北京大学毕业后当年 9 月去北京师范大学文学院跟随王
向远教授做博士后。2012 年 4 月博士后出站，进入天津外国语大学比较
文学研究所工作。但就在修改论文的过程中，我却突然发现在 2011 年第
1 期的《南亚研究》杂志上刊登了一篇题为《泰戈尔诗歌在西班牙语世
界的传播和接受》的文章，细看之下，这篇文章的核心内容竟与我博士
论文涉及西班牙语的部分非常相似，甚至有部分语句重合，主要思想和
观点也都一致，但论文通篇却只字未提我的博士论文。文章作者是我的
一位旧相识，当年曾参加过我的博士论文答辩，并拿走我一本博士论文
复印本。我虽自知才疏学浅，但却也敝帚自珍。因此，虽然本来收集了
不少关于希梅内斯与泰戈尔的资料，想要在修改时扩充这一部分内容，
但考虑再三，还是作罢。因此，现在本书中涉及"《吉檀迦利》在西班牙
语世界的翻译与接受"的部分，就保持了我博士论文中的这一部分的旧
貌，我未做任何修改。也许这样更合适。

　　回想这本书的诞生，我就似乎回到了在北大无忧无虑的岁月。我要
再次感谢我的导师刘曙雄教授。在求学的过程中，他对我的指导宽严相
交，既给予了我充分的自由与信任，又时时敦促我必须严谨、踏实。他
广阔的学术视野和强烈的学科意识更是让我获益良多。他的严格而不严
厉、温和而不放任、爽朗和大度，给予我以父亲般的激励和关怀。感谢

刘安武先生。先生的博学、勤奋和温儒敦厚深深感染了我。正是在先生的建议和鼓励下，我才敢于尝试对孟加拉语与英文诗歌进行对比分析。感谢姜景奎教授。我曾数次向他请教有关问题，他总是热情地帮助并鼓励我。感谢中央党校的董友忱先生。先生对孟加拉语的热爱让我深受感动和鼓舞。在博士论文的写作过程中，他还无私地向我提供了大量珍贵的孟加拉语原文资料。感谢中国国际广播电台的白开元先生。他热情地解答了我在孟加拉语诗歌阅读过程中遇到的许多疑惑与不解。感谢天津师范大学的黎跃进教授。他的答疑解惑不但在学术上给我启发，更在思想上予我以指导和鼓励。感谢印度国际大学哲学系的阿莎·穆克吉教授、拉琼·穆克巴塔耶教授。跟随他们的学习和讨论，让我对印度宗教和哲学有了更深的认识。

这本书能够得到出版，还要感谢比较文学研究所所长张晓希教授。天外比较所虽然是一个成立不久的部门，却是一个充满了学术活力的平台。在张晓希教授的鼓励和学校的大力支持下，我才有机会将这部博士毕业论文修改出版。感谢邓彤女士，她能干、热心且深具学养，我和她因泰戈尔而结缘，这本书的出版，是这种缘分的延伸。

最后，我要谢谢我的挚爱亲友。感谢父母对我最深厚的关爱，没有他们的支持我无法走到今天。感谢昔日同窗与今日新朋，尤其谢谢曾庆盈给我提供了宝贵的修改建议。

"你使不相识的朋友认识了我。你在别人家里给我准备了座位。你缩短了距离，你把生人变成弟兄。"（《吉檀迦利》63）

曾琼

2014 年 11 月 8 日

附　录*

1

Thou hast made me endless, such is thy pleasure. This frail vessel thou emptiest again and again, and fillest it ever with fresh life.

This little flute of a reed thou hast carried over hills and dales, and hast breathed through it melodies eternally new.

At the immortal touch of thy hands my little heart loses its limits in joy and gives birth to utterance ineffable.

Thy infinite gifts come to me only on these very small hands of mine. Ages pass, and still thou pourest, and still there is room to fill.

　　你已经使我永生，这样做是你的欢乐。这脆薄的杯儿，你不断地把它倒空，又不断地以新生命来充满。

　　这小小的苇笛，你携带着它逾山越谷，从笛管里吹出永新的音乐。

　　在你双手的不朽的按抚下，我的小小的心，消融在无边快乐之中，发出不可言说的词调。

　　你的无穷的赐予只倾入我小小的手里。时代过去了，你还在倾注，而我的手里还有余量待充满。

---

　　* 为方便读者更好地了解《吉檀迦利》诗歌，本书附录选择了部分诗歌以英语、孟加拉语、汉语三种语言同时呈现。每组诗歌编排方式如下：每组诗歌均包含4首诗，其中第一首是英文诗歌，选择泰戈尔自己翻译的《吉檀迦利》；第二首诗是与第一首相应的《吉檀迦利》冰心译本；第三首是与第一相应的孟加拉语原诗，由笔者从泰戈尔孟加拉语诗集中选录；第四首诗是该首孟加拉语诗歌相应的汉语译诗，由笔者试译。

তুমি 　কেমন করে গান কর যে শুণী,
অবাক হয়ে শুনি, কেবল শুনি।
　সুরের আলো ভুবন ফেলে ছেয়ে,
　সুরের হাওয়া চলে গগন বেয়ে,
　পাষাণ টুটে ব্যাকুল বেগে ধেয়ে
　　　বহিয়া যায় সুরের সুরধুনী।

মনে করি অমনি সুরে গাই,
কণ্ঠে আমার সুর খুঁজে না পাই।

কইতে কী চাই, কইতে কথা বাধে,
হার মেনে যে' পরান আমার কাঁদে,
আমায় তুমি ফেলেছ কোন্ ফাঁদে
　　　চৌদিকে মোর সুরের জাল বুনি।

১০ ভাদ্র ১৩১৬
[রাত্রি]
[গীতাঞ্জলি : ২২]

你自由自在的游戏
　　　　已使我永生。
你将其倾空又充溢
　　　　新欣的生命。
你带着这小小竹笛，游览
　　　　多少高山多少河岸，
旅途中演奏了多少乐章
这些，我说与谁听。

因你甜蜜而不朽的触碰
　　　　我小小的心
超脱了界限，在极乐中
　　　　倾泻出乐音。

你日日夜夜给与
只填满我手一隅，
岁月流逝它仍未充裕
我将继续拿取馈赠。

孟历 1319 年拜沙克月 7 日

《歌之花环》第 23 首

3

I know not how thou singest, my master! I ever listen in silent amazement.

The light of thy music illumines the world. The life breath of thy music runs from sky to sky. The holy stream of thy music breaks through all stony obstacles and rushes on.

My heart longs to join in thy song, but vainly struggles for a voice. I would speak, but speech breaks not into song, and I cry out baffled. Ah, thou hast made my heart captive in the endless meshes of thy music, my master!

我不知道你怎样地唱，我的主人！我总在惊奇地静听。

你的音乐的光辉照亮了世界。你的音乐的气息透彻诸天。

你的音乐的圣泉冲过一切阻挡的岩石，向前奔涌。

我的心渴望和你合唱，而挣扎不出一点声音。我想说话，但是言语不成歌曲，我叫不出来。呵，你使我的心变成了你的音乐的漫天大网中的俘虏，我的主人！

তুমি   কেমন করে গান কর যে গুণী,
অবাক হয়ে শুনি, কেবল শুনি।
          সুরের আলো ভুবন ফেলে ছেয়ে,
          সুরের হাওয়া চলে গগন বেয়ে,
          পাষাণ টুটে ব্যাকুল বেগে ধেয়ে
                বহিয়া যায় সুরের সুরধুনী।

মনে করি অমনি সুরে গাই,
কণ্ঠে আমার সুর খুঁজে না পাই।

          কইতে কী চাই, কইতে কথা বাধে,
          হার মেনে যে পরান আমার কাঁদে,
          আমায় তুমি ফেলেছ কোন্ ফাঁদে
                চৌদিকে মোর সুরের জাল বুনি।

১০ ভাদ্র ১৩১৬
[রাত্রি]
[গীতাঞ্জলি : ২২]

　　这　非凡之歌，你是怎样唱吟，
　　　我惊奇地听，一直听。
　　　　　　歌曲光辉照彻宇宙，
　　　　　　旋律之风席卷天空，
　　　　　　音乐圣泉急流喷涌
　　　　　　　　拍碎岩石阻障。

　　　我想如你一样歌唱，
　　　喉嗓却无法出声成调。

　　　我想说什么，却难成句，
　　　承认失败啊　我心哭泣，
　　　你已使我陷入这罗网，
　　　　　我四周织就的音乐之网。

　　孟历 1319 年帕德拉月 10 日
　　《献歌集》第 22 首

4

Life of my life, I shall ever try to keep my body pure, knowing that thy living touch is upon all my limbs.

I shall ever try to keep all untruths out from my thoughts, knowing that thou art that truth which has kindled the light of reason in my mind.

I shall ever try to drive all evils away from my heart and keep my love in flower, knowing that thou hast thy seat in the inmost shrine of my heart.

And it shall be my endeavour to reveal thee in my actions, knowing it is thy power gives me strength to act.

我生命的生命，我要保持我的躯体永远纯洁，因为我知道你的生命的摩抚，接触着我的四肢。

我要永远从我的思想中屏除虚伪，因为我知道你就是那在我心中燃起理智之火的真理。

我要从我心中驱走一切的丑恶，使我的爱开花，因为我知道你在我的心宫深处安设了座位。

我要努力在我的行为上表现你，因为我知道是你的威力，给我力量来行动。

আমার সকল অঙ্গে তোমার পরশ
লগ্ন হয়ে রহিয়াছে রজনী-দিবস
প্রাণেশ্বর, এই কথা নিত্য মনে আনি
রাখিব পবিত্র করি মোর তনুখানি।
মনে তুমি বিরাজিছ, হে পরম জ্ঞান,
এই কথা সদা স্মরি মোর সর্বধ্যান
সর্বচিন্তা হতে আমি সর্বচেষ্টা করি
সর্বমিথ্যা রাখি দিব দূরে পরিহরি।

হৃদয়ে রয়েছে তব অচল আসন
এই কথা মনে রেখে করিব শাসন
সকল কুটিল দ্বেষ, সর্ব অমঙ্গল—
প্রেমেরে রাখিব করি প্রস্ফুট নির্মল।
সর্ব কর্মে তব শক্তি এই জেনে সার,
করিব সকল কর্মে তোমারে প্রচার।

১৩০৮
[নৈবেদ্য : ৭৫]

爱人，你的爱抚
已日夜落在我身躯，
我使这躯体纯净
并将这些铭记于心。
啊，真知，已在我心中
在一切的冥思与考量中
我将竭尽全力，
弃绝虚假，与它远离。

我心中已有你稳固坐席
心怀此念我将克制
所有邪恶，所有扭曲嫉妒——
爱无瑕绽放，我将其呵护。
你的伟力在一切行为之中，
知晓这真识，我处处将你传扬。

孟历 1308 年
《祭品集》第 75 首

7

My song has put off her adornments. She has no pride of dress and decoration. Ornaments would mar our union; they would come between thee and me; their jingling would drown thy whispers.

My poet's vanity dies in shame before thy sight. O master poet, I have sat down at thy feet. Only let me make my life simple and straight, like a flute of reed for thee to fill with music.

我的歌曲把她的妆饰卸掉。她没有了衣饰的骄奢。妆饰会成为我们合一之玷：它们会横阻在我们之间，它们丁当的声音会掩没了你的细语。

我的诗人的虚荣心，在你的容光中羞死。呵，诗圣，我已经拜倒在你的脚前。只让我的生命简单正直像一枝苇笛，让你来吹出音乐。

আমার এ গান ছেড়েছে তার
সকল অলংকার,
তোমার কাছে রাখে নি আর
সাজের অহংকার।
অলংকার যে মাঝে প'ড়ে
মিলনেতে আড়াল করে,
তোমার কথা ঢাকে যে তার
মুখর ঝংকার।

তোমার কাছে খাটে না মোর
কবির গরব করা,
মহাকবি, তোমার পায়ে
দিতে চাই যে ধরা।
জীবন লয়ে যতন করি'
যদি সরল বাঁশি গড়ি,
আপন সুরে দিবে ভরি
সকল ছিদ্র তার।

[কলিকাতা]
১ শ্রাবণ ১৩১৭
[গীতাঞ্জলি : ১২৫]

我的歌曲抛弃

　　　所有装扮，

浮华骄傲不置于

　　　你的身旁。

我们之间这些装饰

　　　只会阻碍我们相见，

它们叮当作响

　　　淹盖你言谈。

我诗人的虚荣

　　　不配放在你跟前，

诗圣呵，我期望能

　　　触摸你脚面。

若我真诚地将生命

　　　制成简朴竹笛一管，

你用你自己的妙音

　　　将所有笛孔充满。

孟历 1317 年斯拉万月 1 日

《献歌集》第 125 首

8

The child who is decked with prince's robes and who has jewelled chains round his neck loses all pleasure in his play; his dress hampers him at every step.

In fear that it may be frayed, or stained with dust he keeps himself from the world, and is afraid even to move.

Mother, it is no gain, thy bondage of finery, if it keep one shut off from the healthful dust of the earth, if it rob one of the right of entrance to the great fair of common human life.

那穿起王子的衣袍和挂起珠宝项链的孩子，在游戏中他失去了一切的快乐；他的衣服绊着他的步履。

为怕衣饰的破裂和污损，他不敢走进世界，甚至于不敢挪动。

母亲，这是毫无好处的，如你的华美的约束，使人和大地健康的尘土隔断，把人进入日常生活的盛大集会的权利剥夺去了。

রাজার মতো বেশে তুমি সাজাও যে শিশুরে,
পরাও যারে মণিরতন-হার—
খেলাধুলা আনন্দ তার সকলি যায় ঘুরে,
বসন-ভূষণ হয় যে বিষম ভার।
ছেঁড়ে পাছে আঘাত লাগি,
পাছে ধুলায় হয় সে দাগি,
আপনাকে তাই সরিয়ে রাখে সবার হতে দূরে,
চলতে গেলে ভাব্না ধরে তার—
রাজার মতো বেশে তুমি সাজাও যে শিশুরে,
পরাও যারে মণিরতন-হার।

কী হবে মা অমনতরো রাজার মতো সাজে,
কী হবে ঐ মণিরতন-হারে।
দুয়ার খুলে দাও যদি তো ছুটি পথের মাঝে
রৌদ্রবায়ু-ধুলাকাদার পাড়ে।
যেথায় বিশ্বজনের মেলা
সমস্ত দিন নানান্ খেলা,
চারি দিকে বিরাট গাথা বাজে হাজার সুরে,
সেথায় সে যে পায় না অধিকার,
রাজার মতো বেশে তুমি সাজাও যে শিশুরে,
পরাও যারে মণিরতন-হার।

[বোলপুর]
২ শ্রাবণ ১৩১৭
[গীতাঞ্জলি : ১২৭]

你用珠链华服将这孩子打扮得
　　如国王一般——
他失去了所有游戏玩耍的欢乐
　　因衣饰沉重的负担。
　　害怕被碰碎，
　　担心被弄脏，
这孩子忧心于迈步动弹
　　远离一切呆一旁——
你用珠链华服将这孩子打扮得
　　如国王一般。

母亲，这国王般的华服又怎样
　　这样的珠链又如何。
你若将门打开他便可以在节日的路上
　　阳光下微风中、泥泞里打滚。
　　那里所有人聚集一起，
　　整天都有各种游戏，
四周响起千种旋律万般乐歌，
　　所有这些经历这里他都得不到——
你用珠链华服将这孩子打扮得
　　如国王一般。

孟历 1317 年斯拉万月 2 日
《献歌集》第 127 首

10

Here is thy footstool and there rest thy feet where live the poorest, and lowliest, and lost.

When I try to bow to thee, my obeisance cannot reach down to the depth where thy feet rest among the poorest, and lowliest, and lost

Pride can never approach to where thou walkest in the clothes of the humble among the poorest, and lowliest, and lost.

My heart can never find its way to where thou keepest company with the companionless among the poorest, the lowliest, and the lost.

　　这是你的脚凳，你在最贫最贱最失所的人群中歇足。

　　我想向你鞠躬，我的敬礼不能达到你歇足地方的深处——那最贫最贱最失所的人群中。

　　你穿着破敝的衣服，在最贫最贱最失所的人群中行走，骄傲永远不能走近这个地方。

　　你和那最没有朋友的最贫最贱最失所的人们作伴，我的心永远找不到那个地方。

যেথায় থাকে সবার অধম দীনের হতে দীন
সেইখানে যে চরণ তোমার রাজে
সবার পিছে, সবার নীচে,
সব-হারাদের মাঝে।
যখন তোমায় প্রণাম করি আমি,
প্রণাম আমার কোন্‌খানে যায় থামি,
তোমার চরণ যেথায় নামে অপমানের তলে
সেথায় আমার প্রণাম নামে না যে
সবার পিছে, সবার নীচে,
সব-হারাদের মাঝে।

অহংকার তো পায় না নাগাল যেথায় তুমি ফের’
রিক্তভূষণ দীনদরিদ্র সাজে—
সবার পিছে, সবার নীচে,
সব-হারাদের মাঝে।
সঙ্গী হয়ে আছ যেথায় সঙ্গীহীনের ঘরে
সেথায় আমার হৃদয় নামে না যে
সবার পিছে, সবার নীচে,
সব-হারাদের মাঝে।

১৯ আষাঢ় ১৩১৭
[গীতাঞ্জলি : ১০৭]

在最低等最贫困者那里
有你从容的足迹
在所有人背后，所有人之下
所有千万人之中。
当我向你行触脚之礼，
我的致敬却在某处停滞——
贫贱者之间你歇足的地方
我的致礼无法落足那是
所有人背后，所有人之下
所有千万人之中。

骄傲无法到达你行走的地方
你穿着最贫贱者的衣裳
在所有人背后，所有人之下
所有千万人之中。
在那财富与荣耀充盈之地
我希望与你在一起——
然而你只在贫贱者屋内与人为伴
那里我的心却无法抵达，
那所有人背后，所有人之下
所有千万人之中。

孟历 1317 年阿沙拉月 19 日
《献歌集》第 107 首

11

Leave this chanting and singing and telling of beads! Whom dost thou worship in this lonely dark corner of a temple with doors all shut? Open thine eyes and see thy God is not before thee!

He is there where the tiller is tilling the hard ground and where the path-maker is breaking stones. He is with them in sun and in shower, and his garment is covered with dust. Put off thy holy mantle and even like him come down on the dusty soil!

Deliverance? Where is this deliverance to be found? Our master himself has joyfully taken upon him the bonds of creation; he is bound with us all for ever.

Come out of thy meditations and leave aside thy flowers and incense! What harm is there if thy clothes become tattered and stained? Meet him and stand by him in toil and in sweat of thy brow.

把礼赞和数珠撇在一边吧！你在门窗紧闭幽暗孤寂的殿角里，向谁礼拜呢？睁开眼你看，上帝不在你的面前！

他是在锄着枯地的农夫那里，在敲石的造路工人那里。太阳下，阴雨里，他和他们同在，衣袍上蒙着尘土。脱掉你的圣袍，甚至像他一样地下到泥土里去吧！

超脱吗？从哪里找超脱呢？我们的主已经高高兴兴地把创造的锁链带起：他和我们大家永远连系在一起。

从静坐里走出来吧，丢开供养的香花！你的衣服污损了又何妨呢？去迎接他，在劳动里，流汗里，和他站在一起吧。

ভজন পূজন সাধন আরাধনা
　　সমস্ত থাক্‌ পড়ে।
রুদ্ধদ্বারে দেবালয়ের কোণে
　　কেন আছিস ওরে।
অন্ধকারে লুকিয়ে আপন মনে
কাহারে তুই পূজিস সংগোপনে,
নয়ন মেলে দেখ্‌ দেখি তুই চেয়ে
　　দেবতা নাই ঘরে।

তিনি গেছেন যেথায় মাটি ভেঙে
　　করছে চাষা চাষ—
পাথর ভেঙে কাটছে যেথায় পথ,
　　খাটছে বারো মাস।
রৌদ্র জলে আছেন সবার সাথে,
ধুলা তাঁহার লেগেছে দুই হাতে;
তাঁরি মতন শুচি বসন ছাড়ি'
　　আয় রে ধুলার 'পরে।

মুক্তি? ওরে মুক্তি কোথায় পাবি,
　　মুক্তি কোথায় আছে।
আপনি প্রভু সৃষ্টিবাঁধন প'রে
　　বাঁধা সবার কাছে।
রাখো রে ধ্যান, থাক্‌ রে ফুলের ডালি,
ছিঁড়ুক বস্ত্র, লাগুক ধুলাবালি,
কর্মযোগে তাঁর সাথে এক হয়ে
　　ঘর্ম পড়ুক ঝরে।

[কয়া । গোরাই]
২৭ আষাঢ় ১৩১৭
[গীতাঞ্জলি : ১১৯]

狂热、崇拜、苦行、祈祷
　　所有这些都一边去吧!
在门窗紧闭的寺庙一角
　　你为何来到他身旁?
藏身暗处,你在自己心里
　　秘密地将谁拜祭,
睁开眼睛看看吧——
　　神灵并不在屋中。

他去了农夫开垦
　　辛勤耕作之处——
那里人们年月辛劳
　　破石开路。
烈日风雨中他与所有人同在,
他双手满是尘埃;
像他一样哟,脱下神袍
　　请来泥尘之中。

解脱? 你在哪能得到解脱,
　　　解脱在哪里。
主自己套上了创造之罗网
　　　与所有人系在一起。
别再冥想,放下装花的贡盘,
甩掉华服,拥抱土尘,
与他一道挥汗劳作
　　获得解脱靠行动。

孟历 1317 年阿沙拉月 27 日
《献歌集》第 119 首

13

The song that I came to sing remains unsung to this day.

I have spent my days in stringing and in unstringing my instrument.

The time has not come true, the words have not been rightly set; only there is the agony of wishing in my heart.

The blossom has not opened; only the wind is sighing by.

I have not seen his face, nor have I listened to his voice; only I have heard his gentle footsteps from the road before my house.

The livelong day has passed in spreading his seat on the floor; but the lamp has not been lit and I cannot ask him into my house.

I live in the hope of meeting with him; but this meeting is not yet.

我要唱的歌，直到今天还没有唱出。

每天我总在乐器上调理弦索。

时间还没有到来，歌词也未曾填好：只有愿望的痛苦在我心中。

花蕊还未开放；只有风从旁叹息走过。

我没有看见过他的脸，也没有听见过他的声音：我只听见他轻蹑的足音，从我房前路上走过。

悠长的一天消磨在为他在地上铺设座位；但是灯火还未点上，我不能请他进来。

我生活在和他相会的希望中，但这相会的日子还没有来到。

হেথা যে গান গাইতে আসা আমার
　　হয় নি সে গান গাওয়া।
আজও কেবলি সুর সাধা, আমার
　　কেবল গাইতে চাওয়া।

আমার লাগে নাই সে সুর, আমার
　　বাঁধে নাই সে কথা,
শুধু প্রাণেরই মাঝখানে আছে
　　গানের ব্যাকুলতা।
আজো ফোটে নাই সে ফুল, শুধু
　　বহেছে এক হাওয়া।

আমি দেখি নাই তার মুখ, আমি
　　শুনি নাই তার বাণী,
কেবল শুনি ক্ষণে ক্ষণে তাহার
　　পায়ের ধ্বনিখানি।
আমার দ্বারের সমুখ দিয়ে সে জন
　　করে আসা-যাওয়া।

শুধু আসন পাতা হল আমার
　　সারাটি দিন ধ'রে,
ঘরে হয় নি প্রদীপ জ্বালা, তারে
　　ডাকব কেমন ক'রে।
আছি পাবার আশা নিয়ে, তারে
　　হয় নি আমার পাওয়া।

[কলিকাতা]
২৭ ভাদ্র ১৩১৬
[গীতাঞ্জলি : ৩৯]

我来这儿要唱的歌
　　还没有唱——
今天我仍在把弦调
　　我只想把歌唱。

我不满意那曲调
　　也未把歌词写好，
只是灵魂中充满
　　歌的渴望。
今天那花儿仍未开放，
　　只有一阵风掠过。

我没见过他的面庞，
　　没听过他的言谈，
我只是时时听见
　　他的足音。
那人在我的门前
　　来回逡巡。

只为他铺设坐席
　　我便耗费整日——
屋内还没有点灯，
　　我如何将他呼唤。
怀着与他相会的希望，
　　我仍未能得到他。

孟历 1316 年帕德拉月 27 日
《献歌集》第 39 首

15

I am here to sing thee songs. In this hall of thine I have a corner seat In thy world I have no work to do; my useless life can only break out in tunes without a purpose.

When the hour strikes for thy silent worship at the dark temple of midnight, command me, my master, to stand before thee to sing.

When in the morning air the golden harp is tuned, honour me, commanding my presence.

我来为你唱歌。在你的厅堂中，我坐在屋角。

在你的世界中我无事可做；我无用的生命只能放出无目的的歌声。

在你黑暗的殿中，夜半敲起默祷的钟声的时候，命令我吧，我的主人，来站在你面前歌唱。

当金琴在晨光中调好的时候，宠赐我吧，命令我来到你的面前。

আমি হেথায় থাকি শুধু
　　　গাইতে তোমার গান,
দিয়ো তোমার জগৎসভায়
　　　এইটুকু মোর স্থান।
　　　　আমি তোমার ভুবনমাঝে
　　　　লাগি নি নাথ কোনো কাজে,
　　　　শুধু কেবল সুরে বাজে
　　　　　অকাজের এই প্রাণ।

নিশায় নীরব দেবালয়ে
　　　তোমার আরাধন,
তখন মোরে আদেশ কোরো
　　　গাইতে হে রাজন।
　　　　ভোরে যখন আকাশ জুড়ে
　　　　বাজবে বীণা সোনার সুরে,
　　　　আমি যেন না রই দূরে
　　　　　এই দিয়ো মোর মান।

১৬ ভাদ্র ১৩১৬
[গীতাঞ্জলি : ৩১]

我在这里，只为
　　唱你的歌谣，
在你广阔世界里
　　给我一个小小位置哟。
　　　我无一擅长
　　　在你的世界，
　　　只有不停地弹唱
　　　我这无用的生涯。

夜晚宁静的寺庙内
　　有仪式将你敬崇，
那时，国王请命令
　　我歌唱啊歌咏。
　　　当黎明天空破晓
　　　维纳琴奏金色律调，
　　　那时请给我荣宠哦
　　　　让我不会远在一旁。

孟历 1316 年帕德拉月 16 日
《献歌集》第 31 首

18

Clouds heap upon clouds and it darkens. Ah, love, why dost thou let me wait outside at the door all alone?

In the busy moments of the noontide work I am with the crowd, but on this dark lonely day it is only for thee that I hope.

If thou showest me not thy face, if thou leavest me wholly aside, I know not how I am to pass these long, rainy hours.

I keep gazing on the far away gloom of the sky, and my heart wanders wailing with the restless wind.

云霾堆积，黑暗渐深。呵，爱，你为什么让我独在门外等候？

在中午工作最忙的时候，我和大家在一起，但在这黑暗寂寞的日子，我只企望着你。

若是你不容我见面，若是你完全把我抛弃，真不知将如何度过这悠长的雨天。

我不住地凝望遥远的阴空，我的心和不宁的风一同彷徨悲叹。

মেঘের 'পরে মেঘ জমেছে,
　　আঁধার করে আসে,
আমায় কেন বসিয়ে রাখ
　　একা দ্বারের পাশে।
　　　কাজের দিনে নানা কাজে
　　　থাকি নানা লোকের মাঝে,
　　　আজ আমি যে বসে আছি
　　　　তোমারি আশ্বাসে।
　　আমায় কেন বসিয়ে রাখ
　　　একা দ্বারের পাশে।

তুমি　যদি না দেখা দাও
　　করো আমায় হেলা,
কেমন　ক'রে কাটে আমার
　　এমন বাদল-বেলা।
　　　দূরের পানে মেলে আঁখি
　　　কেবল আমি চেয়ে থাকি,
　　　পরান আমার কেঁদে বেড়ায়
　　　　দুরন্ত বাতাসে।
　　আমায় কেন বসিয়ে রাখ
　　　একা দ্বারের পাশে।

[বোলপুর]
আষাঢ় ১৩১৬
[গীতাঞ্জলি : ১৬]

乌云滚滚云霾堆聚
　　　暗影憧憧黑暗降临，
你为何让我这般
　　　独自坐在门旁。
　　　　　劳作日工作中
　　　　　我处在人群中，
　　　　　因你允诺与鼓励
　　　　　　今日呵我坐在此。
　　　你为何让我这般
　　　　　独自坐在门旁。

你若不予相见
　　　对我默然冷淡，
我要如何来熬过
　　　这淫雨时光。
　　　　　眼望远方
　　　　　我一直这样凝望，
　　　　　我的心在狂风中
　　　　　　哭泣　彷徨。
　　　你为何让我这般
　　　　　独自坐在门旁。

孟历 1316 年阿沙拉月
《献歌集》 第 16 首

23

Art thou abroad on this stormy night on thy journey of love, my friend? The sky groans like one in despair.

I have no sleep to-night. Ever and again I open my door and look out on the darkness, my friend!

I can see nothing before me. I wonder where lies thy path!

By what dim shore of the ink-black river, by what far edge of the frowning forest, through what mazy depth of gloom art thou threading thy course to come to me, my friend?

在这暴风雨的夜晚你还在外面作爱的旅行吗，我的朋友？

天空像失望者在哀号。

我今夜无眠。我不断地开门向黑暗中了望，我的朋友！

我什么都看不见。我不知道你要走哪一条路！

是从墨黑的河岸上，是从远远的愁惨的树林边，是穿过昏暗迂回的曲径，你摸索着来到我这里吗，我的朋友？

আজি   ঝড়ের রাতে তোমার অভিসার,
       পরানসখা বন্ধু হে আমার।
              আকাশ কাঁদে হতাশসম,
              নাই যে ঘুম নয়নে মম,
              দুয়ার খুলি, হে প্রিয়তম,
                     চাই যে বারে বার।
              পরানসখা বন্ধু হে আমার।

বাহিরে কিছু দেখিতে নাহি পাই,
তোমার পথ কোথায় ভাবি তাই।
       সুদূর কোন্ নদীর পারে,
       গহন কোন্ বনের ধারে,
       গভীর কোন্ অন্ধকারে
              হতেছ তুমি পার।
       পরানসখা বন্ধু হে আমার।

['পদ্মা' বোট]
শ্রাবণ ১৩১৬
[গীতাঞ্জলি : ২০]

今日　暴风雨之夜你与爱人有约,

　　　　呵我生命中的密友。

　　　　　天空失望地哭泣

　　　　　我眼中没有睡意,

　　　　　我打开门,盼望了一次又一次,

　　　　　　亲爱的朋友。

　　　　呵我生命中的密友。

外面我什么也无法看到,

我思量何处是你走之道。

在那遥远的河岸?

在那浓密的林边?

多么浓厚的黑暗

　　　　　你正在穿越。

呵我生命中的密友。

孟历 1316 年斯拉万月

《献歌集》第 20 首

27

Light, oh where is the light? Kindle it with the burning fire of desire!

There is the lamp but never a flicker of a flame, —is such thy fate, my heart! Ah, death were better by far for thee!

Misery knocks at thy door, and her message is that thy lord is wakeful, and he calls thee to the love-tryst through the darkness of night

The sky is overcast with clouds and the rain is ceaseless. I know not what this is that stirs in me, —I know not its meaning.

A moment's flash of lightning drags down a deeper gloom on my sight, and my heart gropes for the path to where the music of the night calls me.

Light, oh where is the light! Kindle it with the burning fire of desire! It thunders and the wind rushes screaming through the void. The night is black as a black stone. Let not the hours pass by in the dark. Kindle the lamp of love with thy life.

灯火，灯火在哪里呢？用熊熊的渴望之火把它点上吧！

灯在这里，却没有一丝火焰，——这是你的命运吗，我的心呵！你还不如死了好！

悲哀在你门上敲着，她传话说你的主醒着呢，他叫你在夜的黑暗中奔赴爱的约会。

云雾遮满天空，雨也不停地下。我不知道我心里有什么在动荡，——我不懂得它的意义。

一霎的电光，在我的视线上抛下一道更深的黑暗，我的心摸索着寻找那夜的音乐对我呼唤的径路。

灯火，灯火在哪里呢？用熊熊的渴望之火把它点上吧！雷声在响，狂风怒吼着穿过天空。夜像黑岩一般的黑。不要让时间在黑暗中度过吧。用你的生命把爱的灯点上吧。

কোথায় আলো কোথায় ওরে আলো।
বিরহানলে জ্বালো রে তারে জ্বালো।
　　　রয়েছে দীপ না আছে শিখা,
　　　এই কি ভালে ছিল রে লিখা,
ইহার চেয়ে মরণ সে যে ভালো।
বিরহানলে প্রদীপখানি জ্বালো।

বেদনাদূতী গাহিছে, 'ওরে প্রাণ,
তোমার লাগি জাগেন ভগবান।
　　　নিশীথে ঘন অন্ধকারে
　　　ডাকেন তোরে প্রেমাভিসারে,
দুঃখ দিয়ে রাখেন তোর মান।
তোমার লাগি জাগেন ভগবান।'

গগনতল গিয়েছে মেঘে ভরি,
বাদলজল পড়িছে ঝরি ঝরি,
　　　এ ঘোর রাতে কিসের লাগি
　　　পরান মম সহসা জাগি
এমন কেন করিছে মরি মরি।
বাদল-জল পড়িছে ঝরি ঝরি।

বিজুলি শুধু ক্ষণিক আভা হানে,
নিবিড়তম তিমির চোখে আনে।
　　　　জানি না কোথা অনেক দূরে
　　　　বাজিল গান গভীর সুরে,
সকল প্রাণ টানিছে পথপানে।
নিবিড়তর তিমির চোখে আনে।

কোথায় আলো কোথায় ওরে আলো।
বিরহানলে জ্বালো রে তারে জ্বালো।
　　　　ডাকিছে মেঘ, হাঁকিছে হাওয়া,
　　　　সময় গেলে হবে না যাওয়া,
নিবিড় নিশা নিকষঘন কালো।
পরান দিয়ে প্রেমের দীপ জ্বালো।

[বোলপুর]
আষাঢ় ১৩১৬
[গীতাঞ্জলি : ১৭]

光在哪里，光在哪里啊。
用需求之火将火点燃。

　　没有火却在这等，

　　这是否已是命定，

连死，也比这样更好。
用需求之火将灯盏点燃。

悲伤使者在歌唱："心灵啊，
因为你，主人醒着。

　　他在沉沉午夜

　　唤你赴爱之约。

他用悲伤予你荣耀。
因为你，主人醒着。"

苍穹云霾重重，
倾盆暴雨如洪。

　　为何这漆黑夜晚

　　我的心忽然清醒

可敬者，为什么这样？
倾盆暴雨如洪。

闪电只是划过瞬间，
给眼睛带来更浓黑暗。

　　我不知在多远的哪里

　　旋律奥妙的歌声响起，
整颗心被吸引向道路那方。
给眼睛带来更浓的黑暗。

光在哪里，光在哪里啊。
用需求之火将火点燃。
　　云呼号，风卷袭，
　　时间啊不要流逝，
如同乌黑试金石的夜晚。
用生命将爱的灯盏点燃。

孟历 1316 年阿沙拉月
《献歌集》第 17 首

29

He whom I enclose with my name is weeping in this dungeon. I am ever busy building this wall all around; and as this wall goes up into the sky day by day I lose sight of my true being in its dark shadow.

I take pride in this great wall, and I plaster it with dust and sand lest a least hole should be left in this name; and for all the care I take I lose sight of my true being.

被我用我的名字囚禁起来的那个人，在监牢中哭泣。我每天不停地筑着围墙；当这道围墙高起接天的时候，我的真我便被高墙的黑影遮断不见了。

我以这道高墙自豪，我用沙土把它抹严，唯恐在这名字上还留着一丝罅隙，我煞费了苦心，我也看不见了真我。

আমার　নামটা দিয়ে ঢেকে রাখি যারে
　　　মরছে সে এই নামের কারাগারে।
　　　সকল ভুলে যতই দিবারাতি
　　　নামটারে ঐ আকাশপানে গাঁথি,
　　　ততই আমার নামের অন্ধকারে
　　　হারাই আমার সত্য আপনারে।

　　　জড়ো করে ধুলির 'পরে ধুলি
　　　নামটারে মোর উচ্চ করে তুলি।
　　　　　ছিদ্র পাছে হয় রে কোনোখানে
　　　　　চিত্ত মম বিরাম নাহি মানে,
　　　　　যতন করি যতই এ মিথ্যারে
　　　　　ততই আমি হারাই আপনারে।

২১ শ্রাবণ ১৩১৭
[গীতাঞ্জলি : ১৪২]

被我用我名字囚禁的那人
在我名字的监牢里奄奄一息。
　夜以继日我忘记一切
　将名字建得与天齐高，
　　因此在它的黑影里
　　我将真的自己遗失。

用层层堆砌的土尘
为我的名字添光彩。
　担心某处已有隙缝
　我的忧虑没有消停。
　　在我构建这虚假时
　　我就将自己遗失。

孟历 1317 年斯拉万月 21 日
《献歌集》第 142 首

34

Let only that little be left of me whereby I may name thee my all.

Let only that little be left of my will whereby I may feel thee on every side, and come to thee in everything, and offer to thee my love every moment.

Let only that little be left of me whereby I may never hide thee.

Let only that little of my fetters be left whereby I am bound with thy will, and thy purpose is carried out in my life and that is the fetter of thy love.

只要我一息尚存，我就称你为我的一切。

只要我一诚不灭，我就感觉到你在我的四围，任何事情，我都来请教你，任何时候都把我的爱献上给你。

只要我一息尚存，我就永不把你藏匿起来。

只要把我和你的旨意锁在一起的脚镣，还留着一小段，你的意旨就在我的生命中实现——这脚镣就是你的爱。

তোমায় আমার প্রভু করে রাখি
আমার আমি সেইটুকু থাক্‌ বাকি।
	তোমায় আমি হেরি সকল দিশি,
	সকল দিয়ে তোমার মাঝে মিশি,
	তোমারে প্রেম জোগাই দিবানিশি,
		ইচ্ছা আমার সেইটুকু থাক্‌ বাকি—
	তোমায় আমার প্রভু করে রাখি।

তোমায় আমি কোথাও নাহি ঢাকি
কেবল আমার সেইটুকু থাক্‌ বাকি।
	তোমার লীলা হবে এ প্রাণ ভরে
	এ সংসারে রেখেছ তাই ধরে,
	রইব বাঁধা তোমার বাহুডোরে
		বাঁধন আমার সেইটুকু থাক্‌ বাকি—
	তোমায় আমার প্রভু করে রাখি।

১৫ শ্রাবণ ১৩১৭
[গীতাঞ্জলি : ১৩৮]

把你当作我的主人，

只要我这小小的"我"尚存。

我在四周都看见你，

我交出一切融入你，

所有的爱日夜献给你，

只要我还有丝丝希望——

把你当作我的主人。

我绝不将你藏匿于任何地方，

只要我这小小的"我"尚存。

让生命中充满你的游戏

你一直这样掌握着天地，

我将带着你的手铐

只要我的点点束缚尚存——

把你当作我的主人。

孟历 1317 年斯拉万月 15 日

《献歌集》第 138 首

38

That I want thee, only thee-let my heart repeat without end. All desires that distract me, day and night, are false and empty to the core.

As the night keeps hidden in its gloom the petition for light, even thus in the depth of my unconsciousness rings the cry—I want thee, only thee.

As the storm still seeks its end in peace when it strikes against peace with all its might, even thus my rebellion strikes against thy love and still its cry is—I want thee, only thee.

我需要你，只需要你——让我的心不停地重述这句话。日夜引诱我的种种欲念，都是透顶的诈伪与空虚。

就像黑夜隐藏在祈求光明的朦胧里，在我潜意识的深处也响出呼声——我需要你，只需要你。

正如风暴用全力来冲击平静，却寻求终止于平静，我的反抗冲击着你的爱，而它的呼声也还是——我需要你，只需要你。

চাই গো আমি তোমারে চাই
　　　তোমায় আমি চাই—
এই কথাটি সদাই মনে
　　　বলতে যেন পাই।
আর যা-কিছু বাসনাতে
ঘুরে বেড়াই দিনে রাতে
মিথ্যা সে-সব মিথ্যা, ওগো
　　　তোমায় আমি চাই।

　　　রাত্রি যেমন লুকিয়ে রাখে
　　　　আলোর প্রার্থনাই—
　　তেমনি গভীর মোহের মাঝে
　　　　তোমায় আমি চাই।
　　শান্তিরে ঝড় যখন হানে
　　শান্তি তবু চায় সে প্রাণে,
　　তেমনি তোমায় আঘাত করি
　　　　তবু তোমায় চাই।

৩ আষাঢ় ১৩১৭
[গীতাঞ্জলি : ৮৮]

需要呵我需要你，
  　　我需要的是你——
我能这样诉说
  　　这话一直在我心里。
其他那些我所期望的
我日夜逡巡寻觅的
是虚假——全是虚假，嘿，
  　　我需要的是你。

就像黑夜掩藏着
  　　对光的求祈——
在重重幻影中
  　　我需要的是你。
当风暴袭击宁静
它生命中正需要安宁，
这正如我冲撞你，
  　　但我需要的是你。

孟历 1317 年阿沙拉月 3 日
《献歌集》第 88 首

42

Early in the day it was whispered that we should sail in a boat, only thou and I, and never a soul in the world would know of this our pilgrimage to no country and to no end.

In that shoreless ocean, at thy silently listening smile my songs would swell in melodies, free as waves, free from all bondage of words.

Is the time not come yet? Are there works still to do? Lo, the evening has come down upon the shore and in the fading light the seabirds come flying to their nests.

Who knows when the chains will be off, and the boat, like the last glimmer of sunset, vanish into the night?

在清晓的密语中，我们约定了同去泛舟，世界上没有一个人知道我们这无目的无终止的遨游。

在无边的海洋上，在你静听的微笑中，我的歌唱抑扬成调，像海波一般的自由，不受字句的束缚。

时间还没有到吗？你还有工作要做吗？看吧，暮色已经笼罩海岸，苍茫里海鸟已群飞归巢。

谁知道什么时候可以解开链索，这只船会像落日的余光，消融在黑夜之中呢？

কথা ছিল এক-তরীতে কেবল তুমি আমি
যাব অকারণে ভেসে কেবল ভেসে,
ত্রিভুবনে জানবে না কেউ আমরা তীর্থগামী
কোথায় যেতেছি কোন্ দেশে সে কোন্ দেশে।
কূলহারা সেই সমুদ্র-মাঝখানে
শোনাব গান একলা তোমার কানে,
ঢেউয়ের মতন ভাষা-বাঁধন-হারা
আমার সেই রাগিণী শুনবে নীরব হেসে।

আজো সময় হয় নি কি তার, কাজ কি আছে বাকি।
ওগো ওই-যে সন্ধ্যা নামে সাগরতীরে।
মলিন আলোয় পাখা মেলে সিন্ধুপারের পাখি
আপন কুলায়-মাঝে সবাই এল ফিরে।
কখন তুমি আসবে ঘাটের 'পরে
বাঁধনটুকু কেটে দেবার তরে।
অস্তরবির শেষ আলোটির মতো
তরী নিশীথ-মাঝে যাবে নিরুদ্দেশে।

[বোলপুর]
৩০ জ্যৈষ্ঠ ১৩১৭
[গীতাঞ্জলি : ৮৩]

说好了只有你和我乘一叶小舟

出游　无目的地漂流只是漂流；

三界内无人知道我们是向着圣地出游

去哪　去哪片大地哟哪片大洲。

在这漫无边际的海上

我将只为你的耳朵而歌唱，

像浪花般我的词儿无束缚

你将　静静微笑把抑扬的歌调听取。

今天还不是时候吗，还有未完的工作？

嘿　夜晚降临在海岸。

昏暗余晖中海岸边的鸟儿展开双翼

往　各自的窠巢飞返。

你何时会来码头船岸

为了将这缆绳斩断。

像落日的最后一缕光线一般

船儿　将没有目的地驶入黑夜苍茫。

孟历 1317 年杰斯塔月 30 日

《献歌集》第 63 首

45

Have you not heard his silent steps? He comes,comes,ever comes.

Every moment and every age, every day and every night he comes, comes,ever comes.

Many a song have I sung in many a mood of mind,but all their notes have always proclaimed,"He comes,comes,ever comes."

In the fragrant days of sunny April through the forest path he comes, comes,ever comes.

In the rainy gloom of July nights on the thundering chariot of clouds he comes,comes,ever comes.

In sorrow after sorrow it is his steps that press upon my heart,and it is the golden touch of his feet that makes my joy to shine.

你没有听见他静悄的脚步吗？他正在走来，走来，一直不停地走来。

每一个时间，每一个年代，每日每夜，他总在走来，走来，一直不停地走来。

在许多不同的心情里，我唱过许多歌曲，但在这些歌调里，我总在宣告说："他正在走来，走来，一直不停地走来。"

四月芬芳的晴天里，他从林径中走来，走来，一直不停地走来。

七月阴暗的雨夜中，他坐着隆隆的云辇，前来，前来，一直不停地前来。

愁闷相继之中，是他的脚步踏在我的心上，是他的双脚的黄金般的接触，使我的快乐发出光辉。

তোরা শুনিস নি কি শুনিস নি তার পায়ের ধ্বনি,
 ওই যে আসে, আসে আসে।
যুগে যুগে পলে পলে দিন-রজনী
 সে যে আসে, আসে, আসে।
 গেয়েছি গান যখন যত
 আপন-মনে খ্যাপার মতো
 সকল সুরে বেজেছে তার
 আগমনী—
 সে যে আসে, আসে, আসে।

কত কালের ফাগুন-দিনে বনের পথে
 সে যে আসে, আসে, আসে।
কত শ্রাবণ-অন্ধকারে মেঘের রথে
 সে যে আসে, আসে, আসে।
 দুঃখের পরে পরম দুখে,
 তারি চরণ বাজে বুকে,
 সুখে কখন্‌ বুলিয়ে সে দেয়
 পরশমণি।
 সে যে আসে, আসে, আসে।

[কলিকাতা]
৩ জ্যৈষ্ঠ ১৩১৭
[গীতাঞ্জলি : ৬২]

你们　没听到竟没听到他的脚步声，
　　他　来了，来了，来了。
年年岁岁，时时刻刻，白天夜晚
　　他　来了，来了，来了。
　　　我无时不在歌唱
　　　在我心中如痴如狂
　　　欢迎他回家的歌曲
　　　　　以各种旋律响起
　　　他来了，来了，来了。

多少法尔衮月白昼的林间路上
　　他　来了，来了，来了。
多少斯拉旺月昏暗的云车之上
　　他　来了，来了，来了。
　　　在悲伤之后更大的悲伤中
　　　是他的脚步声在我心胸敲击，
　　　什么时候在幸福之中他轻触
以这点金石。
　　　他来了，来了，来了。

孟历 1317 年杰斯塔月 3 日
《献歌集》第 62 首

46

I know not from what distant time thou art ever coming nearer to meet me. Thy sun and stars can never keep thee hidden from me for aye.

In many a morning and eve thy footsteps have been heard and thy messenger has come within my heart and called me in secret.

I know not why to-day my life is all astir, and a feeling of tremulous joy is passing through my heart.

It is as if the time were come to wind up my work, and I feel in the air a faint smell of thy sweet presence.

我不知道从久远的什么时候，你就一直走近来迎接我。

你的太阳和星辰永不能把你藏起，使我看不见你。

在许多清晨和傍晚，我曾听见你的足音，你的使者曾秘密地到我心里来召唤。

我不知道为什么今天我的生活完全激动了，一种狂欢的感觉穿过了我的心。

这就像结束工作的时间已到，我感觉到在空气中有你光降的微馨。

আমার মিলন লাগি তুমি
		আসছ কবে থেকে।
তোমার চন্দ্র সূর্য তোমায়
		রাখবে কোথায় ঢেকে।
				কত কালের সকাল-সাঁঝে
				তোমার চরণধ্বনি বাজে,
				গোপনে দূত হৃদয়মাঝে
						গেছে আমায় ডেকে।

ওগো পথিক, আজকে আমার
		সকল পরান ব্যেপে
থেকে থেকে হরষ যেন
		উঠছে কেঁপে কেঁপে।
				যেন সময় এসেছে আজ,
				ফুরাল মোর যা ছিল কাজ—
				বাতাস আসে, হে মহারাজ,
						তোমার গন্ধ মেখে।

১৬ ভাদ্র ১৩১৬
[গীতাঞ্জলি : ৩৪]

因为要与我相会，你
　　　从何时开始就已前来。
你的月亮太阳将把你
　　　在何处掩藏。
　　　　　你的足音踏响
　　　　　在多少清晨与黄昏，
　　　　　使者秘密地在心间
　　　　　来将我呼唤。

嘿行者，今天我的
　　　整颗心舒展
在巨大的喜悦中
　　　簌簌抖颤。
　　　　　似乎今天时辰已到，
　　　　　我的工作已完结——
　　　　　伟大的国王，微风涂染着
　　　　　　　你的芳香吹来。

孟历 1316 年帕德拉月 16 日
《献歌集》34

51

The night darkened. Our day's works had been done. We thought that the last guest had arrived for the night and the doors in the village were all shut. Only some said, The king was to come. We laughed and said "No, it cannot be!"

It seemed there were knocks at the door and we said it was nothing but the wind. We put out the lamps and lay down to sleep. Only some said, "It is the messenger!" We laughed and said "No, it must be the wind!"

There came a sound in the dead of the night. We sleepily thought it was the distant thunder. The earth shook, the walls rocked, and it troubled us in our sleep. Only some said, it was the sound of wheels. We said in a drowsy murmur, "No, it must be the rumbling of clouds!"

The night was still dark when the drum sounded. The voice came "Wake up! delay not!" We pressed our hands on our hearts and shuddered with fear. Some said, "Lo, there is the king's flag!" We stood up on our feet and cried "There is no time for delay!"

The king has come but where are lights, where are wreaths? Where is the throne to seat him? Oh, shame, Oh utter shame! Where is the hall, the decorations? Some one has said, "Vain is this cry! Greet him with empty hands, lead him into thy rooms all bare!"

Open the doors, let the conch-shells be sounded! In the depth of the night has come the king of our dark, dreary house. The thunder roars in the sky. The darkness shudders with lightning. Bring out thy tattered piece of mat and spread it in the courtyard. With the storm has come of a sudden our king of the fearful night.

夜深了。我们一天的工作都已做完。我们以为投宿的客人都已来到，村里家家都已闭户了。只有几个人说，国王是要来的。我们笑了说："不会的，这是不可能的事！"

仿佛门上有敲叩的声音。我们说那不过是风。我们熄灯就寝。只有几个人说："这是使者！"我们笑了说："不是，这一定是风！"

在死沉沉的夜里传来一个声音。朦胧中我们以为是远远的雷响。墙摇地动，我们在睡眠里受了惊扰。只有几个人说："这是车轮的声音。"我们昏困地嘟哝着说："不是，这一定是雷响！"

鼓声响起的时候天还没亮。有声音喊着说："醒来吧！别耽误了！"我们拿手按住心口，吓得发抖。只有几个人说："看哪，这是国王的旗子！"我们爬起来站着叫："没有时间再耽误了！"

国王已经来了——但是灯火在哪里呢，花环在哪里呢？给他预备的宝座在哪里呢？呵，丢脸，呵，太丢脸了！客厅在哪里，陈设又在哪里呢？有几个人说了："叫也无用了！用空手来迎接他吧，带他到你的空房里去吧！"

开起门来，吹起法螺吧！在深夜中国王降临到我黑暗凄凉的房子里了。空中雷声怒吼。黑暗和闪电一同颤抖。拿出你的破席铺在院子里吧。我们的国王在可怖之夜与暴风雨一同突然来到了。

তখন রাত্রি আঁধার হল,
　　সাঙ্গ হল কাজ—
আমরা মনে ভেবেছিলেম
　　আসবে না কেউ আজ।
　　　　মোদের গ্রামে দুয়ার যত
　　　　রুদ্ধ হল রাতের মতো,
　　　　দু-এক জনে বলেছিল,
　　　　　　'আসবে মহারাজ।'
　　　　আমরা হেসে বলেছিলেম,
　　　　　　'আসবে না কেউ আজ।'

　　দ্বারে যেন আঘাত হল
　　　　শুনেছিলেম সবে,
　　আমরা তখন বলেছিলেম
　　　　'বাতাস বুঝি হবে।'
　　　　নিবিয়ে প্রদীপ ঘরে ঘরে
　　　　শুয়েছিলেম আলসভরে,
　　　　দু-এক জনে বলেছিল,
　　　　　　'দূত এল-বা তবে।'
　　　　আমরা হেসে বলেছিলেম,
　　　　　　'বাতাস বুঝি হবে।'

নিশীথরাতে শোনা গেল
কিসের যেন ধ্বনি—
ঘুমের ঘোরে ভেবেছিলেম
মেঘের গরজনি।
ক্ষণে ক্ষণে চেতন করি
কাঁপল ধরা থরহরি,
দু-এক জনে বলেছিল,
'চাকার ঝনঝনি।'
ঘুমের ঘোরে কহি মোরা,
'মেঘের গরজনি।'

তখনো রাত আধার আছে,
বেজে উঠল ভেরী
কে ফুকারে, 'জাগো সবাই,
আর কোরো না দেরি।'
বক্ষ-'পরে দু হাত চেপে
আমরা ভয়ে উঠি কেঁপে,
দু-এক জনে কহে কানে,
'রাজার ধ্বজা হেরি।'
আমরা জেগে উঠে বলি,
'আর তবে নয় দেরি।'

那时夜色已降临
　　工作已完成——
我们心中猜想，
　　今天谁也不会来临。
　　　如暮色四合
　　我们村里家家闭户；
　　一两个人说道：
　　　"国王将莅临。"
　　我们笑着回答：
　　　"今天谁也不会来临"

似乎门上有轻叩
　　所有人都听到——
那时我们说道：
　　"大概要起风吧。"
　　户户都已熄灯
　　朦胧光影中就寝；
　　一两个人说道：
　　　"也许是使者来过！"
　　我们笑着回答：
　　　"大概是要起风吧。"

午夜时分可以听到
　　仿佛有什么声音——
在卧室之中我们心想

这是云雷轰隆。

一会我们便感到

大地在惊惧颤抖。

一两个人说道：

　　"这是车轮滚滚。"

在卧室之中我们说：

　　"这是云雷轰隆。"

那时夜色依然沉沉，

　　密集的鼓声响起——

谁在呼喊："所有人醒醒

再也不要延迟。"

　　双手按住胸口

　　我们战战兢兢起床；

　　一两个人在耳语：

　　　　"看，国王的旗帜。"

　　我们醒起说道：

　　　　"再也不要延迟。"

灯火在哪，花环在哪，

　　哪里有准备！

国王已来到我的地方

宝座在哪里！

　　这命运，唉，真羞赧——

　　在哪集会装饰在哪？

　　一两个人在耳畔说：

　　　　"这样哭诉无用——

你空手在空屋内
　　　进行迎接吧。"

啊，将门打开吧
　　吹响法螺，吹响！
今天在深夜里
　　暗室之王已来临。
　　　天际雷声大作，
　　　电光闪烁，
　　　将破旧的坐席拿来
　　　　将它在庭院铺展——
　　　与暴风雨一道已突降
　　　　忧伤之夜的国王。

孟历 1312 年斯拉万月 28 日
《渡口》"来临"

53

Beautiful is thy wristlet, decked with stars and cunningly wrought in myriad-coloured jewels. But more beautiful to me thy sword with its curve of lightning like the outspread wings of the divine bird ofVishnu, perfectly poised in the angry red light of the sunset.

It quivers like the one last response of life in ecstasy of pain at the final stroke of death; it shines like the pure flame of being burning up earthly sense with one fierce flash.

Beautiful is thy wristlet, decked with starry gems; but thy sword, O lord of thunder, is wrought with uttermost beauty, terrible to behold or to think of.

你的手镯真是美丽，镶着星辰，精巧地嵌着五光十色的珠宝。但是依我看来你的宝剑是更美的，那弯弯的闪光像毗湿奴的神鸟展开的翅翼，完美地平悬在落日怒发的红光里。

它颤抖着像生命受死亡的最后一击时，在痛苦的昏迷中的最后反应；它炫耀着像将烬的世情的纯焰，最后猛烈的一闪。

你的手镯真是美丽，镶着星辰般的珠宝；但是你的宝剑，呵，雷霆的主，是铸得绝顶美丽，看到想到都是可畏的。

সুন্দর বটে তব অঙ্গদখানি
　　তারায় তারায় খচিত,
স্বর্ণে রত্নে শোভন লোভন জানি
　　বর্ণে বর্ণে রচিত।
খড়্গ তোমার আরো মনোহর লাগে
　　বাঁকা বিদ্যুতে আঁকা সে,
গরুড়ের পাখা রক্তরবির রাগে
　　যেন গো অস্ত-আকাশে।
জীবনশেষের শেষ জাগরণসম
　　ঝলসিছে মহাবেদনা—
নিমেষে দহিয়া যাহা-কিছু আছে মম
　　তীব্র ভীষণ চেতনা।
সুন্দর বটে তব অঙ্গদখানি
　　তারায় তারায় খচিত—
খড়্গ তোমার, হে দেব বজ্রপাণি,
　　চরম শোভায় রচিত।

The Heath
2 Halford Road
Hampstead
২৫ জুন ১৯১২
[গীতিমাল্য : ৩০]

你的手镯镶嵌着群星
　　的确美丽——
我知道是用华美的金玉，
　　来精心打制。
你的宝剑更加夺目
　　在凌厉的闪电下，
如同毗湿奴的金翅鸟
　　在天际血色残阳中。
像生命最后时刻的清醒
　　巨大的疼痛燃起——
一瞬间点燃我的一切
　　强烈可怖的意识。
你的手镯镶嵌着群星
　　的确美丽——
你的剑，呵雷神因陀罗
　　已被完美锻制。

1912 年 6 月 25 日

《歌之花环》 第 30 首

56

Thus it is that thy joy in me is so full. Thus it is that thou hast come down to me. O thou lord of all heavens, where would be thy love if I were not?

Thou hast taken me as thy partner of all this wealth. In my heart is the endless play of thy delight. In my life thy will is ever taking shape.

And for this, thou who art the King of kings hast decked thyself in beauty to captivate my heart. And for this thy love loses itself in the love of thy lover, and there art thou seen in the perfect union of two.

只因你的快乐是这样地充满了我的心。只因你曾这样地俯就我。呵，你这诸天之王，假如没有我，你还爱谁呢？

你使我做了你这一切财富的共享者。在我心里你的欢乐不住地遨游。在我生命中你的意志永远实现。

因此，你这万王之王曾把自己修饰了来赢取我的心。因此你的爱也消融在你情人的爱里，在那里，你又以我俩完全合一的形象显现。

তাই   তোমার আনন্দ আমার 'পর
       তুমি   তাই এসেছ নীচে।
আমায় নইলে, ত্রিভুবনেশ্বর,
       তোমার   প্রেম হত যে মিছে।

       আমায় নিয়ে মেলেছ এই মেলা,
       আমার হিয়ায় চলছে রসের খেলা,
       মোর জীবনে বিচিত্ররূপ ধরে
       তোমার   ইচ্ছা তরঙ্গিছে।

তাই তো তুমি রাজার রাজা হয়ে
       তবু   আমার হৃদয় লাগি
       ফিরছ কত মনোহরণ বেশে
       প্রভু, নিত্য আছ জাগি।

       তাই তো, প্রভু, হেথায় এল নেমে,
       তোমারি প্রেম ভক্ত প্রাণের প্রেমে,
       মূর্তি তোমার যুগলসম্মিলনে
       সেথায়   পূর্ণ প্রকাশিছে।

[জানিপুর । গোরাই]
২৮ আষাঢ় ১৩১৭
[গীতাঞ্জলি : ১২১]

哦，我身上充满你的爱
　　哦，你走了下来——
除了爱我，三界之主，
　　你的爱都是幻影。

　　你已带我来到这集市，
　　我心中玩起欢趣的游戏，
　　你缤纷多彩的意愿洪流
　　　　涌动在我的生命。

哎呀你这万王之王
　　却为了我的心
　　穿着迷人的服饰回转——
　　　　主人，你永远清醒。

　　哎呀，主人，已来到这里
　　你的爱在虔诚的爱里，
　　你的形象在那里充分显现
　　　　在一对爱人美妙的融合之中。

孟历 1317 年阿沙拉月 28 日
《献歌集》121

58

Let all the strains of joy mingle in my last song—the joy that makes the earth flow over in the riotous excess of the grass, the joy that sets the twin brothers, life and death, dancing over the wide world, the joy that sweeps in with the tempest, shaking and waking all life with laughter, the joy that sits still with its tears on the open red lotus of pain, and the joy that throws everything it has upon the dust, and knows not a word.

让一切欢乐的歌调都融和在我最后的歌中——那使大地草海欢呼摇动的快乐，那使生和死两个孪生弟兄，在广大的世界上跳舞的快乐，那和暴风雨一同卷来，用笑声震撼惊醒一切的生命的快乐，那含泪默坐在盛开的痛苦的红莲上的快乐，那不知所谓，把一切所有抛掷于尘埃中的快乐。

যেন　　শেষ গানে মোর সব রাগিণী পুরে—
আমার　সব আনন্দ মেলে তাহার সুরে।
　　　　যে আনন্দে মাটির ধরা হাসে
　　　　অধীর হয়ে তরুলতায় ঘাসে,
　　　　যে আনন্দে দুই পাগলের মতো
　　　　　জীবন-মরণ বেড়ায় ভুবন ঘুরে—
　　　　　সেই আনন্দ মেলে তাহার সুরে।

যে আনন্দ আসে ঝড়ের বেশে,
ঘুমন্ত প্রাণ জাগায় অট্ট হেসে।
　　　　যে আনন্দ দাঁড়ায় আঁখিজলে
　　　　দুঃখব্যথার রক্তশতদলে,
　　　　যা আছে সব ধুলায় ফেলে দিয়ে
　　　　　যে আনন্দে বচন নাহি ফুরে—
　　　　　সেই আনন্দ মেলে তাহার সুরে।

১১ শ্রাবণ ১৩১৭
[গীতাঞ্জলি : ১৩৪]

让我所有的曲调充满这最后一支歌
我所有的欢乐都在他的旋律中融合。
　　　在这喜乐中大地欢笑
　　　藤树青草欢欣喜悦，
　　　在这喜乐中像两个疯子一般
　　　　　生与死在宇宙间巡回游走——
　　　　　这欢乐在他的旋律中融合。

这欢乐如暴风雨般来临，
高声大笑使沉睡的心苏醒。
　　　这欢乐含泪而立
　　　在悲痛的红莲上，
　　　所有一切都弃于尘土
　　　　　在这欢乐中言语不会终结——
　　　　　这欢乐在他的旋律中融合。

孟历 1317 年斯拉万月 11 日
《献歌集》第 134 首

63

Thou hast made me known to friends whom I knew not. Thou hast given me seats in homes not my own. Thou hast brought the distant near and made a brother of the stranger.

I am uneasy at heart when I have to leave my accustomed shelter; I forget that there abides the old in the new, and that there also thou abidest.

Through birth and death, in this world or in others, wherever thou leadest me it is thou, the same, the one companion of my endless life who ever linkest my heart with bonds of joy to the unfamiliar.

When one knows thee, then alien there is none, then no door is shut. Oh, grant me my prayer that I may never lose the bliss of the touch of the one in the play of the many.

你使不相识的朋友认识了我。你在别人家里给我准备了座位。你缩短了距离，你把生人变成弟兄。

在我必须离开故居的时候，我心里不安；我忘了是旧人迁入新居，而且你也住在那里。

通过生和死，今生或来世，无论你带领我到哪里，都是你，仍是你，我的无穷生命中的唯一伴侣，永远用欢乐的系练，把我的心和陌生的人联系在一起。

人一认识了你，世上就没有陌生的人，也没有了紧闭的门户。呵，请允许我的祈求，使我在与众生游戏之中，永不失去和你单独接触的福祉。

কত অজানারে জানাইলে তুমি,
　　কত ঘরে দিলে ঠাঁই,
দূরকে করিলে নিকট, বন্ধু,
　　পরকে করিলে ভাই।
　　　　পুরানো আবাস ছেড়ে যাই যবে
　　　　মনে ভেবে মরি কী জানি কী হবে,
　　　　নূতনের মাঝে তুমি পুরাতন,
　　　　　　সে-কথা যে ভুলে যাই।
　　　　দূরকে করিলে নিকট, বন্ধু,
　　　　　　পরকে করিলে ভাই।

জীবনে মরণে নিখিল ভুবনে
　　যখনি যেখানে লবে,
চিরজনমের পরিচিত ওহে,
　　তুমিই চিনাবে সবে।
　　　　তোমারে জানিলে নাহি কেহ পর,
　　　　নাহি কোনো মানা, নাহি কোনো ডর,
　　　　সবারে মিলায়ে তুমি জাগিতেছ
　　　　　　দেখা যেন সদা পাই।
　　　　দূরকে করিলে নিকট, বন্ধু,
　　　　　　পরকে করিলে ভাই।

১৩১৩
[গীতাঞ্জলি : ৩]

你已使我认识了多少陌生人，

  在多少房间安排了坐席——

你使疏远变得亲密，朋友，

  把非亲的变成兄弟。

   当离开旧宅我心揣测

   将得知什么将会怎样，

   在新的事物中你仍依旧

    这一点我忘记。

   你使疏远变得亲密，朋友，

    把非亲变成兄弟。

在生与死在整个宇宙之间

  每时每地你都将带领我，

无穷生命中熟悉的人，你呵

  正是你将使我认识一切。

   若认识了你谁也不是陌生人，

   没有禁忌，没有恐惧，

   你苏醒时使一切融合——

    就像我总看到的那样。

   你使疏远变得亲密，朋友，

    把非亲变成兄弟。

孟历 1313 年

《献歌集》第 3 首

64

On the slope of the desolate river among tall grasses I asked her, "Maiden, where do you go shading your lamp with your mantle? My house is all dark and lonesome lend me your light!" She raised her dark eyes for a moment and looked at my face through the dusk.

"I have come to the river," she said, "to float my lamp on the stream when the daylight wanes in the west. " I stood alone among tall grasses and watched the timid flame of her lamp uselessly drifting in the tide.

In the silence of gathering night I asked her, "Maiden, your lights are all lit—then where do you go with your lamp? My house is all dark and lonesome,—lend me your light. " She raised her dark eyes on my face and stood for a moment doubtful. "I have come," she said at last, "to dedicate my lamp to the sky. " I stood and watched her light uselessly burning in the void.

In the moonless gloom of midnight I asked her, " Maiden, what is your quest holding the lamp near your heart? My house is all dark and lonesome,—lend me your light. " She stopped for a minute and thought and gazed at my face in the dark. "I have brought my light," she said, "to join the carnival of lamps. " I stood and watched her little lamp uselessly lost among lights.

在荒凉的河岸上，深草丛中，我问她："姑娘，你用披纱遮着灯，要到哪里去呢？我的房子黑暗寂寞——把你的灯借给我吧！"她抬起乌黑的眼睛，从暮色中看了我一会。"我到河边来，"她说，"要在太阳西下的时候，把我的灯飘浮到水上去。"我独立在深草中看着她的灯的微弱的火光，无用地在潮水上漂流。

在薄暮的寂静中，我问她："你的灯火都已点上了——那么你拿着这灯到哪里去呢？我的房子黑暗寂寞——把你的灯借给我吧。"她抬起乌黑的眼睛望着我的脸，站着沉吟了一会。最后她说："我来是要把我的灯献给上天。"我站着看她的灯光在天空中无用地燃点着。

在无月的夜半朦胧之中，我问她："姑娘，你作什么把灯抱在心前呢？我的房子黑暗寂寞——把你的灯借给我吧。"她站住沉思了一会，在黑暗中注视着我的脸。她说："我是带着我的灯，来参加灯节的。"我站着看着她的灯，无用地消失在众光之中。

কাশের বনে শূন্য নদীর তীরে
　　　আমি তারে জিজ্ঞাসিলাম ডেকে,
'একলা পথে কে তুমি যাও ধীরে
　　　আঁচল-আড়ে প্রদীপখানি ঢেকে।
　　　　　আমার ঘরে হয় নি আলো জ্বালা,
　　　　　দেউটি তব হেথায় রাখো বালা।'
গোধূলিতে দুটি নয়ন কালো
　　　ক্ষণেক-তরে আমার মুখে তুলে
সে কহিল, 'ভাসিয়ে দেব আলো,
　　　দিনের শেষে তাই এসেছি কূলে।'
　　　　চেয়ে দেখি দাঁড়িয়ে কাশের বনে,
　　　　প্রদীপ ভেসে গেল অকারণে।

ভরা সাঁঝে আঁধার হয়ে এলে
　　　আমি ডেকে জিজ্ঞাসিলাম তারে,
'তোমার ঘরে সকল আলো জ্বেলে
　　　এ দীপখানি সঁপিতে যাও কারে?
　　　　আমার ঘরে হয় নি আলো জ্বালা,
　　　　দেউটি তব হেথায় রাখো বালা।'
আমার মুখে দুটি নয়ন কালো
　　　ক্ষণেক-তরে রইল চেয়ে তুলে।
সে কহিল, 'আমার এ-যে আলো
　　　আকাশপ্রদীপ শূন্যে দিব তুলে।'
　　　　চেয়ে দেখি শূন্য গগনকোণে
　　　　প্রদীপখানি জ্বলে অকারণে।

অমাবস্যা আঁধার দুই-পহরে
　　জিজ্ঞাসিলাম তাহার কাছে গিয়ে,
'ওগো, তুমি চলেছ কার তরে
　　প্রদীপখানি বুকের কাছে নিয়ে ?
　　　　আমার ঘরে হয় নি আলো জ্বালা,
　　　　　　দেউটি তব হেথায় রাখো বালা।'
অন্ধকারে দুটি নয়ন কালো
　　ক্ষণেক মোরে দেখলে চেয়ে তবে,
সে কহিল, 'এনেছি এই আলো,
　　দীপালিতে সাজিয়ে দিতে হবে।'
　　　　চেয়ে দেখি লক্ষ দীপের সনে
　　　　　　দীপখানি তার জ্বলে অকারণে।

বোলপুর
২৫ শ্রাবণ ১৩১২
[খেয়া : অনাবশ্যক]

深草丛中空旷的河岸边

　　我大声问她：

"在这幽寂的路上，用裙角遮住油灯

　　慢慢走着的你是谁？

　　　我的房中灯火尚未点燃，

　　　　就把灯放在这里吧，姑娘。"

暮色中一双黑色的眼睛

　　将我的面庞打量

她说："我要在河中放灯，

　　因此日暮时来到河岸。"

　　　我这样静立在草丛中

　　　　看着那灯无用地飘远。

暮色沉沉黑暗已降临

　　我大声问她：

"你房中所有的灯火亮着

　　这盏灯去献给谁呢？

　　　我的房中灯火尚未点燃，

　　　　就把灯放在这里吧，姑娘。"

用一双黑色的眼睛

　　这样将我面庞打量，

她说："我的这盏灯

　　要挂在天际献给神。"

　　　我看着，在空寂的苍穹

　　　　那盏灯无用的火光。

新月朦胧的夜半黑暗中

    我走到她身边询问：

"嘿，你是为了谁而来

    将灯护在胸前？

        我的房中灯火尚未点燃，

            就把灯放在这里吧，姑娘。"

在黑暗中一双黑色的眼睛

    将我打量，

她说："我带来了这灯火，

    将用来把灯节装饰。"

        我看着，与千万盏灯火一道

    她的灯盏无用地闪耀。

孟历 1312 年斯拉万月 25 日

《渡口》集"多此一举"

66

She who ever had remained in the depth of my being, in the twilight of gleams and of glimpses; she who never opened her veils in the morning light, will be my last gift to thee, my God, folded in my final song.

Words have wooed yet failed to win her; persuasion has stretched to her its eager arms in vain.

I have roamed from country to country keeping her in the core of my heart, and around her have risen and fallen the growth and decay of my life.

Over my thoughts and actions, my slumbers and dreams, she reigned yet dwelled alone and apart.

Many a man knocked at my door and asked for her and turned away in despair.

There was none in the world who ever saw her face to face, and she remained in her loneliness waiting for thy recognition.

那在神光离合之中，潜藏在我生命深处的她；那在晨光中永远不肯揭开面纱的她，我的上帝，我要用最后的一首歌把她包裹起来，作为我给你的最后的献礼。

无数求爱的话，都已说过，但还没有赢得她的心；劝诱向她伸出渴望的臂，也是枉然。

我把她深藏在心里，到处漫游，我生命的荣枯围绕着她起落。

她统治着我的思想、行动和睡梦，她却自己独居索处。

许多的人叩我的门来访问她，都失望地回去。

在这世界上从没有人和她面对过，她孤守着静待你的赏识。

জীবনে যা চিরদিন
　　রয়ে গেছে আভাসে
প্রভাতের আলোকে যা
　　ফোটে নাই প্রকাশে,
　　　জীবনের শেষ দানে
　　　জীবনের শেষ গানে,
　　　　হে দেবতা, তাই আজি
　　　　　দিব তব সকাশে,
　　　　প্রভাতের আলোকে যা
　　　　　ফোটে নাই প্রকাশে।

　　　কথা তারে শেষ ক'রে
　　　　পারে নাই বাঁধিতে,
　　　গান তারে সুর দিয়ে
　　　　পারে নাই সাধিতে।
　　　　　কী নিভৃতে চুপে চুপে
　　　　　মোহন নবীনরূপে
　　　　　　নিখিল নয়ন হতে
　　　　　　ঢাকা ছিল, সখা, সে।
　　　　　প্রভাতের আলোকে তো
　　　　　ফোটে নাই প্রকাশে।

ভ্রমেছি তাহারে লয়ে
　　দেশে দেশে ফিরিয়া,
জীবনে যা ভাঙাগড়া
　　সবই তারে ঘিরিয়া।

সব ভাবে সব কাজে
আমার সবার মাঝে
শয়নে স্বপনে থেকে
    তবু ছিল একা সে—
প্রভাতের আলোকে তো
    ফোটে নাই প্রকাশে।

কত দিন কত লোকে
    চেয়েছিল উহারে,
বৃথা ফিরে গেছে তারা
    বাহিরের দুয়ারে।
আর কেহ বুঝিবে না,
তোমা-সাথে হবে চেনা
    সেই আশা লয়ে ছিল
        আপনারই আকাশে,
প্রভাতের আলোকে তো
    ফোটে নাই প্রকাশে।

২৪ শ্রাবণ ১৩১৭
[গীতাঞ্জলি : ১৪৮]

生命中那些总是
　　　模糊隐约的，
在晨光中那些
　　　不曾开放的，
　　　　　在生命最后的献礼中
　　　　　在生命最后的歌声中
　　　　　　　呵神明，今天全都
　　　　　　献给你——
　　　　　在晨光中那些
　　　　　　　不曾开放的。

话儿说完
　　　无法将他俘获，
歌儿咏唱
　　　无法将他完美表现。
　　　　　在怎样秘密的沉寂中
　　　　　以使人迷惑的新形象
　　　　　　　在所有目光下隐藏，
挚友呵。
　　　　　在晨光中那些
　　　　　　　不曾开放的。

我带着他
　　　各地周游，
生命中所有消长
　　　都围绕着他。
　　　　　在所有思量所有工作

在我所有的一切之中
　在睡中在梦里他存在
　　　但他只独自一人——
　　在晨光中那些
　　　不曾开放的。

多少日子多少人
　　曾想得到他，
他们已无功而返
　　在外面的门旁。
　　其他人不明白，
　　他将与你相识
　　　怀着这希望
　　　　他在自己的天空里——
　　在晨光中那些
　　　不曾开放的。

孟历 1317 年斯拉万月 24 日
《献歌集》第 149 首

70

Is it beyond thee to be glad with the gladness of this rhythm? to be tossed and lost and broken in the whirl of this fearful joy?

All things rush on, they stop not, they look not behind, no power can hold them back, they rush on.

Keeping steps with that restless, rapid music, seasons come dancing and pass away—colours, tunes, and perfumes pour in endless cascades in the abounding joy that scatters and gives up and dies every moment.

这欢欣的音律不能使你欢欣吗？不能使你回旋激荡，消失碎裂在这可怖的快乐旋转之中吗？

万物急剧地前奔，它们不停留也不回顾，任何力量都不能挽住它们，它们急遽地前奔。

季候应和着这急速不宁的音乐，跳舞着来了又去——颜色、声音、香味在这充溢的快乐里，汇注成奔流无尽的瀑泉，时时刻刻地在散灭、退落而死亡。

পারবি না কি যোগ দিতে এই ছন্দে রে,
খসে যাবার ভেসে যাবার
ভাঙবারই আনন্দে রে।

পাতিয়া কান শুনিস না যে
দিকে দিকে গগন-মাঝে
মরণ-বীণায় কী সুর বাজে
তপন-তারা-চন্দ্রে রে
জ্বালিয়ে আগুন ধেয়ে ধেয়ে
জ্বলবারই আনন্দে রে।

পাগল-করা গানের তানে
ধায় যে কোথা কেই বা জানে,
চায় না ফিরে পিছন-পানে
রয় না বাঁধা বন্ধে রে
লুটে যাবার ছুটে যাবার
চলবারই আনন্দে রে।

সেই আনন্দ-চরণপাতে
ছয় ঋতু যে নৃত্যে মাতে,
প্লাবন বহে যায় ধরাতে
বরন গীতে গন্ধে রে
ফেলে দেবার ছেড়ে দেবার
মরবারই আনন্দে রে।

[বোলপুর]
১৮ ভাদ্র ১৩১৬
[গীতাঞ্জলি : ৩৬]

你不能与这韵律融合吗，
　　抛开一切，云游
　　欢喜地挣脱所有。

　　张开耳朵倾听吧
　　苍穹之下四面八方
　　死亡之琴奏响什么曲调
　　　　在太阳、星辰、月亮之上
　　　　点燃一切的火焰奔跑着
　　　　在燃烧的欢喜之中。

疯狂的歌声旋律中
奔往哪儿谁知道，
奔走在狂喜中不回顾
　　不受约束羁绊呵
翻滚、奔涌
　　在流动的欢喜之中。

在这脚步欢快的湍流间
是尽情舞蹈的六季，
洪水咆哮冲刷大地
　　在色彩、歌声、芬芳里
抛却、舍弃
　　在死亡的欢喜之中。

孟历 1316 年帕德拉月 18 日
《献歌集》第 36 首

74

The day is no more, the shadow is upon the earth. It is time that I go to the stream to fill my pitcher.

The evening air is eager with the sad music of the water. Ah, it calls me out into the dusk. In the lonely lane there is no passer by, the wind is up, the ripples are rampant in the river.

I know not if I shall come back home. I know not whom I shall chance to meet. There at the fording in the little boat the unknown man plays upon his lute.

白日已过，暗影笼罩大地。是我到河边汲水的时候了。

晚空凭着水的凄音流露着切望。呵，它呼唤我出到暮色中来。荒径上断绝人行，风起了，波浪在河里翻腾。

我不知道是否应该回家去。我不知道我会遇见什么人。浅滩的小舟上有个不相识的人正弹着琵琶。

আর   নাই রে বেলা, নামল ছায়া
        ধরণীতে
এখন   চল্‌ রে ঘাটে কলসখানি
        ভরে নিতে।
        জলধারার কলস্বরে
        সন্ধ্যাগগন আকুল করে,
ওরে   ডাকে আমায় পথের 'পরে
            সেই ধ্বনিতে।
        চল্‌ রে ঘাটে কলসখানি
            ভরে নিতে।

এখন   বিজন পথে করে না কেউ
        আসা-যাওয়া—
ওরে,   প্রেম-নদীতে উঠেছে ঢেউ,
        উতল হাওয়া।
            জানি নে আর ফিরব কিনা,
            কার সাথে আজ হবে চিনা,
ঘাটে   সেই অজানা বাজায় বীণা
            তরণীতে।
        চল্‌ রে ঘাটে কলসখানি
            ভরে নিতে।

১৩ ভাদ্র ১৩১৬
[গীতাঞ্জলি : ২৬]

白昼已尽呵，阴影降临
　　　在大地上，
现在你去码头吧，去把
　　　陶罐汲满。
水流叮咚声中
　　　夜空焦急盼望，
正是这声音，它呼唤
　　　我到路上。
你去码头吧，去把
　　　陶罐汲满。

现在荒寂的路上没有人
　　　来来往往——
爱的河流上起了波纹，
　　　那不停息的风。
　　　　不知道我是否该转回，
　　　今天将要认识谁，
　　码头旁小舟中陌生人
　　　弹拨维纳琴。
　　你去码头吧，去把
　　　陶罐汲满。

孟历 1316 年帕德拉月 13 日
《献歌集》第 26 首

79

If it is not my portion to meet thee in this my life then let me ever feel that I have missed thy sight—let me not forget for a moment, let me carry the pangs of this sorrow in my dreams and in my wakeful hours.

As my days pass in the crowded market of this world and my hands grow full with the daily profits, let me ever feel that I have gained nothing—let me not forget for a moment, let me carry the pangs of this sorrow in my dreams and in my wakeful hours.

When I sit by the roadside, tired and panting, when I spread my bed low in the dust, let me ever feel that the long journey is still before me—let me not forget for a moment, let me carry the pangs of this sorrow in my dreams and in my wakeful hours.

When my rooms have been decked out and the flutes sound and the laughter there is loud, let me ever feel that I have not invited thee to my house—let me not forget for a moment, let me carry the pangs of this sorrow in my dreams and in my wakeful hours.

假如我今生无份遇到你，就让我永远感到恨不相逢——我念念不忘，让我在醒时梦中都怀带着这悲哀的苦痛。

当我的日子在世界的闹市中度过，我的双手满捧着每日的赢利的时候，让我永远觉得我是一无所获——让我念念不忘，让我在醒时梦中都带着这悲哀的苦痛。

当我坐在路边，疲乏喘息，当我在尘土中铺设卧具，让我永远记着前面还有悠悠的长路——让我念念不忘，让我在醒时梦中都怀带着悲哀的苦痛。

当我的屋子装饰好了，箫笛吹起，欢笑声喧的时候，让我永远觉得我还没有请你光临——让我念念不忘，让我在醒时梦中都怀带着这悲哀的苦痛。

যদি   তোমার দেখা না পাই প্রভু,
        এবার এ জীবনে
তবে তোমায় আমি পাই নি যেন
        সে-কথা রয় মনে।
যেন ভুলে না যাই, বেদনা পাই
        শয়নে স্বপনে।

        এ সংসারের হাটে
আমার   যতই দিবস কাটে,
আমার   যতই দু হাত ভরে ওঠে ধনে,
তবু   কিছুই আমি পাই নি যেন
        সে কথা রয় মনে।
যেন   ভুলে না যাই, বেদনা পাই
        শয়নে স্বপনে।

    যদি আলসভরে
আমি   বসি পথের 'পরে,
যদি   ধুলায় শয়ন পাতি সযতনে,
যেন   সকল পথই বাকি আছে
        সে-কথা রয় মনে।
যেন   ভুলে না যাই, বেদনা পাই
        শয়নে স্বপনে।

যতই উঠে হাসি,
ঘরে   যতই বাজে বাঁশি,
ওগো   যতই গৃহ সাজাই আয়োজনে,
যেন   তোমায় ঘরে হয় নি আনা
সে-কথা রয় মনে।
যেন   ভুলে না যাই, বেদনা পাই
শয়নে স্বপনে।

১২ ভাদ্র ১৩১৬
[গীতাঞ্জলি : ২৪]

如果我无法见到你，主人
　　　　此次今生
我无法拥有你，那么
　　　　　让这点铭记在心。
这样我不会忘记，在睡梦中
　　　　感到伤心。

在这世界的集市间
我度过多少时光，
我双手满捧举起多少珍宝，
然而我什么都无法得到
　　　　　让这点铭记在心。
这样我不会忘记，在睡梦中
　　　　感到伤心。

如果懒惰疲惫
我坐在路旁，
如果我仔细将卧具铺于尘土上，
还剩下长路漫漫
　　　　　让这点铭记在心。
这样我不会忘记，在睡梦中
　　　　感到伤心。

多少雀跃欢笑，
房内多少竹笛吹响，

呵房间已精心准备装饰，

还没有请你进来

让这点铭记在心。

这样我不会忘记，在睡梦中

感到伤心。

孟历 1316 年帕德拉月 12 日

《献歌集》第 24 首

83

Mother, I shall weave a chain of pearls for thy neck with my tears of sorrow.

The stars have wrought their anklets of light to deck thy feet, but mine will hang upon thy breast.

Wealth and fame come from thee and it is for thee to give or to withhold them. But this my sorrow is absolutely mine own, and when I bring it to thee as my offering thou rewardest me with thy grace.

圣母呵，我要把我悲哀的眼泪穿成珠链，挂在你的颈上。

星星把光明做成足镯，来装扮你的双足，但是我的珠链要挂在你的胸前。

名利自你而来，也全凭你的予取。但这悲哀却完全是我自己的，当我把它当作祭品献给你的时候，你就以你的恩慈来酬谢我。

তোমার   সোনার থালায় সাজাব আজ
            দুখের অশ্রুধার।
জননী গো, গাঁথব তোমার
            গলার মুক্তাহার।
চন্দ্রসূর্য পায়ের কাছে
    মালা হয়ে জড়িয়ে আছে,
তোমার   বুকে শোভা পাবে আমার
            দুখের অলংকার।

ধন ধান্য তোমারি ধন
    কী করবে তা কও।
দিতে চাও তো দিয়ো আমায়,
    নিতে চাও তো লও।
    দুঃখ আমার ঘরের জিনিস,
        খাঁটি রতন তুই তো চিনিস,
তোর   প্রসাদ দিয়ে তারে কিনিস,
        এ মোর অহংকার।

১৩১৫?
[গীতাঞ্জলি : ১০]

今天我要在你的金盘上

　　　饰以我悲伤的泪水。

啊，母亲，我将它串起编成

　　　你颈上的珠串。

　　　在你足踝太阳月亮

　　　交织成环绕的脚链，

　　我那悲伤的首饰将熠熠生光

　　　在你胸前。

所有财富都是你的，

　　　如何处置请你说吧。

你想赠与便赠给我，

　　　想拿去便拿走。

　　　悲伤是我屋内的东西

　　　你知道它是真正的宝石——

　　你　赏识将它买下

　　　这是我的骄傲。

孟历 1315（?）

《献歌集》第 10 首

84

It is the pang of separation that spreads throughout the world and gives birth to shapes innumerable in the infinite sky.

It is this sorrow of separation that gazes in silence all night from star to star and becomes lyric among rustling leaves in rainy darkness of July.

It is this overspreading pain that deepens into loves and desires, into sufferings and joys in human homes; and this it is that ever melts and flows in songs through my poet's heart.

离愁弥漫世界，在无际的天空中生出无数的情境。

就是这离愁整夜地悄望星辰，在七月阴雨之中，萧萧的树籁变成抒情的诗歌。

就是这笼压弥漫的痛苦，加深而成为爱、欲，而成为人间的苦乐；就是它永远通过诗人的心灵，融化流涌而成为诗歌。

হেরি অহরহ তোমারি বিরহ
  ভুবনে ভুবনে রাজে হে।
কত রূপ ধ'রে কাননে ভূধরে
  আকাশে সাগরে সাজে হে।
    সারা নিশি ধরি তারায় তারায়
    অনিমেষ চোখে নীরবে দাঁড়ায়,
    পল্লবদলে শ্রাবণধারায়
      তোমার বিরহ বাজে হে।

ঘরে ঘরে আজি কত বেদনায়
তোমারি গভীর বিরহ ঘনায়,
কত প্রেমে হায় কত বাসনায়
  কত সুখে দুখে কাজে হে।
    সকল জীবন উদাস করিয়া
    কত গানে সুরে গলিয়া ঝরিয়া
    তোমার বিরহ উঠেছে ভরিয়া
      আমার হিয়ার মাঝে হে।

১২ ভাদ্র ১৩১৬
[রাত্রি]
[গীতাঞ্জলি : ২৫]

我总是看到你的离愁
　　　呵，在天地之间弥漫。
在森林、高山、天空、海洋
　　　呵，变幻了多少形象。
　　　彻夜在群星之上
　　　睁着眼静静站立，
　　　在斯拉万月的洪流中在绿叶丛中
　　　　呵，你的离愁在唱响。

今日在家家户户的悲伤里
你那沉痛的离愁愈浓，
在多少苦爱、多少渴望
　　　呵多少喜悦悲愁琐事中。
　　　　整个生命不关心俗利
　　　　在多少歌调中融合
　　　　你的离愁满溢涌起
　　　　　呵在我的心间。

孟历 1316 年帕德拉月 12 日
《献歌集》 第 25 首

85

When the warriors came out first from their master's hall, where had they hid their power? Where were their armour and their arms?

They looked poor and helpless, and the arrows were showered upon them on the day they came out from their master's hall.

When the warriors marched back again to their master's hall where did they hide their power?

They had dropped the sword and dropped the bow and the arrow; peace was on their foreheads, and they had left the fruits of their life behind them on the day they marched back again to their master's hall.

当战士们从他们主公的明堂里刚走出来，他们的武力藏在哪里呢？他们的甲胄和干戈藏在哪里呢？

他们显得无助、可怜，当他们从他们主公的明堂走出的那一天，如雨的箭矢向着他们飞射。

当战士们整队走回他们主公的明堂里的时候，他们的武力藏在哪里呢？

他们放下了刀剑和弓矢；和平在他们的额上放光，当他们整队走回他们主公的明堂的那一天，他们把他们生命的果实留在后面了。

প্রভুগৃহ হতে আসিল যেদিন
　　বীরের দল
সেদিন কোথায় ছিল যে লুকানো
　　বিপুল বল।
কোথায় বর্ম, অস্ত্র কোথায়,
ক্ষীণ দরিদ্র অতি-অসহায়,
চারিদিক হতে এসেছে আঘাত
　　অনর্গল,
প্রভুগৃহ হতে আসিল যেদিন
　　বীরের দল।

প্রভুগৃহমাঝে ফিরিল যেদিন
　　বীরের দল
সেদিন কোথায় লুকাল আবার
　　বিপুল বল।
ধনুশর অসি কোথা গেল খসি,
শান্তির হাসি উঠিল বিকশি;
চলে গেল রাখি সারা জীবনের
　　সকল ফল,
প্রভুগৃহমাঝে ফিরিল যেদিন
　　বীরের দল।

[কলিকাতা]
৩১ আষাঢ় ১৩১৭
[গীতাঞ্জলি : ১২৩]

从主人堂内出来那天
　　将士的队伍
那天隐藏在哪里呢
　　巨大的力量。
盔甲在哪里，武器在哪里
瘦弱匮乏极其无助，
箭雨从四面八方
　　袭来——
从主人堂内出来那天
　　将士的队伍。

回到主人堂内那天
　　将士的队伍
那天再次在哪里隐藏
　　巨大的力量。
弓矢刀剑已被放下，
平静的笑容舒展浮现，
他们走了留下生命中
　　全部的果实——
回到主人堂内那天
　　将士的队伍。

孟历 1317 年阿沙拉月 31 日
《献歌集》第 123 首

90

On the day when death will knock at thy door what wilt thou offer to him?

Oh, I will set before my guest the full vessel of my life—I will never let him go with empty hands.

All the sweet vintage of all my autumn days and summer nights, all the earnings and gleanings of my busy life will I place before him at the close of my days when death will knock at my door.

当死神来叩你门的时候，你将以什么贡献他呢？

呵，我要在我客人面前，摆上我的满斟的生命之杯——我决不让它空手回去。

我一切的秋日和夏夜的丰美的收获，我匆促的生命中的一切获得和收藏，在我临终，死神来叩我的门的时候，我都要摆在他的面前。

মরণ যেদিন দিনের শেষে আসবে তোমার দুয়ারে
সেদিন তুমি কী ধন দিবে উহারে।
　　ভরা আমার পরানখানি
　　সম্মুখে তার দিব আনি,
　　　শূন্য বিদায় করব না তো উহারে—
　　মরণ যেদিন আসবে আমার দুয়ারে।

　　কত শরৎ বসন্তরাত,
　　কত সন্ধ্যা, কত প্রভাত
জীবনপাত্রে কত যে রস বরষে—
　　কতই ফলে কতই ফুলে
　　হৃদয় আমার ভরি তুলে
দুঃখসুখের আলোছায়ার পরশে।

　　যা-কিছু মোর সঞ্চিত ধন
　　এত দিনের সব আয়োজন
চরম দিনে সাজিয়ে দিব উহারে—
　　মরণ যেদিন আসবে আমার দুয়ারে।

[শিলাইদহ]
২৫ আষাঢ় ১৩১৭
[গীতাঞ্জলি : ১১৪]

黄昏死神将至你门前
那天你有什么珍宝向他敬献。
　　我的整个生命
　　我将全献给他，
我不会让他无功而回——
那天死神将来到我门前。

　　多少秋与春的夜晚，
　　多少黄昏，多少清晨
生命之杯中多少陈年佳酿——
　　多少花朵多少果实
　　我的心已充溢
在欢喜忧愁的明暗交织中。

　　所有我收集的珍宝
　　长久以来的全部收藏
在最后的日子用托盘向他敬献——
那天死神将来到我门前。

孟历 1317 年阿沙拉月 25 日
《献歌集》第 114 首

91

O thou the last fulfilment of life, Death, my death, come and whisper to me!

Day after day have I kept watch for thee; for thee have I borne the joys and pangs of life.

All that I am, that I have, that I hope and all my love have ever flowed towards thee in depth of secrecy. One final glance from thine eyes and my life will be ever thine own.

The flowers have been woven and the garland is ready for the bridegroom. After the wedding the bride shall leave her home and meet her lord alone in the solitude of night.

呵，你这生命最后的完成，死亡，我的死亡，来对我低语吧！

我天天地在守望着你；为你，我忍受着生命中的苦乐。

我的一切存在，一切所有，一切希望，和一切的爱，总在深深的秘密中向你奔流。你的眼泪向我最后一盼，我的生命就永远是你的。

花环已为新郎编好。婚礼行过，新娘就要离家，在静夜里和她的主人独对了。

ওগো আমার এই জীবনের শেষ পরিপূর্ণতা,
মরণ, আমার মরণ, তুমি কও আমারে কথা।
সারা জনম তোমার লাগি
প্রতিদিন যে আছি জাগি,
তোমার তরে বহে বেড়াই
দুঃখসুখের ব্যথা।
মরণ, আমার মরণ, তুমি
কও আমারে কথা।

যা পেয়েছি, যা হয়েছি,
যা-কিছু মোর আশা,
না জেনে ধায় তোমার পানে
সকল ভালোবাসা।
মিলন হবে তোমার সাথে,
একটি শুভ দৃষ্টিপাতে,
জীবনবধূ হবে তোমার
নিত্য-অনুগতা।
মরণ, আমার মরণ, তুমি
কও আমারে কথা।

বরণমালা গাঁথা আছে
আমার চিত্তমাঝে,
কবে নীরব হাস্যমুখে
আসবে বরের সাজে।
সেদিন আমার রবে না ঘর,
কেই-বা আপন, কেই-বা অপর,
বিজন রাতে পতির সাথে
মিলবে পতিব্রতা।
মরণ, আমার মরণ, তুমি
কও আমারে কথা।

[শিলাইদহ]
২৬ আষাঢ় ১৩১৭
[গীতাঞ্জলি : ১১৬]

亲爱的，我这生命
　　　最后的完成
死亡，我的死亡
　　　你对我说吧。
终此一生为得到你
我每日都警惕，
为了你我忍受
　　　忧与喜煎熬。
死亡，我的死亡
　　　你对我说吧。

那些我已得的，那些我所是的
　　　我所有的希望，
都不知不觉向你奔流
　　　全部的爱。

与你的婚礼将举行
在幸福的一瞥中，
你生命的新娘
　　　将永远忠诚。
死亡，我的死亡，
　　　你对我说吧。

迎接的花环已编好
　　　在我的心间，

何时你微笑着悄悄

　　穿着新郎的礼服来到。

那天我的家将不复存在,

无论是自己的,还是他人的,

无人之夜忠贞的新娘

　　将与新郎融合。

死亡,我的死亡

　　你对我说吧。

孟历 1317 年阿沙拉月 26 日

《献歌集》第 116 首

96

When I go from hence let this be my parting word, that what I have seen is unsurpassable.

I have tasted of the hidden honey of this lotus that expands on the ocean of light, and thus am I blessed—let this be my parting word.

In this playhouse of infinite forms I have had my play and here have I caught sight of him that is formless.

My whole body and my limbs have thrilled with his touch who is beyond touch; and if the end comes here, let it come—let this be my parting word.

当我走的时候，让这个作我的别话吧，就是说我所看过的是卓绝无比的。

我曾尝过在光明海上开放的莲花里的隐蜜，因此我受了祝福——让这个做我的别话吧。

在这形象万千的游戏室里，我已经游玩过，在这里我已经瞥见了那无形象的他。

我浑身上下因着那无从接触的他的摩抚而喜颤；假如死亡在这里来临，就让它来好了——让这个作我的别话吧。

যাবার দিনে এই কথাটি
  ব'লে যেন যাই—
যা দেখেছি যা পেয়েছি
  তুলনা তার নাই।
   এই জ্যোতিঃসমুদ্র-মাঝে
   যে শতদল পদ্ম রাজে
   তারই মধু পান করেছি
    ধন্য আমি তাই—
  যাবার দিনে এই কথাটি
   জানিয়ে যেন যাই।

বিশ্বরূপের খেলাঘরে
  কতই গেলেম খেলে,
অপরূপকে দেখে গেলেম
  দুটি নয়ন মেলে।
   পরশ যাঁরে যায় না করা
   সকল দেহে দিলেন ধরা।
   এইখানে শেষ করেন যদি
    শেষ ক'রে দিন তাই—
  যাবার বেলা এই কথাটি
   জানিয়ে যেন যাই।

২০ শ্রাবণ ১৩১৭
[গীতাঞ্জলি : ১৫৭]

走的那天这是

　　我要说的话——

那些我已看到的，得到的

　　都无可匹敌。

　　在这光明之海中

　　莲花的王国里

　　我已饮过它的蜜汁，

　　　　我这样得到了祝福——

走的那天这是

　　我要说的话。

宇宙形象的游戏室内

　　我已尽情嬉戏，

睁着的双眼已看过

　　无比的美。

　　那不可触摸者

　　已触摸所有形体。

　　如果要在这里结束

　　　　那就结束吧——

　　走的那天这是

　　　　我要说的话。

孟历 1317 年斯拉万月 20 日

《献歌集》第 142 首

98

I will deck thee with trophies, garlands of my defeat. It is never in my power to escape unconquered.

I surely know my pride will go to the wall, my life will burst its bonds in exceeding pain, and my empty heart will sob out in music like a hollow reed, and the stone will melt in tears.

I surely know the hundred petals of a lotus will not remain closed for ever and the secret recess of its honey will be bared.

From the blue sky an eye shall gaze upon me and summon me in silence. Nothing will be left for me, nothing whatever, and utter death shall I receive at thy feet.

我要以胜利品，我的失败的花环，来装饰你。逃避不受征服，是我永远做不到的。

我准知道我的骄傲会碰壁，我的生命将因着极端的痛苦而炸裂，我的空虚的心将像一枝空苇鸣咽出哀音，顽石也融成眼泪。

我准知道莲花的百瓣不会永远团合，深藏的花蜜定将显露。

从碧空将有一只眼睛向我凝视，在默默地召唤我。我将空无所有，绝对的空无所有，我将从你脚下领受绝对的死亡。

হার-মানা হার পরাব তোমার গলে।
দূরে রব কত আপন বলের ছলে।
　　জানি আমি জানি, ভেসে যাবে অভিমান,
　　নিবিড় ব্যথায় ফাটিয়া পড়িবে প্রাণ,
　　শূন্য হিয়ার বাঁশিতে বাজিবে গান,
　　　　পাষাণ তখন গলিবে নয়নজলে।

শতদল-দল খুলে যাবে থরে থরে
লুকানো রবে না মধু চিরদিনতরে।
　　আকাশ জুড়িয়া চাহিবে কাহার আঁখি,
　　ঘরের বাহিরে নীরবে লইবে ডাকি,
　　কিছুই সেদিন কিছুই রবে না বাকি
　　　　পরম মরণ লভিব চরণতলে।

[শান্তিনিকেতন]
৭ বৈশাখ ১৩১৯
[গীতিমাল্য : ২৪]

承认失败我将把花环挂在你颈上。

因为自己的无力我将远远在一旁。

知道我知道，我的骄傲将飘逝，

生命将在极端痛楚中迸裂，

空空的心之芦笛吹响骊歌，

那时石头也将在泪水中消融。

百瓣莲花将慢慢盛开绽放，

甘露不会永远在花蕊匿藏。

天空中谁的眼睛在注视，

屋外静静地谁在呼唤，

那天一切都将不再存在，

我在你足下获得绝对死亡。

孟历 1319 年拜沙克月 7 日

《歌之花环》第 24 首

100

I dive down into the depth of the ocean of forms, hoping to gain the perfect pearl of the formless.

No more sailing from harbour to harbour with this my weather-beaten boat. The days are long passed when my sport was to be tossed on waves.

And now I am eager to die into the deathless.

Into the audience hall by the fathomless abyss where swells up the music of toneless strings I shall take this harp of my life.

I shall tune it to the notes of for ever, and, when it has sobbed out its last utterance, lay down my silent harp at the feet of the silent.

我跳进形象海洋的深处，希望能得到那无形象的完美的珍珠。

我不再以我的旧船去走遍海港，我乐于弄潮的日子早已过去了。

现在我渴望死于不死之中。

我要拿起我的生命的弦琴，进入无底深渊旁边，那座涌出无调的乐音的广厅。

我要调拨我的琴弦，和永恒的乐音合拍，当它呜咽出最后的声音时，就把我静默的琴儿放在静默的脚边。

রূপসাগরে ডুব দিয়েছি
　　অরূপরতন আশা করি;
ঘাটে ঘাটে ঘুরব না আর
　　ভাসিয়ে আমার জীর্ণ তরী।
　　　　সময় যেন হয় রে এবার
　　　　ঢেউ-খাওয়া সব চুকিয়ে দেবার,
　　　　সুধায় এবার তলিয়ে গিয়ে
　　　　　অমর হয়ে র'ব মরি।

যে গান কানে যায় না শোনা
　　সে গান যেথায় নিত্য বাজে,
প্রাণের বীণা নিয়ে যাব
　　সেই অতলের সভামাঝে।
　　　　চিরদিনের সুরটি বেঁধে
　　　　শেষ গানে তার কান্না কেঁদে,
　　　　নীরব যিনি তাঁহার পায়ে
　　　　　নীরব বীণা দিব ধরি।

[শান্তিনিকেতন]
১২ পৌষ ১৩১৬
[গীতাঞ্জলি : ৪৭]

我已潜入"形象"的海洋
　　希望找到"无形"的宝藏；
我将不再逡巡于一个个港湾
　　乘着我破旧的小船。
　　　似乎到了时候，这次
　　　海浪吞噬一切停止，
　　　这次潜到了甘露之底
　　　　我将在死亡中得以不死。

那些耳朵听不到的歌
　　在那里被永远弹唱，
我要带着生命的维纳琴
　　去往那无底的音乐厅。
　　　谱写着永恒的曲调
　　　在最后的歌声中它含着泪
　　　在那可敬的沉默者的足旁
　　　　我将放下我沉寂的弦琴。

孟历 1316 年巴乌沙月 12 日
《献歌集》第 47 首

101

Ever in my life have I sought thee with my songs. It was they who led me from door to door, and with them have I felt about me, searching and touching my world.

It was my songs that taught me all the lessons I ever learnt; they showed me secret paths, they brought before my sight many a star on the horizon of my heart.

They guided me all the day long to the mysteries of the country of pleasure and pain, and, at last, to what palace gate have they brought me in the evening at the end of my journey?

　　我这一生永远以诗歌来寻求你。它们领我从这门走到那门，我和它们一同摸索，寻求着，接触着我的世界。

　　我所学过的功课，都是诗歌教给我的；它们把捷径指示给我，它们把我心里地平线上的许多星辰，带到我的眼前。

　　它们整天地带领我走向苦痛和快乐的神秘之国，最后，在我旅程终点的黄昏，它们要把我带到了哪一座宫殿的门首呢？

গান দিয়ে যে তোমায় খুঁজি
　　বাহির-মনে
চিরদিবস মোর জীবনে।
　　নিয়ে গেছে গান আমারে
　　ঘরে ঘরে দ্বারে দ্বারে,
　　　গান দিয়ে হাত বুলিয়ে বেড়াই
　　　এই ভুবনে।

কত শেখা সেই শেখালো,
কত গোপন পথ দেখালো,
　　চিনিয়ে দিল কত তারা
　　হৃদ্‌গগনে।

　　বিচিত্র সুখদুখের দেশে
　　রহস্যলোক ঘুরিয়ে শেষে
　　　সন্ধ্যাবেলায় নিয়ে এল
　　　কোন্ ভবনে।

৯ শ্রাবণ ১৩১৭
[গীতাঞ্জলি: ১৩২]

我用歌儿寻找你

　　在外界在心田

在我生命的所有时间。

　　歌儿带着我

　　去过千家万户

　　以歌之手轻触

　　　　周游在这天地间。

它已经教给我许多，

已使众多隐藏的道路显露，

　　已使多少星辰可辨识

　　　　在心灵的苍穹中。

　　　　在欢喜忧愁的多彩国度

　　　　绕着一个神秘世界，最后

　　　　在傍晚时分领我来到

　　　　　哪一座殿堂。

孟历 1317 年斯拉万月 9 日

《献歌集》第 132 首

103

In one salutation to thee, my God, let all my senses spread out and touch this world at thy feet.

Like a rain-cloud of July hung low with its burden of unshed showers let all my mind bend down at thy door in one salutation to thee.

Let all my songs gather together their diverse strains into a single current and flow to a sea of silence in one salutation to thee.

Like a flock of homesick cranes flying night and day back to their mountain nests let all my life take its voyage to its eternal home in one salutation to thee.

在我向你合十膜拜之中，我的上帝，让我一切的感知都舒展在你的脚下，接触这个世界。

像七月的湿云，带着未落的雨点沉沉下垂，在我向你合十膜拜之中，让我的全副心灵在你的门前俯伏。

让我所有的诗歌，聚集起不同的调子，在我向你合十膜拜之中，成为一股洪流，倾注入静寂的大海。

像一群思乡的鹤鸟，日夜飞向他们的山巢，在我向你合十膜拜之中，让我全部的生命，启程回到它永久的家乡。

একটি নমস্কারে, প্রভু,
        একটি নমস্কারে
সকল দেহ লুটিয়ে পড়ুক
        তোমার এ সংসারে।
            ঘন শ্রাবণ-মেঘের মতো
            রসের ভারে নম্র নত
                একটি নমস্কারে, প্রভু,
                    একটি নমস্কারে
                সমস্ত মন পড়িয়া থাক্‌
                    তব ভবন-দ্বারে।

নানা সুরের আকুলধারা
মিলিয়ে দিয়ে আত্মহারা
        একটি নমস্কারে, প্রভু,
            একটি নমস্কারে
        সমস্ত গান সমাপ্ত হোক
            নীরব পারাবারে।

হংস যেমন মানসযাত্রী,
তেমনি সারা দিবসরাত্রি
        একটি নমস্কারে প্রভু,
            একটি নমস্কারে
        সমস্ত প্রাণ উড়ে চলুক
            মহামরণ-পারে।

২৩ শ্রাবণ ১৩১৭
[গীতাঞ্জলি : ১৪৭]

致礼，罗摩斯尕，主人
　　罗摩斯尕
让整个身躯欢喜地俯倒
　　　在你的这世界。
　　　　像斯拉万月的云朵般
　　　　满含霖汁低低垂首
　　　　　致礼，罗摩斯尕，主
　　　　　　罗摩斯尕
　　　　　让我的整个心灵匍匐
　　　　　　在你的殿门。

各种曲调的洪流
汇聚融合，忘我地
　　　致礼，罗摩斯尕，主
　　　　罗摩斯尕
　　　让所有歌曲结束
　　　　在静寂的海上。

像飞往目的地的天鹅般
那样日夜不息
　　　致礼，罗摩斯尕，主
　　　　罗摩斯尕
　　　让我的整个生命启程去往
　　　　伟大死亡的彼岸。

孟历 1317 年斯拉万月 23 日
《献歌集》第 147 首